グランドール王国再生録

破滅の悪役王女ですが救国エンドをお望みです 2

麻木琴加

22939

角川ビーンズ文庫

CONTENTS

グランドール王国再生録
破滅の悪役王女ですが救国エンドをお望みです
レナルド
先王の遺児。
冷静沈着で優秀、国民を
顧みないヴィオレッタを敵視
している。
リアム
先王の遺児でレナルドの弟。
化学の才があるが、
引き籠もりで大人しい。
ヴィオレッタ（日野茉莉）
グランドール王国の第一王女。
経営コンサルタントだった茉莉としての
前世の記憶を取り戻し……？
CHARACTERS

ラルス

教会の騎士団所属。
アナリーを護衛している。

アナリー

光の乙女候補の少女。
下町で治療院を開いている。

スヴェン 学者で、ヴィオレッタ・レナルド・リアムの家庭教師。

KEYWORD

『グランドール恋革命』

茉莉が大学の友人に借りてプレイした乙女ゲーム。
王に王冠を授ける「光の乙女」候補となったヒロインが
攻略キャラクターたちと恋に落ち、様々なイベントに巻き込まれていく。

illustration. 逆木ルミヲ

本文イラスト／逆木ルミヲ

プロローグ

「みんな、聞いてくれ！『グランドール恋革命《こいかくめい》』続編の制作が決まったぞ！」

若い男の歓喜《かんき》に満ちた叫《さけ》びがオフィスに響《ひび》く。

よく知った声でありながら、今となってはなつかしい、かつての自分自身の声。そのセリフが脳裏《のうり》によみがえった瞬間《しゅんかん》、ラルスは「ああ、これは前世の夢だな」と自覚した。

あの時の気持ちは、今でもよく覚えている。何しろ、初めて企画《きかく》からシナリオまで手がけた乙女《おとめ》ゲームがヒットしたのだ。言葉にならないくらい嬉《うれ》しかった。

しかし、そんな歓喜の思い出はすぐ別の記憶《きおく》に塗《ぬ》り替《か》えられた。

あれは続編の展開について仲間たちと語り合い、最高の気分で会社を出た晩のこと。居眠《いねむ》り運転だったのか、突然《とつぜん》歩道につっこんできたトラックにはねられた。

そのあとのことはラルス自身もよく覚えていない。血で真っ赤に染まった全身が近くのショーウィンドウに映って見え……「この画像、何かのスチルに使えるな」と痛みの中で考えたのが本当の最期《さいご》だったか。

次に気づいた時、ラルスは「グランドール恋革命」の攻略《こうりゃく》キャラに生まれ変わっていた。

そう、自分が愛情を込めて創《つく》ったゲームの世界に転生したのだ。そして……。

「囚人《しゅうじん》番号二四六〇一、起きてるか？　来客だ」

看守の野太い声で、ラルスはハッと目を覚ました。

視界に飛び込んできたのは、ショーウィンドウに映る血まみれの姿ではない。硬《かた》いベッドの周りは、ごつい鉄格子《てつごうし》のはめられた扉《とびら》と冷たい石の壁《かべ》で囲まれている。

ここは監獄《かんごく》だ。見た目も設定も、前世の自分が決めた通りに再現されている。ただしゲームがシナリオ通りに進んでいれば、今ここに入っているのは別の人間だったはずだ。

（ヴィオレッタ……彼女はなんの権利があって、俺の世界をめちゃくちゃにしたんだ？）

シナリオ通りにいかなかった過去を思い出し、ラルスは奥歯をギリッと嚙《か》みしめた。その耳に、コツコツと規則正しい足音が近づいてくるのが聞こえた。ああ、まただ。

ラルスはベッドから起き上がり、背筋を正した。やがて鉄格子を隔《へだ》てた先に、一人の男が現れた。漆黒《しっこく》の髪《かみ》を後ろで一つに結び、銀縁《ぎんぶち》の細い眼鏡をかけている。その整った顔には作り物のような笑《え》みが貼《は》りついていた。それもまた、前世の自分が考えた通りに。

「連日このような場所までご足労いただき恐縮《きょうしゅく》です、スヴェン先生」

「いいえ、これが私の仕事ですので、お気になさらず。それより、あなたがこの監獄に入ってからもうすぐ一ヶ月が経《た》ちます。そろそろ真相を話す気になってくださいましたか？」

このやりとりも何度繰《く》り返したことだろう。スヴェンが笑顔の下に若干《じゃっかん》の苛立《いらだ》ちを隠《かく》しながら聞いてくる。ラルスはこみ上げてきたため息を呑《の》み込み、肩《かた》をすくめた。

「何度ご足労いただいても、俺から言えることは一つだけです。ことの真相はヴィオレッタ様にお尋《たず》ねください。彼女がすべてをご存知です」

スヴェンの笑顔がわずかに曇《くも》って見える。しかし、ラルスとしては他《ほか》に言えることがない。自分が国王の暗殺に手を染めたのも、今こうして投獄されているのも、すべてヴィオレッタがゲーム一周目のラストをめちゃくちゃにしたせいなのだから。

ラルスとしては、ヴィオレッタが破滅《はめつ》を回避《かいひ》したあげく、ヒロインのアナリーを差し置いて攻略キャラの誰《だれ》かとくっつく未来なんて許せるはずがない。それは作品に対する冒瀆《ぼうとく》だ。なんとしても阻止《そし》しなければならない。そのためにも……。

（俺はゲーム二周目にかける）

大丈夫《だいじょうぶ》、あきらめるにはまだ早い。

この世界には、ゲーム制作者の自分しか知らない真実がまだ隠されているのだから。それこそゲームの二周目以降で明かされる、とびきりの真実が……。

ラルスは監獄での尋問《じんもん》中だということも忘れ、口の端《はし》を笑みの形につり上げた。その姿を目にしたスヴェンの笑顔がめずらしく引きつって見えたのは、きっと気のせいではなかった。

第一章　王座はお断りします

人生は思いがけないことの連続だ。そのことを私は二度目の人生で嫌《いや》というほど実感した。

なんの因果か、前世で経営コンサルタントをしていた私が乙女ゲームのラスボス・ヴィオレッタ王女に転生してから、もうすぐ一年になる。

その間、ゲームの制作者を名乗る攻略キャラに命を狙《ねら》われ、ギリギリのところで破滅を回避できたと思ったら、今度は女王になれって……人生は山あり谷ありと言っても、アップダウンが激しすぎるでしょ！　もう息切れ寸前よ！

夜中の王立図書館で辺りに人がいないのをいいことに、私は「はぁぁぁー」と肺の奥から絞《しぼ》り出すようなため息をこぼした。目の前にあるのは、ほぼ白紙の辞退届（仮）。

明日《あした》の朝議で、お父様は国王試験の勝者となった私を正式に次の王に任命する気らしい。そんなことになってしまったら、いよいよ逃《に》げ場がない。そうなる前に、なんとか辞退しようと思ったんだけど……。私はテーブルの横に積んだ本を見て、痛むこめかみを押さえた。

薄々《うすうす》気づいてはいたけど、国王の辞退届は需要《じゅよう》がないらしい。儀礼《ぎれい》の書棚《しょだな》に置かれていた本を一通り持ってきたものの、そこには時候の挨拶《あいさつ》とか赴任《ふにん》の挨拶しか載《の》っていなかった。

前例がない場合、どうやって明日の朝議で切り出せばいいだろう。元ワガママ王女の私には高すぎるハードルを前にして、頭を抱《かか》える。その時、ふと手元に影《かげ》が差した。

「ヴィオレッタ、こんな夜更《よふ》けに何を調べてるんだ？」

顔を上げると、澄《す》んだエメラルドの瞳《ひとみ》と目が合った。彼は私の従兄《いとこ》に当たる先王の遺児にして、攻略キャラの一人——レナルドだ。

寝《ね》る前のひとときを利用して、図書館に寄ったのだろうか。普段《ふだん》よりラフな格好で、淡《あわ》い金《きん》髪《ぱつ》も少し乱れている。その様は端整《たんせい》な顔立ちと相まって、陽《ひ》の下で見るより色っぽい。

「レナルドこそ、こんな時間にどうしたの？　明日の朝議に備えて、早く寝た方がいいわよ」

「ああ。頭ではわかっていても、明日のことを考えると、なんとなく眠れなくてな。実際、俺の嫌な予感は当たっていたようだし」

レナルドがもの言いたげな視線をテーブルに向ける。……あっ！

私は慌《あわ》てて辞退届（仮）を裏返した。それでも「女王の辞退」と書かれた部分をバッチリ見られていたらしい。レナルドが物憂《ものう》げなため息をこぼす。

「その書類はなんだ？　いい加減、女王になる未来を受け入れたらどうだ？」

「む、無理よ、私に女王なんて！」

「なぜだ？　国王試験の勝者はあんただろう？」

「それはそうだけど、私みたいな凡人《ぼんじん》に、女王のような大役が務まるはずないもの！」

「…………」

レナルドが腕《うで》を組み、なんとも微妙《びみょう》な表情でまじまじと私を見下ろす。

なんで？　私、何も変なことは言っていないと思うんだけど。

夜中の図書館にぎこちない空気が流れた、その時だった。

「ねぇ、ヴィオレッタは、その……女王になるのが嫌なの？」

おずおずとした問いかけに、ハッとして振《ふ》り返る。いつの間に来たのだろう。レナルドより少し濃《こ》い金髪と深緑の瞳が印象的な少年──従弟《いとこ》のリアムが後ろに立っていた。

こんな時間に図書館で会うなんてめずらしい。私とレナルドの意外そうな視線を受けてリアムは少し緊張《きんちょう》したのか、着ていた白衣の袖《そで》を握《にぎ》りしめながら「えっと……」と続ける。

「盗《ぬす》み聞きみたいなことをしちゃって、ごめんなさい。明日のことを考えていたら、眠れなくなっちゃって……。気分転換《てんかん》に図書館に来たら、二人の声が聞こえたものだから、つい……」

なるほど。最近のリアムは「脱《だつ》引き籠《こ》もり」を目指して頑張《がんば》っていても、朝議のようにたくさんの人が集まるイベントにはまだ抵抗《ていこう》があるらしい。

「リアム、大丈夫？　どうしてもつらいなら、明日は無理しなくてもいいんじゃない？」

「そうだぞ。無理に朝議に参列しなくても、少しずつ人と話すことに慣れていけば……」

「二人とも心配してくれてありがとう。でも、僕だって王族の端くれだもん。明日は頑張るよ」

ああ、我が子の成長を見守る親って、こんな気持ちなのかな。リアムの笑顔がまぶしい。

レナルドも私と同じことを思ったのか、目を細めて弟を見ている。リアムはそんな私たちの反応が気恥《きは》ずかしかったのか、コホンと咳払《せきばら》いをして、真面目《まじめ》な顔つきに戻《もど》った。

「僕のことより、今大切なのはヴィオレッタの方だよ。ねぇ、女王になりたくないって、本当なの？　どうして？」

「俺もその理由を知りたいな。今度は冗談抜《じょうだんぬ》きで」

「え……」

レナルドにはさっき真面目に答えたはずなのに、信じてもらえなかったのだろうか？

従兄弟《いとこ》二人から真剣《しんけん》な目を向けられ、言葉に詰《つ》まる。

私が女王になりたくない本当の理由を一から説明するには、前世の秘密にも言及《げんきゅう》しなきゃならない。さすがにこの二人だって、そんな話を聞いたら、私がおかしくなったと思うだろう。でも、二人に嘘《うそ》はつきたくなくて……私は迷った末、本音の一部を口にした。

「私は王にならないわ。私より王にふさわしい人たちが、すでに二人もいるんだもの」

レナルドとリアムが不可解そうに顔を見合わせる。一拍後《いっぱく》、兄弟そろって首を横に振った。

「僕に王は無理だよ。明日の朝議に参列するだけでもこんなに緊張してるのに、王として人を率いることなんてできないよ」

「俺も、自分より王の資質を持った人間が目の前にいるのに、出しゃばる気はない」

「いやいやいや！　リアムの努力家なところとか、レナルドの柔軟《じゅうなん》な思考とか、どう考えたって、私より王にふさわしいから！　それに私みたいに悪名高い女が王になったら、民《たみ》も一部の貴族たちもすごく反発すると思うわ」

「そうだな、最初は荒《あ》れるだろう。だが、そんな悪評は即位《そくい》してから実力を示せば、すぐに消えるはずだ。あんたがヴィオラとして、ダミアンやアナリーの信頼《しんらい》を勝ち取ったように」

「待って！　あれは身分を隠していたから好き勝手に動けただけで、王とは違《ちが》うわ！」

「そうか……。なら、あんたは女王にならない代わりに、何がしたいんだ？」

「え？」

思いがけぬ質問に虚《きょ》を衝《つ》かれ、私はポカンとレナルドを見上げた。

「かつてあれほど欲しがっていた王座を拒《こば》む以上、あんたは何か別にやりたいことができたんじゃないのか？　もし希望があるなら、俺たちにも教えてくれ」

「そんな、私は……」

すぐに言葉が出てこなくて、レナルドから目を逸《そ》らす。

思えば、前世の記憶《きおく》が戻ってからは破滅回避に必死だったし、今は王座を辞退する方法ばかり探していて、その後の生き方をちゃんと考えていなかった。でも、できるなら私は……。

「困っている人たちの力になりたいわ」

それは自然と口をついて出た、私の本音だった。

前世の自分を思い出す。私は社会的に良い行いをしている人たちが報《むく》われる手伝いをしたく

て、経営コンサルタントになった。その思いは転生しても変わらない。だから……、

「私は人々の抱えている問題を一緒《いっしょ》に考えて分析《ぶんせき》し、解決策を提示するような仕事がしたい。私は、頑張っている人たちに寄り添《そ》う生き方がしたいのよ」

青臭《あおくさ》いという自覚も、自分の力量が足りていないことも十分にわかっている。それでもレナルドとリアムになら、この思いを理解してもらえる……と思ったのに、あれ？

レナルドはなぜか呆《あき》れた様子でこめかみを押さえ、リアムは困ったように眉尻《まゆじり》を下げている。

「あの、ヴィオレッタは今、僕たちに将来の夢を語ってくれたんだよね？」

「ええ、そうよ」

「あんたが語った内容は、まさに王の仕事じゃないか」

「はい!?」

ギョッとしてレナルドを凝視《ぎょうし》する。彼は気にせず、淡々《たんたん》と説明を続けた。

「国内外の問題に対処しつつ、時には民を守る盾《たて》となって、彼らが活躍《かつやく》できる環境《かんきょう》を整える。あんたのやりたいことは、まさにそういった王の仕事だろう？」

「待って！　規模が全然違うわ！　私の想定してる仕事は、もっとこぢんまりしたものよ！」

「規模の大小にかかわらず、やることが似ているなら、王でもいいだろう？」

「いやいや、責任の大きさが違うから！　一国を背負って失敗なんてできないし！」

「つまり、あんたは少人数が相手であれば、失敗しても問題ないと思っているのか？」

「そ、そんなつもりはないけど……！」

おかしい。私は自分なりに責任感を持って、経営コンサルタントの仕事をしてきたはずだ。

それなのにレナルドの正論を前にすると、何も言い返せないなんて……。

答えに悩《なや》んでいると、ふと横から肩《かた》にポンと手が置かれた。リアムだ。

「ヴィオレッタ、今日はもう寝よう。夜中にあれこれ考えたって、ろくな結論は出ないよ」

「リアムの言う通りだ。部屋まで送って行く。ヴィオレッタ、手を」

「あっ、僕も！」

レナルドとリアムが、座っている私の前に手を差し出してきた。えーと……。

気持ちは嬉《うれ》しいけど、二人の手を同時に取って歩いたら、エスコートされる貴婦人ではなく連行されるエイリアンになっちゃうよ。ほら、前世でよく見た「エイリアン捕獲《ほかく》！」の図。

いやまぁ、王座から逃《に》げようとしている今の私は、確かに後者の気分に近いけど。

私が手を取るのを二人は静かに待っている。そこにいらついた様子は微塵《みじん》もなく、こちらに向けられる眼差《まなざ》しはどこまでも柔《やわ》らかい。

どうせ図書館にいたってろくな資料もないんだし、辞退届（仮）の続きは自分の部屋で考えればいいか。何より今は、ゲームの中で敵対していた二人がこんなにも優《やさ》しく、私を仲間だと思ってくれている、その気持ちに応《こた》えたい。

「レナルドもリアムも、ありがとう」

二人にはなんのお礼だかわからなくても構わない。私はテーブルの上の辞退届（仮）を脇《わき》に挟《はさ》むと、差し出された二本の手に自分の左右の手を重ねた。次の瞬間《しゅんかん》、同時に握り返された掌《てのひら》の心強さに、思わず微笑《ほほえ》む。

こうして三人で穏《おだ》やかに過ごせる時間は何ものにも代えがたい。私は破滅《はめつ》を回避《かいひ》できた幸せを噛《か》みしめながら、レナルドとリアムのエスコートで自分の部屋に戻った。

翌朝、私は侍女《じじょ》たちの手で盛大《せいだい》に飾《かざ》り立てられ、謁見《えっけん》の間へ向かった。

玉座のお父様を間に挟む形で、左にレナルドとリアム、そして右に私が並ぶ。私は家庭教師のスヴェンを真似《まね》た笑《え》みを顔に貼《は》りつけていても、内心は緊張で息が止まりそうだった。

一段下の広間には宮廷《きゅうてい》を代表する重臣たちが二十名ほど並び、値踏《ねぶ》みするような目で私たちを見上げている。この状況《じょうきょう》下で、リアムは大丈夫《だいじょうぶ》だろうか。心配して横を窺《うかが》うと、彼は今にも卒倒《そっとう》しそうな顔色で、チワワみたいにプルプル震《ふる》えていた。まずい。

気遣《きづか》い屋のレナルドが「頑張れ」と目で語りかけている。私も真似して、うなずくことでリアムを応援《おうえん》した。でも、残念！　ぎこちない私の様子を目にして、かえって「自分がしっかりしなきゃ」と思わせてしまったのか、リアムはより硬《かた》い表情で私にうなずき返してきた。

ごめん、リアム。慣れない人間が余計なことをしない方がよかったかも……。

内心でそっと謝り、おとなしく目の前の重臣たちと向き合う。その直後のことだった。私たちの準備が整ったのを見届け、玉座のお父様がゆっくり口を開いた。

「国家を担《にな》う重臣たちよ、今朝は余から皆《みな》に話がある。この王国の未来を決める重大な話だ」

広間に緊張が走る。ついに来た。私は背筋を正し、昨夜考えた辞退届を脳内で復唱し始めた。あとはタイミングを見て、声に出して訴《うった》えればいい。

「すでに周知の話かもしれないが、先日行った国王試験の中で、余の娘《むすめ》のヴィオレッタが光の乙女《おとめ》の覚醒《かくせい》に成功した。そして、新たに光の乙女となったアナリーもまたヴィオレッタを王に望んでいる。よって、余は一年以内にヴィオレッタに王位を譲《ゆず》ろうと思う」

お父様が一度言葉を切り、皆の反応を窺う。よし、今だ！

「陛下、お言葉ですが」

「お待ちください、陛下。誠《まこと》に不躾《ぶしつけ》ながら、そのお考えには賛同いたしかねます」

……え？　今のは幻聴《げんちょう》だろうか？　私が今まさに言おうとした内容が聞こえてきたんだけど。

出鼻をくじかれ、ビックリして声のした方に目をやる。発言の主は、優美な口ヒゲを蓄《たくわ》えた壮年《そうねん》の貴族。枢密院《すうみついん》の代表を務める、レナルド派のデュラン公爵《こうしゃく》だった。

「デュラン公爵、余の考えに異を唱えるのはなぜだ？　初代乙女がそうであったように、光の力は神に選ばれし者にのみ与《あた》えられる力だ。アナリーが覚醒した以上、もはや伝説ではない。

ヴィオレッタは初代国王と同じように、真の力を持つ乙女によって次の王に選ばれたのだ。その決定に反対するとは、公爵は余だけでなく、神のご意思にも逆らうつもりか？」

お父様が語気も鋭《するど》く反論する。しかし公爵は大貴族の余裕《よゆう》を崩《くず》さず、優雅《ゆうが》な口調で続けた。

「真の乙女の誕生は紛《まぎ》れもない慶事《けいじ》であり、私もできればその決定に従いたいと思います。しかしながら、ヴィオレッタ様には依然《いぜん》としてラルスと共謀《きょうぼう》して陛下を弑《しい》し奉《たてまつ》ろうとした嫌疑《けんぎ》がかけられていらっしゃいます。そのような方を王に戴《いただ》いて、誠によろしいのでしょうか？」

……は？　私は頭が真っ白になった。確かに以前、私の名前でお父様に毒入りの飲み物が届けられたことがあった。でも、あれはラルスが犯人だったと証明されたはずで……。

重臣たちも動揺《どうよう》する中、愕然《がくぜん》としている私に代わって反論してくれる人がいた。レナルドだ。

「公爵の受け取った報告はいささか古いように思える。スヴェンが指揮を執《と》って行った調査の結果、ヴィオレッタの無実は証明されたはずだ。まさかその話をご存知ないと？」

「もちろん、そのお話は伺《うかが》っております。ですが、最近の尋問《じんもん》でラルスは何を聞かれても『この真相はヴィオレッタ様にお尋《たず》ねください』と答えているとか。そうですよね、スヴェン？」

何それ？　嘘《うそ》でしょ？　私はスヴェンが否定してくれることを願った。しかし……、

「デュラン公爵のおっしゃったことは事実です。果たしてそれが私たちを惑《まど》わすためにラルスが繰《く》り返している戯《ざ》れ言《ごと》なのか、それ以外の意図があるのか、私にはわかりかねますが」

スヴェンの答えに、私は頭を抱《かか》えた。

ラルスってば、なんて迷惑《めいわく》な！　投獄《とうごく》されてからも紛らわしい発言を繰り返して人の足を引っ張るなんて、どんだけ私を破滅させたいのよ？

「仮にラルスの発言が妄想《もうそう》だとしても、疑いの晴れないうちはご即位《そくい》に賛同しかねます」

「ならば、あなたはどうすればヴィオレッタの即位に納得《なっとく》するというのだ？」

レナルドがデュラン公爵に問う。公爵の口元が一瞬ニヤッと笑みの形につり上がって見えた。

「私どもは、ヴィオレッタ様が即位なさる条件として、教会の掌握《しょうあく》を望みます」

なんですって？　思わず絶句した私への忖度《そんたく》など一切《いっさい》なしで、公爵がきっぱり告げる。

「ラルスが教会の騎士《きし》であった以上、教会にはまだ彼の協力者が残っているかもしれません。そういった共犯の有無《うむ》や教会の資金の流れなどについて監査《かんさ》を入れた上で、ご自身の無実を証明なさってください。それができる方にでしたら、私どもも喜んでお仕えしましょう」

「つまり、公爵は今まで王族が足を踏《ふ》み入れることを許されなかった教会の領域にまで王族が介入《かいにゅう》できるようになることを、即位の条件に挙げると？」

「多少人聞きの悪い言い方ですが、概《おおむ》ね間違《まちが》ってはおりません」

公爵とレナルドのやりとりを耳にし、広間にさらなる動揺が広がる。そりゃそうだ。

公爵はこともなげに言ってのけたけど、教会と王族の関係は複雑だ。表面上は、光の乙女が選んだ王に教会が仕えるという形を取っていても、ひとたび問題が生じた場合、教会は「神に選ばれし乙女」の威光《いこう》を笠《かさ》に着て、王族に反発してくる。

　そんな教会に単独で乗り込むなんて……。しかも、このやり方には致命的《ちめいてき》な欠点がある。

「教会に監査を入れ、掌握することの意義は理解した。しかし、それではヴィオレッタが無実であることの証明にはならないだろう？」

　私とまったく同じ疑問をレナルドが口にした。

「もし仮にヴィオレッタがラルスや教会と共謀していた場合、教会に赴《おもむ》いて隠蔽《いんぺい》工作に走る可能性もある。結局、彼女に教会の監査と掌握を命じても、意味がないのではないか？」

「では、どなたかが見届け人としてヴィオレッタ様にご同行なさってはいかがでしょう？」

　公爵がレナルドを見上げ、意味ありげに微笑む。その様子に私はピンときた。

　もしかしたら教会の監査も掌握も実はブラフで、レナルド派を公言する公爵の真の狙《ねら》いは、この見届け人の方にあるのかもしれない。もしそうだとしたら、交渉《こうしょう》の余地がある。

「デュラン公爵、私はあなたのご提案に賛成します。レナルドとリアムの二人を見届け人とし、共に教会で監査の任に当たることで、私は身の潔白を証明いたしましょう」

「ヴィオレッタ⁉」

　レナルドが信じられないといった顔つきで私の方を振《ふ》り返る。あのスヴェンですら、眼鏡の奥に動揺が走って見えた。だけど、私にとって見届け人の提案は願ったり叶《かな》ったりだ。

　レナルドを王位に就《つ》けたい公爵としては、彼を見届け人として教会に送り込み、私と同じ仕事をさせることで、二人の間に歴然たる能力差があることを示したいのだろう。

その過程で、私がボロを出して自滅すれば万々歳《ばんばんざい》。たとえ無実を証明できたとしても、レナルドの方が私より優《すぐ》れていると誰《だれ》の目にも明らかであれば、国王試験の結果――ひいては私の即位に異議を唱えやすくなる。どっちに転んでも、公爵の損にはならない。

ただ一つ彼にとって計算外だったのは、私が本気で王位を望んでいないという点だ。私は自らの無実を証明した上で、レナルドかリアムのどちらかを王に推《お》せれば満足なのだから。

ざわつく広間の中、デュラン公爵の探《さぐ》るような眼差《まなざ》しがどんな反論より鋭く私を射貫《いぬ》く。その時間にピリオドを打ったのは、お父様のあからさまな咳払《せきばら》いだった。

「デュラン公爵、そなたはヴィオレッタが教会の監査を通じて自らの潔白を証明し、教会の掌握に成功した暁《あかつき》には、彼女の即位を認めるのだな？」

「……はい、喜んで」

「ならば、余はヴィオレッタに教会の監査と掌握を、レナルドとリアムに彼女の見届けを命じよう。皆もそれで構わぬな？」

宮廷の中枢たる王と公爵の決定に表立って逆らう者はいない。レナルドがムッとした表情で口元を引き結び、リアムが涙目《なみだめ》で「無理無理無理無理！」と唱えていても、そっちは全員で見なかったことにする。私は玉座の前に進み出て、お父様の前で静かに頭《こうべ》を垂れた。

「陛下、どうか私に王命を」

「王女ヴィオレッタに命じる。レナルドとリアムと共に教会に赴き、己《おのれ》の責務を果たせ」

うん、これも乗りかかった船だ。王族が教会を掌握できれば、次の王となるレナルドかリアムの負担も少しは減るものね。私たちみんなの平和な未来のためにも、頑張《がんば》ろう！

前向きな気持ちになって微笑《ほほえ》む。そんな私のことを、レナルドたち兄弟はなんとも言えない表情で遠巻きに眺《なが》めていた。


朝議を終えたあと、私たち王位継承《けいしょう》者はすぐ控《ひか》えの間に下がった。その直後のことだ。レナルドが行く手を阻《はば》むように壁《かべ》にトンッと手をつき、端整《たんせい》な顔を近づけてきた。

「ヴィオレッタ、あんたはいったい何を考えている？」

「あ、あの、レナルド？　顔が近……」

「逃《に》げようとするあんたが悪い」

え、この体勢、私のせいなの？　いやまぁ朝議が終わるなり、そそくさと図書館に向かおうとしたのは私だけど、それは教会について調べたかったからで……。

結果として私は壁際《かべぎわ》に追い詰められ、レナルドの腕《うで》の中に上半身を閉じ込められている。イケメンは間近で見てもイケメン……じゃなくて！　レナルドの吐息《といき》が首筋にかかってくすぐったいし、なんかいい匂《にお》いまでするんだけど！

「ヴィオレッタ？　どうかしたのか？」

いつもと違う私の反応を不審《ふしん》に思ったのか、眉《まゆ》をひそめたレナルドがさらに顔を寄せてくる。

待って！　レナルドは意識してなくても、壁ドン初体験の私には刺激《しげき》が強すぎるから！

思わず目を逸《そ》らし、バクバクと脈打つ心臓の上に手を重ねた。その時だった。

「兄さん、ヴィオレッタをいじめるのはそのくらいにしなよ」

レナルドの腕を、リアムが後ろからクイクイと引っ張った。

「いじめ？　俺はヴィオレッタと話をしたいだけだが」

「なら、もっと離《はな》れて。もう少し適切な距離《きょり》を取った方がいいよ」

「…………」

レナルドがなんだか複雑な表情で私と弟を見比べ、腕の檻《おり》を解く。よ、よかった……。リアムのアドバイスが少しでも遅《おく》れていたら、私の心臓は爆発《ばくはつ》するところだったわ。

私はリアムにお礼を言おうとし、途中《とちゅう》でピタッと動きを止めた。あれ、リアム？

彼は私とレナルドの間に立ったまま、めずらしく唇《くちびる》をツンとがらせている。

「あのね、ヴィオレッタ。僕だって、さっきのことはちょっと怒《おこ》ってるんだよ。事前の相談もなく、勝手に僕たちを見届け人に願い出るなんて」

「うっ……、ごめんなさい。でも、ちょうどいい機会だと思って」

「どこがだ？　あんたは迂闊《うかつ》すぎる。即位直前で、公爵《こうしゃく》に足をすくわれたらどうする気だ？

しかも、教会にはラルスの共犯が残っているかもしれないんだぞ？　そんな場所へ、奴《やつ》の計画を潰《つぶ》した張本人のあんたが乗り込むなんて、いくらなんでも危険すぎる」

レナルドが苦々しい顔つきで吐《は》き捨てた。ただ、そのきつい口調とは裏腹に、彼の目は真剣《しんけん》そのもので、私の無鉄砲《むてっぽう》な行動を心の底から心配してくれているらしい。

ラルスとの共犯を疑われたあとでも、本気で私を王に推し続ける気なんだ。つまり、それだけ私のことを信頼《しんらい》してくれているわけで……。

「何を笑っている？　俺は真面目《まじめ》な話をしているんだが」

「ごめんなさい。あなたとリアムの真剣な様子を見ていたら、なんだか嬉《うれ》しくなっちゃって」

「は？」

「だってあなたたち、私がラルスと共謀《きょうぼう》していたなんて微塵《みじん》も疑っていないでしょう？　二人とも信じてくれてありがとう。大好きよ」

「…………」

レナルドとリアムが一瞬《いっしゅん》、意表をつかれたように固まる。一拍《いっぱく》後、二人して毒気を抜《ぬ》かれたように深いため息をこぼした。レナルドが口をへの字に曲げ、私の頰《ほお》に手を伸《の》ばしてくる。

「痛っ！　なんで急に引っ張るのよ⁉」

「人の気も知らずに、のんきにヘラヘラ笑っている姿を目にしたら、むかついただけだ」

「兄さん……。そんなこと言って、耳が赤くなってるよ」

「…………っ！」

　レナルドが私の頬からパッと手を離して横を向く。

　え、もしかして今のって照れ隠《かく》しだったの？　わかりづらいなぁ……。おまけに痛いし。

　ちょっと赤くなった頬をなでながら、恨《うら》みがましくレナルドを見上げる。彼はそんな私の方をちらっと見返し、真顔に戻《もど》って続けた。

「朝議の場で王命を承《うけたまわ》ったからには、教会に赴かなくてはならない。これ以上変に疑われる前にさっさと教会を掌握《しょうあく》して、身に降りかかる火の粉を払《はら》うぞ」

「うん。僕もできる限りのサポートをするから、一緒《いっしょ》に頑張ろう」

「レナルドもリアムも、ありがとう！」

　ああ、やっぱり私はこの二人が大好きだ。破滅《はめつ》を回避《かいひ》する中で二人と向き合い、今のような関係を築けたことが誇《ほこ》らしく、嬉しい。

　にやつく私を前にして、レナルドが再びムスッと口元を引き結ぶ。その隣《となり》で、素直《すなお》なリアムはちょっと照れたようにはにかんでいた。


　レナルドたちと別れたあと、私は早速《さっそく》図書館へ向かい、教会について調べることにした。

　教会の上層部は光の乙女《おとめ》と、彼女を支える三人の枢機卿《すうききょう》で構成されている。たとえ王族であっても、彼らの意向を無視することはできない。光の乙女は神に選ばれし存在で、唯一《ゆいいつ》国王と対等な立場にあるという建前のせいだけではない。教会上層部の承認《しょうにん》がなければ、私たち王侯《おうこう》貴族は結婚《けっこん》も離婚も、果ては養子《ようし》縁組《えんぐみ》や相続も行えないからだ。

さらに教会上層部には、悪逆非道な王令に抵抗《ていこう》する権利が与《あた》えられていて……。

私が夢中になって資料を読んでいると、その横にどさっと音を立てて追加の本が置かれた。

「教会について勉強なさるのであれば、これらの本にも目を通された方がいいですよ」

「スヴェン先生！」

さすがは家庭教師。何かお願いする前から、私のことを気にかけて様子を見に来てくれたらしい。私はスヴェンの配慮《はいりょ》にお礼を言おうとして、途中で言葉を呑《の》み込んだ。

彼の笑顔《えがお》はいつもと変わらない。でも、その下の本心はどうだろう？　ラルスの尋問《じんもん》を担当している以上、やっぱり内心では私を疑ってるんじゃないのかな？

「ヴィオレッタ様、いかがなさいましたか？」

「あ、いえ、その……」

返答に困る私を見下ろし、スヴェンがなぜかフッと笑みを深くする。

「ヴィオレッタ様はわかりやすい方ですね。ご安心ください。私はあなたがラルスの共犯だなんて思っていません。教え子であるあなたのことを信じていますよ」

……キラキラ全開の笑顔で言われても、かえってうさんくさく感じるのは私だけだろうか？

いっそう警戒《けいかい》を強めた私の反応など一切《いっさい》気にせず、スヴェンが向かいの席に腰掛《こしか》ける。

「もしお時間をいただけるようでしたら、少し本の説明をしてもよろしいでしょうか？」

「……はい。ぜひお願いします」

スヴェンが家庭教師らしく、持ってきた本の概要《がいよう》を手短に話し始める。そこにいつもと変わった様子はない。……うん、いつも通りのエグい課題量だわ。

説明を聞くだけでゲッソリしてきた私を見て、スヴェンがにっこり告げる。

「残念ながら今回、私は皆様《みなさま》に同行できません。教会で王族として恥《は》ずかしくない振る舞《ま》いをなさるためにも、どうか最低限の知識は身につけておいてください」

「先生は、その……やっぱり最近は、ラルスの尋問でお忙《いそが》しいのでしょうか？」

「実は今、私は別件の調査にも時間を取られているせいで、少々多忙《たぼう》なんです」

「何かあったのですか？」

私としては、なんとなく聞いた質問だった。だが次の瞬間、スヴェンの纏《まと》う雰囲気《ふんいき》がすっと真剣味《しんけんみ》を帯びたものに変わった。……え？　何かまずいことを聞いちゃった？

スヴェンが慎重《しんちょう》に辺りを見回す。彼は戸惑《とまど》う私の耳元に顔を寄せ、「レナルド様とリアム様以外の方には、まだ他言せずにお願いします」と前置きをしてから続けた。

「最近、王都では貧しい平民の青少年を狙《ねら》った誘拐《ゆうかい》事件が多発しているのです。私が把握《はあく》しているだけでも、すでに百名ほどが行方《ゆくえ》不明になっています」

「そんなにたくさん!?　警吏《けいり》はいったい何をして……って、警吏が何もしないからこそ、事件の調査が先生に託《たく》されたのでしょうか？」

「ご明察の通りです。今回の事件も身寄りのない青少年が被害者ということで、訴《うった》えがあっても警吏がまともに取り合わず、そのせいで発覚が遅れました」

「あー、そうですよねー」としか、私は答えようがなかった。警吏は平民のことなんて、そこら辺の虫と同レベルにしか考えていないからなぁ……。

「ここまで大規模な事件であれば、裏で大きな組織が動いている可能性も高いため、私の出番となったのです」

「そうなんですか。でも、なぜ今その話を私に？」

「それは、ヴィオレッタ様が教会へ赴《おもむ》かれるからです。教会には、付属の養護院と救貧院がありますよね？」

スヴェンが意味ありげに笑う。私はポンと手を打った。

前に文献《ぶんけん》で読んだことがある。養護院の保護対象が十二歳以下の子どもたちであるのに対し、救貧院ではそれ以上の年齢《ねんれい》で職がなく、衣食住に困っている人たちを保護していると。

「私は教会で養護院と救貧院の現状を確認してくればいいんですね？　困っている青少年をこれらの施設《しせつ》で保護できれば、今後誘拐されるかもしれない人の数自体を減らせますから」

「その通りです。王都の誘拐事件を早期に解決するためにも、ご協力いただけますか？」

もちろん私に断る理由はない。私のちょっとした努力で誘拐の件数を減らせるなら、それに越《こ》したことはないもの。

「わかりました、先生。私、頑張《がんば》ります！」

「ご協力、ありがとうございます。では、追加でこちらの本も」

いったいどこにそんな大量の本を隠し持っていたのだろう。もともと高くなっていた本の山に、スヴェンが追加で何冊も載《の》せていく。

「ヴィオレッタ様は実に優秀《ゆうしゅう》な生徒です。今後も成長に期待していますよ」

この課題の量からして、期待値が高すぎるように思えるけど……。スヴェンの輝《かがや》く笑顔を前にして、私にはすべてを受け入れる選択肢《せんたくし》しか残されていないようだった。

◆◆◆

朝議から一週間後の昼下がり、私はレナルドとリアムの三人で教会の本部へ向かった。

緊張《きんちょう》のあまり朝からソワソワしているリアムと、気を引き締《し》めた様子のレナルドと向き合い、馬車で揺《ゆ》られること一時間。窓の外を眺《なが》めていた私は、突如《とつじょ》として現れた光景に息を呑んだ。

すごい、本物の大聖堂だ！　まるで前世のヨーロッパに来たみたい！

晴れた空の下、高い尖塔《せんとう》を有する大聖堂のステンドグラスが幾色《いくいろ》にも輝いている。この大聖堂を中心として、辺りには教会関係の建物がいくつも並び、一つの区画を形成していた。

「皆様、ようこそお越しくださいました。私は教会の騎士《きし》で、ユーゴと申します」

大聖堂の前で馬車を降りた途端《とたん》、鳶色《とびいろ》の髪《かみ》と目をした青年がひざまずき、出迎《でむか》えてくれた。青い布地に金のラインが入った騎士の制服を着ていなかったら、聖職者と見間違《みまちが》えたかもしれない。ユーゴと名乗った騎士は、それほど優《やさ》しげな風貌《ふうぼう》をしていた。

「私は第一王子のレナルドだ。今日はよろしく頼《たの》む」

レナルドが手を差し出す。その瞬間《しゅんかん》、ユーゴがピシッと音を立てそうな勢いで固まった。

まさか王族からこんな気さくに握手を求められるとは思っていなかったらしい。まぁ、下町によくお忍《しの》びで通っているレナルドは、王族の中でもかなり特殊《とくしゅ》な方だと思うけど。

「こ、こちらこそ、どうぞよろしくお願いいたします！」

ユーゴが尊敬と緊張の入り交じった目でレナルドを見上げ、恐《おそ》る恐る手を取る。その顔になんとも嬉《うれ》しそうな笑みが浮《う》かんだ。同じ騎士でも、ラルスと違って純朴《じゅんぼく》そうな人だな。こういう人が相手なら、教会でもうまくやっていけそうな気がする。

そう思って私が肩《かた》の力を抜《ぬ》いた、その瞬間の出来事だった。いかにも騎士といった風貌の筋骨たくましい男が、緋色《ひいろ》のマントをなびかせながら、大聖堂の奥から現れた。

「これはこれは王族の皆様、お忙しい中、ようこそお越しくださいました」

「あ、騎士団長」

ユーゴが慌《あわ》てて敬礼する。目立つマントを羽織っていると思ったら、騎士団のトップらしい。

「ユーゴ、ご苦労だった。おまえはもう退《さ》がっていいぞ」

「え？　ですが、あの、今日は私が皆様のご案内を承《うけたまわ》って……いえ、失礼いたしました」

騎士団長からジロッとにらまれ、ユーゴが口をつぐむ。何か連絡《れんらく》の行き違いでもあったのだろうか。不思議に思っていると、団長がユーゴを押しのけて私たちの前に進み出てきた。

「僭越《せんえつ》ながら、本日は私が皆様を会場までご案内いたします。どうぞこちらへ」

うーん、これは……。団長の笑顔を見上げて、なんとも言えない気持ちになる。悪名高いワガママ王女の噂《うわさ》でも思い出したのか、団長の目は私を値踏《ねぶ》みするように探《さぐ》っていた。

個人的には、人をそういう目で見なかったユーゴの方に好感が持てたけど、団長の決定を無視して、彼を案内役に指名するわけにもいかない。そうよね？

レナルドに目で問うと、彼はうなずき、さっきからフリーズしているリアムの肩に手を置いた。リアムがハッと我《われ》に返って、不安そうに私たちの顔を見回す。

そうだよね。リアムはただでさえ人と話すのが苦手なんだから、こういう場所は特に緊張するよね。

私はリアムを安心させるように横に並ぶと、レナルドと二人で彼を守るようにして団長のあとに続いた。そんな私たちのことを、ユーゴは少し寂《さび》しげに敬礼しながら見送ってくれた。

てっきり私は憧《あこが》れの大聖堂に案内されるんだと思って、ワクワクしていた。だけど、残念。

騎士団長は大聖堂の入口で横に曲がると、中庭に面した石造りの回廊《かいろう》に私たちを連れ出した。

石柱の間から垣間《かいま》見《み》える庭には冬でも青々とした草木が茂《しげ》り、無機質な石の回廊と対照的な生の世界を生み出している。これはこれで、中世ヨーロッパみたいですごくいい。つい嬉しくなって辺りを見回していたら、気づいたレナルドに「おい」とたしなめられた。その時だった。

「貴様！　光の乙女《おとめ》に対し、なんと無礼な仕打ちを！」

突如として響《ひび》いた怒声《どせい》が荘厳《そうごん》な静けさを切り裂《さ》く。え、何事？

「私が様子を見て参ります。皆様はこちらでお待ちください」

騎士団長が慌てた様子で一礼し、回廊の角を足早に曲がって行く。

「ねぇ、レナルド。今の声って……」

「光の乙女に付き従っている男のものだろうか？」

「でも兄さん、聖職者の言葉にしてはちょっと……その、乱れていなかった？」

リアムのやんわりとした指摘《してき》に、私たちは三人して顔を見合わせ押し黙《だま》った。

回廊の曲がり角はすぐ先だ。少し顔を出して様子を窺《うかが》うくらいなら、動いたうちに入らないよね？……よし。石柱に手をかけ、曲がり角の先をそっと覗《のぞ》く。

最初に視界に飛び込んできたのは、上品そうな顔立ちをした四十歳くらいの女性だった。亜《あ》麻《ま》色《いろ》の髪を後ろで緩《ゆる》くまとめ、白地に金のラインが入ったローブの上から、緋色のマントを纏っている。その指には、遠目にもわかるほど大きなアクアマリンの指輪がはめられていた。

知ってる。あれは「グランドール恋革命《こいかくめい》」の最後で、光の乙女となったアナリーが先代の乙女から受け継《つ》ぐ指輪だ。彼女の瞳《ひとみ》と同じ色をしている上に、ゲーム中のスチルで見て普通《ふつう》に欲しいなと思ってしまうほど好みのデザインをしていたから印象に残っているのよね。

今乙女の前には、痩《や》せぎすで目つきの悪そうな男が立っていた。漆黒《しっこく》のローブに青いマントという出で立《い》ちは、彼が聖職者であることを示しているはずだけど……。

「よりにもよってこの大事な日に乙女に汚水《おすい》をかけるなど、おまえは何を考えている⁉」

男がツバを飛ばしながら、乙女の足下《あしもと》に向かって叫《さけ》んだ。

そこには真っ青な顔で震《ふる》えながら、濁《にご》った水たまりの中心でひざまずいている少年がいた。ひっくり返した掃除《そうじ》の水をかぶってしまったのか、腰《こし》から下がずぶ濡《ぬ》れになっている。

「あの、バチスト様、少々お言葉が……」

近づいた騎士団長がバチストと呼んだ男を諫《いさ》める。まぁ、王族が聞き耳を立てているそばで、この暴言はまずいよね。だけど、興奮している彼の耳には届かなかったらしい。

「貴様を処罰《しょばつ》する！　そうだな、今は冬であるし……」

私は嫌《いや》な予感に襲《おそ》われた。まさかこのずぶ濡れの状態で、少年に罰を与《あた》えるわけじゃないよね？　いくら王都の冬は前世の日本より暖かいとはいえ、そんなことをしたら風邪《かぜ》を引いてしまう。

私は期待を込めて乙女を見た。光の乙女は部下の暴走を止めないの？　しかし、彼女は頬《ほお》に手を当てながらオロオロしているだけだ。

ここは助けに入った方がいい気がする。でも、私のような王族が出しゃばっていいのかな？

迷っている間にも、バチストは少年を指さし、顔に底意地の悪い笑《え》みをひらめかせている。

「よし、決めた。貴様の処罰だが……」

まずい！　ここはやっぱり止めないと！

私は王族の立場も忘れ、石柱の陰《かげ》から飛び出そうとした。まさにその時だった。

「バチスト様、お待ちください」

語気は鋭《するど》くないのに、有無《うむ》を言わせぬ迫力《はくりょく》の声が回廊の反対側で上がった。バチストが声のした方をにらむ。私もつられて視線を向け、思わず目を瞠《みは》った。

すごい。レナルドたち攻略《こうりゃく》キャラ以外にも、こんなイケメンが存在するなんて。年の頃《ころ》は、私やレナルドとさして変わらないだろう。青みがかった銀髪《ぎんぱつ》の下から覗く青年の顔は、大聖堂に飾《かざ》られている彫像《ちょうぞう》のように冷たく整っている。

「マティアス、私に何か意見をする気か？」

「いいえ、私ごときが首席の枢機卿《すうききょう》であるバチスト様にご意見など、とんでもございません」

ちょっと待って！　枢機卿って、光の乙女に次ぐ教会のトップじゃない。

マティアスと呼ばれた青年は私たちの存在に気づかなかったのか、こちらには目もくれず、バチストの前まで来て立ち止まった。その優美な唇《くちびる》の端《はし》が皮肉げにつり上がる。

「僭越ながら、バチスト様の頭にはすでに多くの知識が詰《つ》まっているため、新しい物事を記憶《きおく》する容量が不足していらっしゃるご様子。故《ゆえ》に養護院と救貧院の責任者が誰《だれ》であるかということを折に触《ふ》れて進言し、失われた記憶を補完させていただく必要があると愚考《ぐこう》した次第《しだい》です」

「なっ……！」

バチストの額にピキッと青筋が走った。遠回しに言ってるけど、それってつまり……、

「貴殿《きでん》は、私が他人の領分を侵《おか》す耄碌《もうろく》じじいだと言いたいのか？」

「バチスト様は、ご自身をそのようにお考えなのですか？　それは、それは……」

マティアスがしれっとバチストを煽《あお》る。この人、クールな見た目に反して、かなりいい性格をしているらしい。彼はバチストから殺意の籠《こ》もった目でにらまれても臆《おく》することなく、その場に膝《ひざ》をついて、水たまりで震えている少年に手を差し伸《の》べた。

少年がハッとした様子でマティアスを見上げる。私は石柱の陰で胸をなで下ろした。

一瞬危ない人に思えたけど、マティアスはバチストと違ってまともな聖職者らしい。彼が少年を助けてくれるなら、私の出る幕はない。そう思ったのに……、

「光の乙女の衣《ころも》を汚《よご》した罪は重い。罰としておまえに一日の絶食と、礼拝堂で一晩寝《ね》ずに立ったまま神に赦《ゆる》しを乞《こ》い続けることを命じる」

「えっ⁉　そこは優しく助ける場面じゃないの⁉」

……あ、いけない！　私は慌てて口を手で押さえた。しかし、この時すでにその場にいた全員が私の方を向いていた。

「ヴィ、ヴィオレッタ様？　レナルド様とリアム様まで、いつからそちらに？」

どうやらバチストは、私たち王族の顔を知っていたらしい。醜態《しゅうたい》を目撃《もくげき》されたと知って、真っ赤な怒《いか》り顔が一瞬《いっしゅん》にして真っ青な困り顔に変わる。

そばにいた騎士《きし》団長が「だから言わんこっちゃない」と言いたげな表情をしているが、すべてあとの祭りだ。だけどまぁ、それはとっさにつっこんでしまった私の方にも言える。

こうなっては仕方ない。私は意を決し、マティアスの前に進み出た。

「はじめまして、私はヴィオレッタ・ディル・グランドールと申します。マティアス、先ほどあなたが少年に下した罰の内容を聞いたのですが、いささかやり過ぎではないでしょうか？　今は冬ですし、礼拝堂で神に赦しを乞うにしても、せめて一時間程度にしてはいかがです？」

本音を言えば、今の季節は暖かい場所で座ったまま神様にお祈《いの》りを捧《ささ》げてほしい。でも、さすがにそれじゃ罰にならないと思って、私なりに譲歩《じょうほ》したんだけど……。

「お初にお目にかかります、ヴィオレッタ様。市井《しせい》の噂からは想像もつかないほどのお優《やさ》しいご配慮《はいりょ》、痛み入ります。ですが、養護院と救貧院に属する者たちの処遇《しょぐう》は、責任者である枢機卿の私に一任していただきたく存じます」

枢機卿？　こんなに若い人が？

驚《おどろ》く私を、藍色《あいいろ》の冷めた双眸《そうぼう》が見下ろす。蒼白《そうはく》になって震えだしたバチストと対照的に、その目は「部外者はすっこんでろ」と如実《にょじつ》に語っている。……うん、言いたいことはわかるよ。

だけど、私もずぶ濡れの少年を目にしてしまった以上、放《ほう》ってはおけない。

「差し出がましいとは重々承知ですが、やはり少年相手に過度の体罰はよくありません」

「貴重なご意見をありがとうございます。ですが、王族には王族の作法がありますように、教会には教会の流儀《りゅうぎ》がございます。この程度の処罰は、教会や市井においては普通のことです」

え、そうなの？　前世の記憶を持つ私にとって、体罰はどんな時でも絶対にダメだ。それはこの世界でも同じだと思ってたけど……レナルドとリアムなら、わかってくれるよね？

不安に駆《か》られ、二人に意見を求めようとする。しかし、振《ふ》り返った私の口から疑問が紡《つむ》がれることはなかった。……レナルド？

限界まで大きく見開いた目で、レナルドがマティアスの顔を凝視《ぎょうし》している。その唇から、かすれた問いかけがこぼれた。

「マティアス、君がなぜここに……？」

答えはない。代わりに、マティアスの口元に一瞬寂《さび》しげな微笑《びしょう》がよぎって消えた。それを見たレナルドが無言でそっと目を伏《ふ》せる。

なに、この意味深な反応！　まさか二人は知り合いなの？

隣《となり》を見ると、リアムにも事情がわからないらしく、不安そうに見たちの顔を見比べている。

二人の関係を知りたくても、軽々しくは聞けそうにない。冷たく無機質な回廊の中、静かに向き合うレナルドとマティアスの二人を、私とリアムは黙って見守ることしかできなかった。

第二章　美しい枢機卿には棘がある

正式な挨拶《あいさつ》をする前に教会上層部の面々と遭遇《そうぐう》してしまった私たちは、気まずい雰囲気《ふんいき》の中教会に所属する修道院の応接室に案内された。

目の前には今、教会の上層部を構成する面々が並んで座っている。右から順に無表情のマティアス、痩せぎすのバチスト、そしてふくよかなもう一人の枢機卿と光の乙女《おとめ》だ。

バチストともう一人の枢機卿は、先ほど私たちの前で見せた失態の影響《えいきょう》や、レナルドとマティアスの関係が気になっているのか、落ち着きがない。そんな二人と対照的に、光の乙女は顔に穏《おだ》やかな笑みを浮《う》かべながら、おっとりした口調で私たちに話しかけてきた。

「王族の皆様《みなさま》には、乙女の代替《だいが》わりを前にこのような交流の場を設けていただき、感謝します」

「こちらこそ今日はお時間を取っていただき、ありがとうございます。王族がこちらの教会にお邪魔《じゃま》するのは三年ぶりだと聞いていますが、教会の皆様はお変わりございませんか？」

私の発言に、バチストともう一人の枢機卿が顔を引きつらせた。そりゃまぁラルスのような反逆者を出したのだから、お変わりありまくりだよね。その反応は正しいよ。

逆に私は「おかげさまでつつがなく過ごしております」と返した光の乙女や、無表情を貫《つらぬ》いているマティアスの方がよほど気になった。本心が読めない仮面の下で、この二人は何を考えているんだろう？　それに、マティアスとレナルドの関係は？

先ほどからレナルドは明らかにマティアスのことを意識しているのに、公《おおやけ》の場のせいか話しかけることはなかった。マティアスの方も同じだ。その微妙《びみょう》な距離感《きょりかん》がじれったい。

ただ、いくら二人の関係が気になっても、今は他《ほか》に話すべきことがある。

「今日は折り入って教会の皆様にご相談したいことがあり、こちらへ参りました」

「まぁ、どのようなご用件でしょう？」

光の乙女がことりと首をかしげる。私は背筋を正し、意を決して続けた。

「皆様もご存知のように、陛下は今後一年以内に王座を退かれるおつもりです。私たち王族は教会の皆様と足並みをそろえながら、乙女の代替わりも同時に実現できると考えていました。しかし残念ながら、そう信じていたのは私たちだけだったようです」

「それは、いったいどういう……」

「あの事件が私たちに与《あた》えた衝撃《しょうげき》は、それほど大きかったということです。ラルスは捕《つか》まりましたが、それでもまだ私たちは完全に安心することができずに困っています」

「……ヴィオレッタ様は、ラルスの背後に我々《われわれ》教会が控《ひか》えているとお考えなのでしょうか？」

静かな怒《ど》気をはらんだ声が上がった。バチストだ。彼は高位の聖職者でありながら、割と直情的な性格をしているらしい。あからさまに警戒《けいかい》している彼に、私はイエスでもノーでもなく、スヴェンを真似《まね》た笑《え》みを向けた。

「乙女の代替わりを控えている今、王族と教会の間で生じた誤解は即刻《そっこく》解消されるべきです。そのためにも王族と教会の交流を増やしたいと思うのですが、いかがでしょう？」

「……ヴィオレッタ様は、具体的にどのような交流をお望みなのでしょう？」

「そうですね。私たち王族が教会内を自由に見て回ったり、聖職者の皆様と話したり、教会の保有している書物を好きに読んだりする許可をいただけたら、幸いです」

「そ、それは、もはや監査《かんさ》ではございませんか！」

うん、監査だよ。……と正直に答えたくても、ここは我慢《がまん》だ。愕然《がくぜん》としているバチストを刺《し》激《げき》するわけにはいかない。うーん、どう答えようかと悩《なや》んでいるとレナルドが口を開いた。

「失礼ですが、監査という言い方は誤解を招くため控えてもらえませんか、バチスト？」

「で、ですが、ヴィオレッタ様は教会のすべてをご覧になりたいとおっしゃって……」

「それは、あなた方を信じているからです」

「……は？　信じているとおっしゃるなら、何もそのようなことをなさらなくても……」

あくまでねばるバチストを、隣の枢機卿が「頑張《がんば》れ」と目で応援《おうえん》している。ただ、彼の激励《げきれい》もレナルドの前では意味をなさなかったらしい。

「バチストは、初代国王と光の乙女の逸話《いつわ》をご存知ですか？」

レナルドの突然《とつぜん》の話題転換《てんかん》に、バチストが眉《まゆ》をひそめる。しかし、それは私も同じだ。急にどうしたのかと訝《いぶか》る中、レナルドはテーブルの上で優雅《ゆうが》に手を組み、にっこり続けた。

「初代国王の時代、他国の謀略《ぼうりゃく》により、王と乙女の絆《きずな》にヒビが入りかけたことがありました。そのことを問題に感じた乙女は王を教会へ招き、隅々《すみずみ》まで自由に見て回ることを許可しました。しかもその間、乙女は一番の忠臣であったナタンに命じて、自らの身体《からだ》を柱にくくりつけさせていたそうです。そうすることで、教会は何も隠《かく》していないと王に訴《うった》えたのです」

「ええ、その話は存じています。ですが、それはあくまで言い伝えであって……」

「逸話とは誇張《こちょう》されて伝わるものですし、あなた方にそこまでのことは求めていません。ただ、現代でも初代国王と乙女のような絆を築きたいと願っている私たち王族に対し、乙女の後継《こうけい》を謳《うた》うあなた方教会がどのように対応なさるおつもりか、気になっただけです」

さすがレナルド、うまいな。バチストが頭を抱《かか》えているよ。

仮にラルスの件ではシロだとしても、教会にだって隠しておきたいことの一つや二つはあると思う。それでも今の逸話を聞いたあとで王族の監査を拒否《きょひ》すれば、現教会は王族との関係を軽視していると公言するのも同然だ。権力の根拠《こんきょ》を王と乙女の絆に見いだしている教会としては、受け入れがたい話だろう。さて、バチストはどう出るか？

「レナルド様は具体的にどれほどの期間、我々と深い交流をお望みなのでしょうか？」

テーブルの端《はし》の方から、落ち着いた口調で質問が投げかけられた。発言の主は、意外にも黙《だま》って様子を窺《うかが》っていたマティアスだった。

「失礼ですが、ある程度具体的なご意向を伺《うかが》わなければ、教会としても判断ができません」

「……それもそうだな。すまない」

藍色の瞳《ひとみ》をまっすぐに向けられ、レナルドがわずかに目を逸《そ》らす。いつもの交渉《こうしょう》慣れした彼らしくない。さっきからマティアスを相手にするとこうだ。二人は知り合いのように思えるけど、いったいどういう関係なんだろう？

私が心配して見ていると、気を取り直したレナルドがよそ行きの笑みを顔に戻《もど》して続けた。

「交流期間については、ラルスのような不届き者はもう教会にいないと確信が持てるまで。最低でも一ヶ月、場合によっては数ヶ月ほど時間をもらえたら嬉《うれ》しいですね」

「くっ……！」

バチストともう一人の枢機卿《すうききょう》が苦虫をかんだような顔になる。マティアスは対照的に眉一つ動かすことなく、光の乙女の判断を仰《あお》ぐように視線をすっと横向けた。

乙女は先ほどから一言も発することなく、おっとりした様子で顎《あご》に手を当て思案している。お飾《かざ》りの要素が強いにしても、一応教会のトップだよね？　こんな調子で大丈夫《だいじょうぶ》？

私は人ごとながら心配になったけど、それでも彼女が教会の代表であることに変わりはない。

皆が答えを待つ中、乙女はにっこり微笑んで決断を下した。

「ラルスのような反逆者はもう教会におりませんし、やましいこともございません。私たちの誠意が初代乙女に劣《おと》らぬことを実感していただくためにも、私は王族との交流を望みます」

「お、乙女……！」

バチストがガタッと椅子《いす》から立ち上がり、蒼白《そうはく》になって叫《さけ》ぶ。しかし、彼にもこうする以外の道がないことはわかっていたらしい。最後には渋々《しぶしぶ》私たちの提案を受け入れてくれた。

「では、王族の受け入れが決定したところで、次は細かい取り決めについて話しましょう」

淡々《たんたん》と話を進めるマティアスは、その彫像《ちょうぞう》のような見た目通り、感情が欠落しているのだろうか。それとも心を隠す術に長《た》けているのか、バチストのように悔《くや》しがることすらない。

そんな彼のことを、レナルドはさっきからもの言いたげな様子で見つめている。その瞳には迷うような光が浮かんでいても、今は王族としての義務を優先する気らしい。それはリアムも同じだ。彼も逃《に》げることなく、一生懸命《いっしょうけんめい》に話を聞いている。うん、私も頑張らなきゃ！

「今回の取り決めについてですが、私たち王族としては……」

私は気合いも新たに口を開くと、レナルドと一緒《いっしょ》になって教会との交渉を再開させた。

気の抜《ぬ》けない会談を終えてから約十分後。応接室をあとにした私は、レナルドたちと一緒に足取りも軽く教会の回廊《かいろう》を歩いて……いられたら、よかったんだけど。

私は前を行くマティアスの様子を窺い、陰《かげ》でこっそりため息をこぼした。

教会との交渉結果には概《おお》ね満足している。こちらの要望はほぼ受け入れられ、教会内での自由な行動を許可されたから。唯一《ゆいいつ》の難点は、バチストがマティアスを私たちの案内役、もとい監視役に命じたことだ。

マティアスは優秀《ゆうしゅう》な枢機卿かもしれない。でも、人には向き不向きがあるようで……。

「皆様《みなさま》、この先は墓地です。ここが墓地となったのは四百九年前。埋葬《まいそう》者は九百三名です」

愛想《あいそ》と愛嬌《あいきょう》の死滅《しめつ》した説明を耳にして、私は頭を抱えた。たとえゾンビだって、もう少し明るい声で墓地の説明をしてくれそうな気がする。この鬱々《うつうつ》とした案内に、私はどう応じればいいんだろう？　リアムなんて、空気の重さに負けてフラフラしてるよ。

思わず途方《とほう》に暮れ、天を仰いだ。その時、レナルドが少し緊張《きんちょう》した面持《おもも》ちでマティアスの隣《となり》に進み出た。どうやら先陣《せんじん》を切って、この空気をどうにかしようと考えてくれたらしい。

「マティアス、案内もいいが、私は久々の再会を嬉しく思っているよ。まさか君が枢機卿になっているなんて驚《おどろ》いたが」

「……レナルド様と最後にお会いしてから、私もいろいろございましたので」

おおお！　マティアスが初めて普通《ふつう》の人っぽいセリフを口にした！　この感じ、やっぱり二人は知り合いだったのね。

まともに言葉を交《か》わせたことで、レナルドも少し肩《かた》の力が抜《ぬ》けたらしい。彼は口元をフッと緩《ゆる》め「そういえば」と続けた。

「親父《おやじ》さんは元気か？　できれば今度、久し振《ぶ》りに会いたいな」

「申し訳ございません。父は他界しました」

「…………」

レナルドの表情がピシッと固まる。ああ、なんて微妙《びみょう》な話題！　でも長い間会っていなかったのなら、知らなくても仕方ないよね。どうやらマティアスも同じ感想を抱《いだ》いたらしい。

「レナルド様、どうか父のことはお気に病《や》まないでください」

「だが……」

「さぁ、この先は騎士《きし》たちの練兵場です。今は訓練中だと思いますので、お静かに願います」

マティアスが一方的に会話を打ち切り、回廊の突《つ》き当たりで足を止める。彼は困惑《こんわく》している
レナルドの前で扉《とびら》に手をかけた。……うっ、まぶしい！

思わず手をかざして目をすがめる。次の瞬間《しゅんかん》、私は飛び込んできた光景に目を奪《うば》われた。

すごい……。抜けるような青空の下、何十人もの騎士たちが一糸乱れぬ動きで青いマントを翻《ひるがえ》し、天に向かって剣《けん》を幾度《いくど》も突き上げている。そういえば、光の乙女《おとめ》の就任式では剣舞《けんぶ》が披露《ひろう》されると聞いた。その練習をしているのだろうか。

息をするのも忘れ見入っていると、ふと舞《まい》をやめ、その場でひざまずく騎士が現れた。大聖堂の前で最初に私たちを迎《むか》えてくれたユーゴだ。異変に気づいた他《ほか》の騎士たちも何事かと動きを止め、こちらを向く。その中心から騎士団長が慌《あわ》てた様子で飛び出してきた。

「王族の皆様！　マティアス様も！　このような場所までご足労いただき、光栄です」

団長が私たちの前まで来てひざまずく。それを目にした部下たちも慌てて膝《ひざ》をついた。

はぁぁぁー。五十人はいそうな騎士たちから一斉《いっせい》にかしずかれるとか、壮観《そうかん》だわ。まるで自分が偉《えら》くなったみたい。……って、私も一応王女だけど。

ビクッと震《ふる》えたリアムが兄の後ろに隠れる。レナルドの方はめずらしく鈍《にぶ》い反応で、何も言わない。どうやらさっきのマティアスとのやりとりを引きずっているらしい。一方のマティアスは何事もなかったかのように片手を上げ、感情の欠けた声で騎士団長に話しかけた。

「王族の皆様は、ありのままの教会をご覧になりたいと仰《おお》せだ。どうか訓練を続けてくれ」

「はっ！　寛大《かんだい》なお心遣《こころづか》いに感謝いたします！　では、早速《さっそく》続きを」

騎士団長の返事に続いて、残りの騎士たちも立ち上がる。

「王族の皆様はどうぞこちらへ」

私たちはマティアスの案内で、練兵場の端に設けられた観覧席へ移動した。野外であることを考慮《こうりょ》した結果か、石造りの頑強《がんきょう》なベンチが六脚《きゃく》ほど並んでいる。

「あ、ヴィオレッタ、座るのはちょっと待って」

「リアム？　急にどうしたの？」

不思議に思って振り向くと、リアムがポケットの中をゴソゴソ探《さぐ》って、中から清潔そうな水色のハンカチを取り出した。それをそのまま広げて、ベンチの上に敷《し》いてくれる。

「あの、今日は寒いし、せっかくのドレスが汚《よご》れちゃっても悲しいから」

「リアム……！　わざわざありがとう！」

「すまない、リアム。考え事をしていたせいで、気が回らなかった」

「兄さんが気にすることないよ。それよりほら、剣舞が再開されるよ」

照れ隠《かく》しなのか、頰《ほお》を染めたリアムが早口で言って練兵場を指さす。その先では、ちょうど騎士団長が手を上げたところだった。それを合図として、騎士たちが一斉に剣を掲《かか》げる。

私はワクワクして前のめりになった。剣舞を観《み》るのは初めてだもの。せっかくだし、楽しまなきゃ。……と思ったのに、なんだかさっきと比べて、みんな動きに切れがないような。

私たち王族が観ているせいで、緊張したのかもしれない。中には、舞の途中でちらちらとこちらに視線を投げかけてくる者まで出る始末。うーん、これは完全に邪魔《じゃま》になってるわね。

マティアスも同じことを感じたのか、五分ほど見学したところで早々に席を立った。

気づいた騎士たちが慌てて練兵場の出口に並ぶ。さすが騎士だけあって、お見送りの敬礼はビシッと決まっている。でも、なぜだろう？　彼らの顔に浮《う》かんでいる社交用の笑《え》みがぎこちなく感じられる。てっきりワガママ王女と悪名高い私がいるせいかと思ったけど、違《ちが》う。

騎士たちの視線の先にいるのはマティアスだった。彼らの目には侮蔑《ぶべつ》とも嫌悪《けんお》とも取れる光が宿っている。枢機卿であるマティアスは彼らにとって上司のような存在なのに、なぜ？

「次は大聖堂へご案内いたします」

扉を閉めたマティアスが淡々と告げる。私はモヤモヤした気持ちを持て余して、その仏頂面《ぶっちょうづら》を見つめた。確かにマティアスはお世辞にも親しみやすい性格とは言えない。それでも枢機卿《すうききょう》に対してあんな態度を取るのは、さすがに変だ。

私は後ろ髪《がみ》を引かれる思いで、練兵場へ続く扉を振り返り……やっぱりダメだ。気になる。

「ヴィオレッタ、どうしたの？」

「ごめんなさい、リアム。せっかく借りたハンカチを観覧席に置いてきちゃったみたい。取りに戻《もど》るから、みんなは先に大聖堂に向かっていて」

「え？　ヴィオレッタ！」

対人恐怖症《きょうふしょう》のリアムと、調子の悪そうなレナルドに迷惑《めいわく》をかけるわけにはいかない。私だって、教会内を自由に見て回る許可を光の乙女からもらったわけだし、騎士たちに少し話を聞くくらいなら問題ないよね。自分にそう言い聞かせ、足早に回廊を戻って行く。

案内途中で時間もない。私はひと思いに練兵場の扉を開けようとした。その時だった。

「さっきのあれ、どう思う？　養父殺しが王族の案内とは……」

「まったく、救貧院の出身者がよくもここまで出世したもんだぜ」

「クレマン様の愛情を利用しやがって、許せねぇよ」

扉越《ご》しに聞こえてきた声に、心臓がドクンと跳《は》ね上がる。

王族の案内って、マティアスのことよね？　それが養父を殺したとか、救貧院の出身だとか、どういうこと？　さっきの騎士たちの微妙な視線と何か関係があるのだろうか？

会話の内容が気になりすぎて、つい扉に耳を寄せてしまう。そんな私の肩に、突然《とつぜん》後ろから手が置かれた。ひゃっ！　何⁉

反射的に振り向く。あ……。

私は顔をこわばらせた。なぜなら、そこに立っていたのは冷たい彫像《ちょうぞう》のような面持ちで静かにこちらを見下ろすマティアスだったから。

「ヴィオレッタ様、ここで立ち止まっていらっしゃっても、忘れ物は飛んできませんが」

うっ、それはそうだけど。そもそもハンカチを忘れたっていうのは、私が練兵場に戻るため適当に言った口実で……。しかも今、練兵場に入るのはちょっと……って、ああ！

私が止める間もなく、マティアスが扉を無造作に開けて中に入って行く。その瞬間、笑い声とざわめきに満ちていた広場がシーンと静まりかえった。

「忘れ物を取りに来ただけだ。皆はどうか気にせず、訓練を続けてくれ」

ねぇ、マティアスの発言はわざとなの？　それとも本当に空気が読めていないだけなの？

この微妙な状況《じょうきょう》下でも、マティアスだけは顔色一つ変わらない。彼は騎士たちの困惑した視線も気にせず、無言で観覧席へ向かうと、手ぶらのまま私のもとに帰ってきた。

「失礼ですが、ヴィオレッタ様は本当にハンカチをお忘れになったのでしょうか？」

「え？　確かに忘れたと思ったんだけど……ごめんなさい。自分でも無意識のうちに、ドレスのポケットにしまっていたみたい」

うん、わかってるよ。これがどれほど苦しい言い訳かってことは。

マティアスからじっと見下ろされ、背筋を冷たい汗《あせ》が伝い落ちていく。しかし彼は私の下手《へた》な言い訳を追及《ついきゅう》することなく、こちらに背を向けスタスタと先に回廊《かいろう》へ戻っていった。

マティアスの後ろをついていきながら、肩越《かたご》しにそっと振り返る。騎士たちは私たちの背中に敬礼を送っていたものの、練兵場を満たす空気は今までの何倍も居心地《いごこち》が悪くなっていた。

✦✦✦ ✦✦✦

私たちはマティアスの案内で大聖堂に向かったあと、修道院付属の図書室からハーブ園に至るまで様々な場所を見学させてもらった。見るものすべてが新鮮《しんせん》で興味深い。しかしその一方で、私は次第《しだい》に募《つの》っていくモヤモヤした感情と疑問を持て余し、困っていた。

案内の途中で騎士や聖職者たちと会うたびに、皆《みな》が気負った様子や怯《おび》えた様子で挨拶《あいさつ》をしてきたんだ。それも私たち王族にではなく、マティアスに対して。

練兵場で耳にした不穏《ふおん》な噂《うわさ》といい、皆の微妙な態度といい、なんなのだろう？

冬の日は短い。私たちがハーブ園を出る頃《ころ》には、大聖堂の尖塔《せんとう》まで夕日で赤く染まっていた。前を行くマティアスが足を止めて振り返る。彼は私たちに向かって静かに頭を下げた。

「ご案内は以上です。本日は長きにわたっておつき合いいただき、ありがとうございました」

「……え？　待って、マティアス！　私たちはまだ養護院と救貧院を見ていないわ」

「養護院と救貧院？　なぜ王族の方々がそのような場所をご覧になりたいのですか？」

探るような視線を向けられ、私はうっと怯《ひる》んだ。マティアスの言いたいことはわかるよ。普《ふ》通《つう》の視察で、王族にそういったバックヤードを見せることはまずないと思うから。でも、私はスヴェンから養護院と救貧院の現状を確認《かくにん》してくるよう頼《たの》まれているのだ。誘拐《ゆうかい》事件について口止めをされている以上、本当のことを打ち明けずに、なんとか見学をお願いしたい。

「見るべき価値がないかどうかは、こちらで判断するわ。だから、ひとまず案内をお願い」

「なぜそこまで養護院と救貧院にこだわられるのです？　何か特別な目的でもお持ちで？」

「いえ、それは、その……」

「町の真の状態を知りたかったら、裏通りまで視察しろと言うだろう？　それと同じことだ」

マティアスの不審《ふしん》に満ちた問いかけから守るように、助け船が出された。レナルドだ。

「我々《われわれ》王族は教会に対する理解を深めるためにも、そのすべてを知りたいと願い、光の乙女《おとめ》もそれを認めた。養護院と救貧院も教会の一部であれば、見学を望んで当然だろう？」

さすがレナルド、フォローがうまい。真摯《しんし》な眼差《まなざ》しで見つめられ、あのマティアスが答えに迷っている。彼も王族と教会の取り決めを無視するわけにはいかなかったのだろう。私たちの顔を順に見回し、最後に「かしこまりました」とだけ告げて踵《きびす》を返した。

よし、これで目的を達成できる。私たちもハーブ園に背を向け、あとについて行った。

それから十分も歩いた頃、屋敷《やしき》と呼ぶには簡素な、しかし普通の家よりはずっと大きな建物が道の先に二つ並んで現れた。石造りの建物が多い教会内において、めずらしく木造らしい。

「あちらの二棟《とう》が、教会付属の養護院と救貧院になります」

まだ完全に日が落ちていないせいか、マティアスが指さす建物に明かりはついていない。中に人はいるのよね？　それにしては様子が変な気がして首をひねる。……あっ！

「ねぇ、マティアス。教会ではもうすぐ夕飯の時間よね？　食事はどうしているの？」

「木造の建物ですから、火事が起きないよう、別の場所で作った食事を運んできます」

あー、なるほど。だから夕飯時でも炊事《すいじ》の煙《けむり》が出てないのか。……って、ちょっと待って。それなら暖炉《だんろ》はどうしてるの？　この国では暖を取るために薪《まき》を燃やす。今は冬だというのに、その煙も見えないなんて。さすがに夜間は暖炉がないと凍《こご》えてしまうわ。

嫌《いや》な予感に駆《か》られて現状を確認しようとした、まさにその時、救貧院の方から吹《ふ》いてきた風に頬をなでられ、私は鼻と口をとっさに手で覆《おお》った。うっ！　何この臭《にお》い!?

「ねぇヴィオレッタ、この臭いって、あの時に似てない？」

眉根《まゆね》を寄せたリアムが、涙目《なみだめ》で私の顔を見上げてくる。きっと下町へ行った時のことを思い出しているんだろう。とはいえ、このすえた臭いは下町よりひどい。まだ建物まで何十メートルもあるのに、ここまで臭いが漂《ただよ》ってくるなんて、中はどうなっているのだろう？

隣《となり》を見ると、レナルドも警戒《けいかい》して表情をこわばらせている。そんな中、マティアスだけがツカツカと先を行き、臭いの源となっている建物の前で足を止めた。

「さぁ皆様、こちらが教会付属の救貧院になります。どうぞご覧ください」

マティアスが古い木の扉《とびら》を一気に開け放つ。うわ……！

私は反射的に息を止めた。これは、ひどい。冷気が肌《はだ》を刺《さ》す中、ただ広いだけの空間に棺桶《かんおけ》のような木箱がいくつも並んでいる。それがベッドらしい。もちろん、その間にプライベート確保のための仕切りがついているわけもなく、ボロ布のような毛布だけが支給されている。

これから食堂に移動するところなのか、ベッドのそばに立っていた男たちが私たちの来訪に気づき振《ふ》り返る。私はギョッとして後ずさった。男たちは一様に痩《や》せ、生気の抜《ぬ》けた表情をしているのに、目だけが異様に光って見えたんだ。

「なんだぁ？　見世物《みせもの》じゃないぞ、こら」

男たちの中心にいる青年がギロリとにらんできた。うっ、恐《こわ》い……。

私は不覚にも視線を逸《そ》らしてしまった。その前で、扉が音を立てて閉められる。

「ご見学はもう十分だと思われます。皆様、門までお送りしましょう」

マティアスが踵を返す。私は金縛《かなしば》りが解けたようにハッとして叫《さけ》んだ。

「待って！　マティアス、待ってちょうだい！」

「まだ何か？」

いや、何かって……。あのままじゃいけない。それだけはわかるのに、こみ上げてくる感情をうまく言葉にできず困惑《こんわく》する。そんな私の肩に、横から手が置かれた。レナルドだ。彼も私と同じように感じているのか、マティアスに向けられた瞳《ひとみ》が険しさを増している。

「マティアスに教えてもらいたい。今見た救貧院の中は、下町のどの地区よりもひどい環境《かんきょう》に思えた。なぜ教会はあのような惨状《さんじょう》を放置しているんだ？」

「救貧院は、職や行き場を失った人々が最後に流れ着く場所です。一般《いっぱん》市民と同等の暮らしを望めるはずがございません」

「そうは言っても、ものには限度があるだろう？　これは下町で聞いた話だが、民《たみ》の中には救いを求めて救貧院に入ったものの、過酷《かこく》な労働や体罰《たいばつ》、そしてあの不衛生な環境に耐《た》えきれず、逃《に》げ出した者も多いという」

そういえば前にアナリーが「弱者救済に消極的な教会の在り方に反発した」と話していたけど、それも納得《なっとく》できる状況だ。民にとって最後の砦《とりで》となるべき場所が、あれでいいはずがない。特に王都で誘拐事件が多発している今、救貧院には受け入れを頑張《がんば》ってほしいのに。

マティアスはその深い藍色《あいいろ》の瞳で、レナルドの顔を正面から見つめている。そこに感情を揺《ゆ》さぶられた様子はまるでなく、彼は業務報告のように淡々《たんたん》と言葉を紡《つむ》いだ。

「レナルド様の理想はわかります。ですが、なにぶん予算が足りないのです」

「なぜだ？　養護院と救貧院には、王宮から毎年一定の援助金《えんじょ》が支給されているはずだが」

「はい、確かに十年以上前から決まった額が毎年支給されています。しかし残念ながら、宮廷《きゅうてい》の方々は昔の取り決めを大事にするあまり、記憶《きおく》の更新《こうしん》をやめてしまわれたようです」

「……どういうことだ？」

マティアスがフッと自虐《じぎゃく》的な息をつく。

「この十年間で、王都に流入する民の数は急増しました。しかしその一方で、王都に入ってくる食糧《しょくりょう》の量に劇的な変化はございません。それが何を意味するか、おわかりですか？」

「もしかして養護院や救貧院にまで、物価の高騰《こうとう》の影響《えいきょう》が出ているの？」

私の問いかけにマティアスがうなずく。うわ、最悪だ……。

王宮の重臣たちは、現場から上がってくる報告を過小評価する傾向《けいこう》にある。彼らはインフレによる食糧価格の高騰を考慮《こうりょ》せず、惰性《だせい》で予算編成を続けているのだろう。その結果があれだ。

本当は緊急《きんきゅう》で予算を追加したいところだけど、国庫に余裕《よゆう》のない今それは難しい。前世のことわざにもあったもの。「ない袖《そで》は振れない」と。

「状況《じょうきょう》の説明をありがとう、マティアス。確かに予算がない以上、救貧院の人たちの住環境や食糧事情を急激に向上させるのは難しいわね。でも、お金をかけずにできることは他《ほか》にもあるんじゃないかしら？　例えば、体罰をなくすとか」

私の脳裏《のうり》に浮《う》かんでいたのは、回廊で見かけた少年の姿だった。光の乙女に掃除《そうじ》の水をかけた罰として、絶食の上、一晩寝《ね》ずに神に赦《ゆる》しを乞《こ》い続けるよう命じられていた。

「今日あなたが少年に命じたような体罰がないだけでも、養護院や救貧院での生活は格段に楽になるはずだわ。そうは思わない？」

そうすれば救貧院を脱走《だっそう》する人の数も減り、結果として誘拐事件の被害者《ひがいしゃ》も減らせて万々歳《ばんばんざい》だと思った。それなのに……。

「ヴィオレッタ様のご提案は、失礼ながらご自身の理想を語っていらっしゃるだけのように聞こえます。先ほども申し上げましたように、教会には教会の流儀《りゅうぎ》があるのです」

その流儀っていうのは、体罰を躾《しつけ》と言い切っちゃうようなものだろうか？　この世界ではそれが主流だとしても、一度見てしまった惨状を見過ごすことはできない。

どうすればマティアスにもことの重大さを意識してもらえるだろう？　一般的に、人は目の前の問題を自分のこととして捉《とら》えた場合により真剣味《しんけんみ》が増すと前世では言ってたけど……。

「ねぇマティアス、あなたは過去に救貧院で暮らしたことがあるの？」

悩《なや》んだ末、私が口にした問いかけに、マティアスの眉がピクッと跳《は》ね上がる。

「マティアス、あんた……」

レナルドがなぜかショックを受けた様子でマティアスの顔を凝視《ぎょうし》している。マティアスは彼の方にちらっと目をやり、やがてあきらめと苛立《いらだ》ちのにじんだ様子で口を開いた。

「先ほど練兵場で騎士《きし》たちが噂《うわさ》していた内容を耳になさったのですね。王族が盗《ぬす》み聞きとは感心しませんが、教会に通われるのであれば、いずれわかることでしょう。はい、私には父と二人で救貧院に入っていた時期がございました。ですが、そのことが今関係ございますか？」

「関係あるわ。救貧院で生活した経験のあるあなたであれば、どこをどう改善すれば人々のためになるか、よくわかっているんじゃない？」

「そうですね。ある程度は理解できていると自負しております。しかしだからと言って予算も人手も足りない現状で、できることには限りがございます」

「それでも体罰根絶のように何かできることがあるなら、やるべきだわ。誰《だれ》かが最初の一歩を踏《ふ》み出さなければ、何も変わらないもの。その一歩は、救貧院の実情を最もよく知っているあなたに託《たく》されているのよ」

「…………」

マティアスの表情が初めて揺れた。藍色の瞳の奥に、様々な感情が浮かんでは消えて見える。後悔《こうかい》なのか悲しみなのか、あるいはそれらすべてを内包した感情なのかはわからない。それらすべてを私たちから隠《かく》すように、マティアスが目を閉じる。

そして再び目を開けた時、そこに先ほどまでの感情の揺れはなかった。それどころか一切《いっさい》の感情を排《はい》した目でマティアスは私を見据《みす》え、静かに口を開いた。

「ヴィオレッタ様のお考えは理解いたしました。して、そのようなご提案をなさるあなたのご覚悟《かくご》は、いかほどでしょう？」

「……覚悟？」

「はい。我々《われわれ》教会の人間から見て、ヴィオレッタ様たち王族の方々は、いつまでも一緒《いっしょ》にいてくださる存在ではございません。いわば、子どものいる家庭に時折やって来ては、自分の価値観を押しつけ去って行く知人のような立場です。自らの助言のせいで人々の将来になんらかの問題が生じたところで、その責任を取らされることはないでしょう」

「それはそうだけど……」

「ヴィオレッタ様が養護院と救貧院の者たち全員の人生に対して責任を負うご覚悟であれば、私はあなたのご提案を喜んで受け入れましょう。もし、それができないのであれば……」

マティアスの瞳がすっと冷気を帯びる。彼は私から目を離《はな》さずにはっきり言い切った。

「ご身分だけお持ちの方は、私の意向を教会の流儀としてお受け入れください」と。

私は唇《くちびる》をキュッと噛《か》みしめた。完敗だ。困っている人たちのために何かしたいと願った、その気持ちに偽《いつわ》りはない。でも養護院と救貧院の管理を任されているマティアスと私では、何か発言する場合の覚悟も責任もまるで違《ちが》う。そのことを痛いほど思い知らされた。

ただのよそ者にしか過ぎない私は、この先養護院や救貧院——そして教会とどう向き合っていけばいいんだろう？

無言でマティアスと対峙《たいじ》する私のことを、レナルドとリアムは痛々しいものを見るような目で静かに見守っていた。

教会からの帰り道は惨憺《さんたん》たる有様だった。レナルドは思案顔で馬車の外を眺《なが》めているし、私もあえて話す気になれず、間に挟《はさ》まれたリアムだけがぎこちなさそうに身じろぎをしている。

そうして彼が何十回目かの座り直しをした頃《ころ》、磯《いそ》の香《かお》りが馬車の中にまで漂《ただよ》ってきた。

「ダミアンのアジトまでもうすぐだ」

レナルドが窓の外に顔を向けたままつぶやく。私たちはアナリーに会って教会の内情を聞くため、ダミアンに場所を貸してもらうことにしたんだ。私が王女だとバレた今、治療院《ちりょういん》を訪ねたら騒《さわ》ぎになるし、夜中にアナリーを王宮へ呼び出すわけにもいかないから。

やがて大きな石造りの建物の前で馬車が停《と》まった。久々のダミアンとの再会だと思ったら、緊張《きんちょう》してきた。ヴィオラではなくヴィオレッタとして彼に会うのは、実は今日が初めてだったりする。私の正体を知った今でも、いつも通りに接してくれるだろうか？

ドキドキする私の前で、レナルドが獅子《しし》の顔をかたどったドアノッカーをたたく。すぐに日焼けした海の男が中から現れ、ニヤリと口の端《はし》をつり上げた。ああ、ダミアンだ！

「よっ！　待ってたぜ、レナード。今日はやけにめかし込んじゃって、一段と男前だな」

ダミアンが笑いながらレナルドの背中をバシバシたたく。私はホッとして肩《かた》の力を抜《ぬ》いた。

はー、この空気、落ち着くわー。感情の読めないマティアスと対峙したあとだからこそ余計にそう感じるのかもしれない。でも、たたかれたレナルドの方は嫌《いや》そうに顔をしかめている。

「ダミアン、あんたは自分の馬鹿力《ばかぢから》を自覚した方がいい。少しは加減を覚えてくれ」

「いやぁ、これも愛情表現の一種だって。あんたの正体が判明した今でもこうして人目を忍《しの》び、逢瀬《おうせ》に来てもらえるなんて嬉《うれ》しいじゃないか」

「そういう誤解を招く言い方はよせ」

「おっと、これは失礼。想《おも》い人の前では、俺のような間男は出しゃばらない方がいいな」

ん？　想い人？……って、誰のこと？

意味がわからず、首をかしげる。そんな私の前にダミアンが進み出た。その顔からさっきまでの笑《え》みがすっと消え、真面目《まじめ》な顔つきになる。

「ヴィオレッタ王女におかれましては、ご機嫌麗《きげんうるわ》しく。以前は王女のご身分を存じ上げず、大変なご無礼を働いたこと、どうかお許しください」

うーわー……。こんなことを言ったら失礼だけど、ダミアンに敬語は似合わない。というか彼にこういう恭《うやうや》しい態度を取られると、すごく落ち着かないわ。

「えーと、ダミアン？　せっかくの口上は嬉しいけど、その芝居《しばい》がかった仕草はちょっと……」

「ちょっとお気持ちが悪かったでしょうか？」

「もう！　わかってるならやめてよ！　私に対しても、今までと同じ態度で接して！」

たまらず叫《さけ》んだ私を見上げてダミアンが満足そうにニカッと笑い、立ち上がる。

「ありがたきお言葉、助かるわー。お嬢《じょう》ちゃんを相手にかしこまって話すのは、俺もなんだか全身がむずがゆくてさ」

「それは私のセリフよ。あなたに敬われても、気味が悪いだけだから」

「おや、俺たち気が合うな。お嬢ちゃん、レナードをやめて俺に乗り換《か》えるかい？」

「ダミアン」

レナルドがムッとした様子でダミアンをにらむ。

「ちょっとからかったぐらいで怒《おこ》るなって、レナード。俺にとって、お嬢ちゃんはもうけの種を提供してくれる魔法使《まほうつか》いのような存在だって、おまえも知ってるだろ？」

待って、ダミアン。その言い方はひどくない？　少なくとも私は仲間だと思ってるのに。

頰《ほお》を膨《ふく》らませ、ダミアンを半眼でにらむ。その時、後ろからクイクイとドレスの袖《そで》を引っ張られた。今まで私たちの後ろに隠れていたリアムが、不安そうにこちらを見上げている。

「リアム？　どうしたの？」

「あの、今の言い方……ヴィオレッタはこの人に利用されているの？」

「は？」

みんなして目が点になる。一拍《いっぱく》おいて、ダミアンの盛大《せいだい》な爆笑《ばくしょう》が辺りに響《ひび》いた。

「俺がお嬢ちゃんを利用って……！　なかなかおもしろい発想をするなー」

「そうだぞ、リアム。ヴィオレッタがおとなしく利用されるような性格に見えるか？」

「……ううん。万が一そんなことをしたら、あとが恐《こわ》そう」

「ちょっと！　リアムまでひどくない⁉　みんな、私のことをなんだと思ってるのよ⁉」

憤慨《ふんがい》する私をよそに、全員が一斉《いっせい》に目を逸《そ》らす。もう！

私はさらにムッとしたけど、今の会話でリアムは緊張がほぐれたらしい。私たちの後ろから出てきて、ぺこりとお辞儀《じぎ》をした。

「はじめまして、ダミアンさん。レナルドの弟で、ヴィオレッタの従弟《いとこ》のリアムです。その、僕に対しても、二人と同じように敬語なしで話してもらえたら嬉しい、です」

誰《だれ》に対しても礼儀正しい王子様を前にして、ダミアンが面食《めんく》らったように目を瞠《みは》る。すぐにその目が嬉しそうに細められ、彼はリアムの前に手を差し出した。

「俺はヴィオラの仕事仲間のダミアンだ。よろしくな、リアム」

「こ、こちらこそ、よろしくお願いします」

リアム、成長したなぁ。初対面の人と目を合わせながら握手《あくしゅ》までするなんて。

「うんうん、よかった」と思った、その時、「ダミアンさ～ん」と呼ぶ声が奥から聞こえてきた。

「いつまで玄関先《げんかんさき》で話し込んでるんですか？　皆《みな》さん、風邪《かぜ》を引いちまいやすぜ」

「おっと、それもそうだな。エリク、おまえはすぐに茶の用意をしろ！」

ダミアンが命令し慣れたボスの声で、奥に向かって叫ぶ。彼はすぐ私たちの方に向き直り、今度は茶目《ちゃめ》っ気たっぷりに笑って続けた。

「男ばかりでちぃっとむさ苦しい場所だが歓迎《かんげい》するぜ、我が城へ」


それから五分後、私たちは通された客間で久し振《ぶ》りにダミアンの報告を聞いていた。

私たちが三人で始めた瓶詰《びんづ》め工場はついに先日、肉類を使った瓶詰めの試作に成功したらしい。その結果、海軍や船乗りたちからもより注目を集めるようになった。今はまだ魚の瓶詰めを作るだけで手一杯《ていっぱい》だけど、いずれ肉類専門の工場を増設した方がいいかもしれない。

石鹸《せっけん》の方も防疫《ぼうえき》の考え方が市民の間に少しずつ浸透《しんとう》したおかげで、コンスタントに売れているらしい。今後は石鹸も工場の数を増やしていくつもりだとか。

「すごいじゃない、ダミアン。しばらく会わないうちに、立派な経営者になって」

渡《わた》された黒字の帳簿《ちょうぼ》に目を通した私は、思わず感嘆《かんたん》の吐息《といき》をこぼした。ダミアンはめずらしく照れたのか、冗談《じょうだん》も言わずに鼻の下をこすっている。

いい傾向《けいこう》だ。こうやって少しずつ工場の規模を拡大していけば、王都の働き口も増えるし、市民の生活も豊かになっていくだろう。だけど……。

「これならもう、私は必要ないわね」

一抹《いちまつ》の寂《さび》しさと共に、本音がポロッとこぼれた。その瞬間《しゅんかん》、ダミアンがギョッと目を瞠った。

「お嬢ちゃん、冗談はよしてくれ！　既存《きそん》の商品を扱《あつか》う工場なら、俺たちだけでもなんとか回せる。けどな、何か新しい商品を扱う時には、今後もお嬢ちゃんのアドバイスが欲しいんだ」

「そうね。あなたにとって、私はもうけの種を提供する魔法使いらしいし？」

「……お嬢ちゃん、意外と根に持つタイプだな。レナードの苦労が思いやられるぜ」

「共感してもらえて何よりだ、ダミアン」

「ちょっと！　二人とも！」

抗議《こうぎ》した私の横で、リアムがクスクス笑う。つられてみんなが笑い出した。思わず私も。

やっぱり好きだな、この空気。いつまでも、みんなでこうしていられたらいいのに……。

部屋が穏《おだ》やかな空気で満たされた。そこへ扉《とびら》をノックする音が響いた。

「ダミアンさん、もう一人の客人をお連れしました。お通ししてもいいっすか？」

きっとアナリーだ。つい全身に緊張が走る。アナリーとはラルスの事件のあとも一度王宮で会ったけど、あの時は周りに人がたくさんいたせいで、ろくに話せなかったから。

「じゃ、俺はこれで。何かあったら呼んでくれ」

ダミアンがソワソワし出した私を見やって席を立つ。彼が扉を開けた次の瞬間、輝《かがや》くプラチナブロンドの髪《かみ》と目の縁《ふち》いっぱいに涙《なみだ》をためたアクアブルーの瞳《ひとみ》が視界に飛び込んできた。

「お姉様！」

「アナリー、久し振り！　会いたかったわ！」

感極《きわ》まったアナリーが駆《か》け寄ってくる。私は立ち上がり、腕《うで》を大きく広げた。

これぞまさに感動の再会！　私は彼女を抱《だ》きしめ……ようとしたのに、あれ？

広げた手が空を切り、ギョッとする。アナリーが突然《とつぜん》、目の前でひざまずいたのだ。

「アナリー？　急にどうし……」

「お姉様、ごめんなさい！　ラルスは私の騎士《きし》でしたのに、何も気づけなくて……。お姉様をラルスの反逆に巻き込んでしまったなんて、私……！」

アナリーが目を伏《ふ》せ、悔《くや》しそうに唇《くちびる》を噛《か》みしめる。私はハッとした。

王宮で再会した時、どうして気づかなかったんだろう？　あの事件は、ラルスの前世に対する思い入れの強さが招いた結果だ。アナリーは利用されただけで、何も悪くない。それなのに真相を知らない彼女はラルスの主《あるじ》としての責任を感じ、ずっと思い詰《つ》めていたんだろう。

アナリーに前世のことを打ち明けるわけにはいかない。でも、その気持ちを少しでも軽くしてあげたくて……私は迷った末、その場にしゃがんで彼女の手を取った。

「お姉様？」

「ラルスの事件は誰にも予測できなかったことだから、どうか気に病《や》まないで。それより私は、あの事件のせいで、あなたの人生が大きく変わってしまったんじゃないかと心配しているの」

あの時、アナリーは私のために瀕死《ひんし》のお父様を救おうとして、光の力に目覚めた。それ自体はすごいことだけど、彼女のためを思うなら、下町で治療《ちりょう》院を続けていた方が幸せだったかもしれない。ゲームのシナリオを脱《だっ》した今、彼女が光の乙女《おとめ》になる必要もなくなったのだから。

選べなかった未来を思って暗くなる。そんな私の手をアナリーがギュッと握《にぎ》り返してきた。

「お姉様こそ、どうかそんな悲しそうなお顔をなさらないでください。陛下の暗殺未遂《みすい》は決して許されないことですし、皆の心に深い傷を残しました。ですが、私にとっては一つだけいい結果ももたらしてくれたんですよ」

え？　ラルスのせいで、アナリーは踏《ふ》んだり蹴《け》ったりだったはずよね？　それなのに、いいことって……。首をかしげる私を見上げ、アナリーが顔に清々《すがすが》しい笑《え》みを浮《う》かべる。

「あの事件があったからこそ、私は光の乙女としてお姉様にお仕えできることになりました。ラルスの罪を償《つぐな》うためにも、私は一生お姉様に忠誠を誓《ちか》います！」

「ええっ？　その想《おも》いは、あなたが好きになった相手に向けるべきじゃないの？」

「はい！　ですから、私はお姉様に忠誠を」

いやいや、そこはレナルドやリアムの方がふさわしいでしょう！　ほら、二人とも呆《あき》れた様子でこっちを見てるよ。しかし、それでもアナリーのうっとりした表情は変わらない。

「私、お姉様と出会えたことを神様と初代乙女に感謝しています。女王の重責を担《にな》うお姉様と毎日お話がしたいなんて贅沢《ぜいたく》は言いません。私がお姉様のためにできることをして、お姉様が時々でも私のことを思い出してくださったら、それだけで十分幸せなんです」

なに、その推《お》しに対するような無償《むしょう》の愛！　アナリー、落ち着いて！

「その気持ち、ちょっとわかるかも」

は？　私は驚《おどろ》いて声のした方を向いた。なんとさっきまで微妙《びみょう》な顔つきをしていたリアムが、腑《ふ》に落ちたような表情でアナリーを見ている。なんで？

「その、僕もヴィオレッタがくれた言葉のおかげで、人生がいい方に変わったから。ヴィオレッタと会えた日は、僕も寝《ね》るまでずっと幸せな気持ちでいられるし」

「リアム様もですか！」

アナリーがキラッと目を輝かせて立ち上がる。急に詰め寄られ、リアムは一瞬ビクッと震《ふる》えたものの、逃《に》げずに踏みとどまった。いや、そこは無理せずに逃げていいと思うんだけど。

「リアム様は、ヴィオレッタ様のどんなところがお好きですか？」

「え？……やっぱり一番は、いつも欲しい言葉をくれるところ、かな？」

「わかります！　お姉様のお言葉はいつも素晴《すば》らしいですよね！」

「本当？　わかってくれるの？」

リアムも意気込んで前のめりになる。なんだろう、この褒《ほ》め殺し地獄《じごく》は。二人に慕《した》われて嬉《うれ》しいけど、でも……！

恥《は》ずかしさに耐《た》えきれず、目でレナルドに助けを求める。彼は弟と美少女の思いがけぬ意気投合を前にして呆然《ぼうぜん》としていたが、私の言いたいことが伝わったらしい。リアムたちに向かって、コホンとわざとらしい咳払《せきばら》いをした。

「二人とも盛り上がっているところ悪いが、そろそろ本題に入ってもいいだろうか？」

「も、申し訳ございません！　私ったら、同志に巡《めぐ》り会えた喜びから興奮してしまって……」

アナリーが頬《ほお》を赤らめ、向かいの席に慌《あわ》てて座る。その仕草はかわいいけど、さっきまで話していた内容を思い返すとなんだか生暖かい気持ちになるのは仕方ないよね。

「今日は皆様《みなさま》から私に質問があると伺《うかが》いました。どういったお話でしょうか？」

「アナリー、君は教会の養護院で育ったのち、光の乙女候補に選ばれたと聞いている。そのことを踏まえ、教会の内情について知っていることを教えてほしい」

二人とも頭の切り替《か》えが早い。急に尋問《じんもん》の様相を呈《てい》した部屋の中、レナルドが教会で見てきたことを先に語り出す。その話が進むにつれ、アナリーの顔色が悪くなっていった。

どうしたんだろう？　もしかしてアナリーも養護院にいた頃《ころ》に、ひどい体罰《たいばつ》を受けたとか？

「教会において、養護院と救貧院の窮状《きゅうじょう》は見て見ぬ振《ふ》りをされているようにすら感じられた。その原因は、予算不足だけではないように思える。君はその理由を知っているか？」

心配する私をよそに、レナルドがアナリーに問う。彼女はやっぱり何か嫌《いや》なことを思い出したのだろう。一瞬《いっしゅん》つらそうに目を伏せ、絞《しぼ》り出すような声で答えた。

「レナルド様もお気づきのように、予算不足というのは単なる口実です。教会は、特に救貧院のためにお金をかけたくないだけなんです」

「それはなぜだ？」

「救貧院に入るのは、怠《なま》けていたせいで仕事を失い堕落《だらく》した人たちだと、教会では考えられていますから。彼らがこれ以上怠けて教会の厚意《こうい》に甘えることがないよう、救貧院はあえて最悪の環境《かんきょう》のまま放置されているのです」

「何それ！　救貧院は、困っている民《たみ》を助けるために作られた施設《しせつ》じゃないの？」

人が働けなくなる事情は病気とかリストラとか様々だ。それなのに、一概《いちがい》に怠けていたせいだと決めつけるなんて……。唖然《あぜん》としている私を見て、アナリーが悲しそうに微笑《ほほえ》む。

「お姉様のおっしゃりたいことはよくわかります。民を助けるために作られた施設が、かえって民に苦しみを与《あた》えていては意味がありません。私もそう思ったからこそ、養護院や救貧院の改善を訴《うった》えたのですが、力及《およ》ばず……」

教会を出奔《しゅっぽん》した時のことを思い出したのか、アナリーが悔しそうに拳《こぶし》を握りしめる。

「ちなみにアナリーが改善を訴えた相手というのは、責任者のマティアスだったの？」

「いいえ、当時はまだお父様がご存命でしたので、お父様の方にご相談しました」

ん？　マティアスのお父さん？……ああ、そういえば亡《な》くなられたと話していたっけ。

横で話を聞いていたレナルドの眉《まゆ》がピクッと跳《は》ね上がった。マティアスとの会話で気まずい思いをしたせいで、お父さんのこともずっと気にかかっていたのかもしれない。

「アナリー、その点について詳《くわ》しく教えてもらえないか？　なぜ君が、平民であったマティアスの父に救貧院の改善を進言したんだ？」

「平民？……いいえ、私の言うお父様とは、元枢機卿《すうききょう》で公爵家《こうしゃく》ご出身のクレマン様の方です」

「え？　待って。お父さんが平民の方とか公爵の方とか、どういうこと？」

マティアスは救貧院に入っていたこともあるそうだから、平民の出身でもおかしくない。でも、そのお父さんが元枢機卿ってどういうこと？　まさか元枢機卿も一緒《いっしょ》に救貧院にいたの？

混乱する私を見て、アナリーが少し気まずそうな顔をする。

「マティアス様は救貧院で実のお父様を亡くされたのち、聖職者の道に進まれました。そこでマティアス様の才覚に惚《ほ》れ込んだ枢機卿のクレマン様が、周囲の反対を押し切ってご自身の養子に迎《むか》えられたそうです。ですが、それからすぐにクレマン様が他界されたため、後を継《つ》いだマティアス様が枢機卿に就任なさったのです」

「ああ、そういうことね」

やっと謎《なぞ》の関係が理解できてスッキリした。しかし次の瞬間、私は練兵場で耳にした噂《うわさ》を思い出して、ゴクリとツバを呑《の》み込んだ。

「養父殺し……」

「お姉様？　どうしてその二つ名を……」

口からこぼれた単語の苛烈《かれつ》さにアナリーが動揺《どうよう》し、レナルドとリアムも息を呑む。

「あ、いや、騎士《きし》たちがマティアスを陰《かげ》でそう呼んでいるのを偶然《ぐうぜん》聞いてしまったの」

「そうですか、まだそんな噂が……」

「アナリー、何か知ってるの？」

つい気になって聞くと、アナリーは悲しそうに目を伏せた。

「私が知っているのは、マティアス様を見守るクレマン様の目がいつもすごく優《やさ》しかったことくらいです。マティアス様は望まれて公爵家の養子になられましたが、その直後にクレマン様が亡くなられたことを受けて、様々な憶測《おくそく》が飛び交《か》うようになったのです」

「まさか本当にマティアスが何かしていた可能性は……」

「やめろ！　あいつはそんな奴《やつ》じゃない」

ドンッとテーブルをたたく音が隣《となり》で上がった。え、何？

見ると、レナルドが青ざめた顔で下を向いていた。その握りしめた拳が小刻みに震えている。

「に、兄さん……？」

いつも優しい兄の急変に、リアムがプルプル震えている。我《われ》に返ったレナルドが慌てて拳を開き、テーブルから手を離《はな》す。

「すまない。今日は少し疲《つか》れているみたいだ。悪いが、先に帰らせてもらってもいいか？」

「レナルド、どうしたの？　あなた、今日ずっと変よ。やっぱり過去にマティアスと何かあったんじゃ……んっ！」

私の疑問は途中《とちゅう》で封《ふう》じられた。レナルドが私の唇《くちびる》に人差し指を押し当ててきたのだ。こちらに向けられた瞳《ひとみ》はひどく切なげで、今にも泣き出しそうな光を宿している。

あの責任感の塊《かたまり》のようなレナルドが話を聞くのもつらくなるほど追い詰《つ》められるなんて……。

本当に何があったの？

かすかなぬくもりを残し、レナルドの指が離れていく。彼はそのまま部屋を出て行った。

ハッ！　ボーッとしてる場合じゃないわ！

「ごめんなさい、アナリー。話の続きはまた今度お願いできるかしら？」

「は、はい。私でお役に立てることであれば、いつでも」

「ありがとう！　リアム、私たちはレナルドを追いかけるわよ！」

「う、うん」

リアムは戸惑《とまど》いつつも、おとなしく私のあとについてきた。あんな状態のレナルドを一人にするのは心配だと、彼も思ってくれたらしい。

私たちは玄関《げんかん》でレナルドに追いつくと、驚《おどろ》いているダミアンに挨拶《あいさつ》をしてから三人で馬車に乗り込んだ。しかし、会話はない。王宮までの道すがら、レナルドはずっと思い詰めたような表情で、暗くなった窓の外を見つめていた。


昼は貴族たちの活気でにぎわう王宮も、夜になるとわずかな衛兵を残して眠《ねむ》りに就《つ》く。

王宮の正門で馬車を降りた私は、寒々とした廊下《ろうか》をレナルドと二人で歩いていた。リアムはいない。一日の疲れがどっと出たのか顔色の悪くなった弟をレナルドは先に部屋へ戻《もど》し、代わりにこうして私のエスコートを申し出てくれた。

レナルドの横顔をそっと仰《あお》ぎ見る。彼とマティアスの関係について聞きたくて、二人きりになる機会を待っていた。それなのに、いざこうしてレナルドのつらそうな表情を前にすると、どう切り出したらいいかわからない。

ちらちらと様子を窺《うかが》いながら廊下を歩いているうちに、私の部屋に辿《たど》り着いてしまった。

「おやすみ、ヴィオレッタ。また明日《あした》」

レナルドが背を向ける。やっぱり今日話すのは無理か。しょうがない。

私は挨拶だけして別れようとした。でも、できなかった。いつものレナルドじゃない。少し丸まって見えるその背中は、孤独《こどく》と痛みに必死で耐《た》えている子どものように感じられたんだ。

いくら完璧《かんぺき》に見える人にだって、耐えられないことはある。今がきっとそうだ。こんな状態のレナルドを一人にしてはいけない。そう感じたのは私の本能だろうか。

去りゆくレナルドの上着を、私はとっさに後ろから引っ張っていた。

「ヴィオレッタ？　急に何を……」

「大丈夫《だいじょうぶ》よ、レナルド。私もリアムもあなたのそばにいるわ。だから、なんでも一人で抱《かか》え込まないで、つらい時はつらいと教えて。私にできることであれば、なんでも協力するから」

「…………」

レナルドが額に手を押し当て、横を向く。あからさまな拒絶《きょぜつ》に胸がチクッと痛んだ。最近、仲良くなってきたとはいえ、やっぱり元悪役王女の私が相手じゃ頼《たよ》りにならないか。

つかんでいた上着をそっと放す。視界の端《はし》で、レナルドの肩《かた》が小刻みに震《ふる》えて見えた。

「レナルド？　急にどうし……」

「……俺のせいなんだろうか？」

「え？」

「マティアスがあそこまで変わってしまったのは、やっぱり俺のせいなんだろうか？」

「どういうこと？　あなたとマティアスの間で、過去に何があったの？」

レナルドが自分を落ち着かせるように深く息を吸い、こちらを向く。私はドキッとした。深い後悔《こうかい》を秘《ひ》めた瞳が、どんな涙《なみだ》よりも雄弁《ゆうべん》に彼の傷ついた心を語っているように思えたから。

戸惑う私に向け、レナルドが伏《ふ》せた睫《まつげ》をわずかに震わせながら口を開く。

「あんたは覚えているか？　前に俺が話した友人のことを」

「え？　友人って……あなたが離宮《りきゅう》にいた頃《ころ》、仲良くしていた下働きの少年のこと？　確か身分にうるさい家庭教師の手で、無理矢理《むりやり》仲を引き裂《さ》かれたと言ってたわよね？」

「その友人こそ、マティアスなんだ」

「…………！」

私は驚きすぎて何も言えなかった。だって、そんな偶然ってある？　何年も前に泣く泣く別れた友人が枢機卿となって目の前に現れるなんて。

「あんたさえ嫌《いや》でなければ、聞いてほしい。あいつと離宮で過ごした日々のことを」

私に断る理由はない。私はレナルドを部屋に招き入れ、並んでソファーに腰掛《こしか》けた。レナルドが膝《ひざ》の上で祈《いの》るように手を組み、目を伏せる。

「マティアスと出会ったのは、離宮に越《こ》して間もない頃のことだった。当時の家庭教師は俺とまるでそりが合わず、ことあるごとに俺の言動を否定してはダメ出しを繰《く》り返していた。そのせいで、ある日何もかも嫌になった俺は授業が終わるなり庭に飛び出し、そこで……」

「マティアスに出会ったのね？」

「いや、出会ったというか、目の前の木からあいつが落ちてきたんだ」

「は？」

なに、その映画みたいにドラマチックな出会い！　でも、現実に人が突然《とつぜん》目の前に降ってきたら慌《あわ》てるか。妙《みよう》に納得《なつとく》した私を見て、レナルドがクスッと笑う。

「とんでもない奴だろう？　実際、俺もそう思ったよ。あいつは腹が減ったんで、こっそり庭のリンゴをもいで食べようとしていたらしい。俺は離宮の主として、あいつを叱《しか》ろうとした。だが、昼食を抜《ぬ》いていたせいで腹が鳴ってしまい」

「わかった！　そのリンゴを分けてもらったことで、友達になったのね！」

「違《ちが》う。あいつは俺の前で、一個しかないリンゴを堂々と食べ始めたんだ」

「え？　王子のあなたがリンゴに熱烈《ねつれつ》な視線を注いでいたのに？」

レナルドが「ああ」とうなずき、くすぐったそうに笑う。

「あいつはリンゴを完食した上で、唖然《あぜん》としている俺に宣《のたま》った。『自分の欲しいものは自分で取りに行かなきゃダメだろう？　待っているだけじゃ、何も手に入らない』と」

「それで、あなたはどうしたの？」

「当然、木に登ったよ。年の近い相手からそんな風に煽《あお》られて黙《だま》っていられるほど、大人じゃなかったんでね。とはいえ、木登りなんて初めての経験で、落ちそうになったところを何度も助けてもらった。あいつは口ではなんだかんだ言いつつも、面倒見《めんどうみ》が良かったからな」

「あのマティアスが？　信じられない」

しかしレナルドにとっては、そっちのマティアスの方が自然だったのだろう。当時のことを思い出したのか、なつかしそうに目を細めている。

「木の上から見下ろした離宮は、俺の知っている鬱々《うつうつ》として閉じられた世界ではなかった。そこは、どこまでも広がる大きな世界の一部に過ぎなかったんだ。視点一つで世界が変わって見えることを、俺はあの時、初めて実感した」

……ああ、だからか。レナルドの価値観や考え方は、他《ほか》の王侯《おうこう》貴族とかなり異なる。きっとそういった子ども時代の経験が大きく影響《えいきょう》しているのだろう。

「あの日のリンゴは、今までの人生で食べたリンゴの中で一番おいしかったよ。リンゴなんて食べ慣れていたはずなのに、不思議だよな。俺はあの味が忘れられなくて、それから家庭教師の目を盗《ぬす》んではマティアスと一緒《いっしょ》によく木登りをするようになったんだ」

「そこで、今度こそあなたはマティアスと友達になったのね？」

「ああ、やっとな。あいつは俺が王族だと知っても態度を変えなかった。それどころか、いつも兄貴風を吹《ふ》かせたがっていた。俺はあいつからいろんな遊びを教わったし、時には二人でイタズラもした。そんな俺たち悪ガキの後始末を、あいつの親父《おやじ》さんはいつも嫌な顔一つせずに手伝ってくれたんだ。俺はあいつも親父さんのことも好きだった。それなのに……！」

　レナルドが拳《こぶし》を握《にぎ》りしめ、下を向く。

「離宮で働いていたあの親子がなぜ救貧院に入ったのかは知らない。だが、もし俺が家庭教師の脅《おど》しに屈せず、あいつと友人関係を続けていたら、きっと困っているあいつを助けられた。そうしたら親父さんが早死にすることも、あいつの性格があんなに冷たくなることもなかったかもしれないのに……！」

　レナルドの指が掌《てのひら》にきつく食い込む。私は見ていられなくて、その上に自分の手を重ねた。

　慰《なぐさ》めの言葉は思いつかないし、下手《へた》に何か言いたくもない。でも、これだけは伝えておかなければならない気がする。

「レナルド、落ち着いて。あなたの最後の話はすべて仮定よ。必ずしもそうなったとは限らない未来の話だわ」

ともすれば冷たく感じられる発言に、レナルドの動きがピタッと止まる。私は彼の手を握りしめて続けた。

「あなたが言うように、家庭教師があなたとマティアスの仲を裂かなければ、あの親子には別の未来があったかもしれない。それでも現在につながる道を選んだのはマティアス自身よ。他人のすべての選択《せんたく》に対してあなたが責任を感じるのは、ちょっと傲慢《ごうまん》だと思うわ」

「だが、俺は……」

「あなたがマティアスに負い目を感じる気持ちもわかるわ。大切な友達だもの。でもそう思うなら、よりいっそう今できることに目を向けましょう！　マティアスのような人をこれ以上出さないためにも、今の私たちにはできることがあるはずよ！」

マティアスには鼻で笑われた言い分だし、きれい事だってわかってる。だけど、今まで必死で破滅《はめつ》を回避《かいひ》しようと努力し続けてきた私は身をもって知っているんだ。過去を変えられないのであれば、未来をどうにかするしかないと！

レナルドの反応を窺《うかが》う。彼はまるで珍獣《ちんじゅう》でも目にしたかのように私の顔を凝視《ぎょうし》していたけれど、やがてその口元にフッと笑《え》みを浮《う》かべた。

「あんたは強いな……。教会でマティアスに自分の意見を全否定されたあとでも、そうやって前を向き続けていられるなんて」

「え、そう？　あの時は私もへこんだけど……やっぱり自分にできることがあるなら、やりたいじゃない？　あとになってから『ああすればよかった』と後悔する人生は嫌なのよ」

前世の最期《さいご》でも誓《ちか》ったからね。もし生まれ変わることがあったら、今度はもう周りに流されたりしない。何があっても妥協《だきょう》せず、自分の意志を貫《つらぬ》いて生きてやるって。

思わず力説した私を見て、レナルドが苦笑《くしょう》する。

「たとえ落ち込むことがあったとしても、そうやって再び行動できる人間のことを『強い』って言うんだよ。……なぁ、ヴィオレッタ」

「ん？　なぁに？」

「あんたの強さを分けてくれないか？」

意味がわからず、首をかしげる。そんな私の肩に、レナルドがトンッと頭を乗せた。

「レ、レナルド？　急に何を……」

頬《ほお》がカーッと熱くなる。レナルドにそういう意図がないのはわかっていても、鼓動《こどう》が跳《は》ね上がるのを止められない。前世と今世を通じて、私は恋愛《れんあい》に免疫《めんえき》がないんだから！

ああ、もう！　私はレナルドの頭を引き剝《は》がそうとして……やめた。なんだか今、彼の顔を見てはいけない気がしたから。

昔の友達と再会できたと思ったら、相手は身分も性格も激変していて、あまつさえ後ろ暗い噂《うわさ》までついてきたんだよ？　きっと私が考えている以上に、レナルドもショックを受けているのだろう。今だって泣き顔を見られたくなくて、こんなことをしているのかもしれない。

しょうがない。私でよければ、肩《かた》くらい貸してあげるわ。

ちょっとだけ全身の緊張《きんちょう》を緩《ゆる》めて、肩先から伝わってくる熱を受け止める。

前世を思い出したばかりの頃、私の目にレナルドは完璧《かんぺき》な王子様に映って見えた。でも、今は違う。彼は強さも弱さも併《あわ》せ持つ一人の人間なんだと、今さらながら意識する。彼が私を助けてくれたように、私も彼の力になりたい。そのためにも、まずは教会をどうにかしないと。

明日《あした》からのことに思いを馳《は》せる。その思考はノックの音で現実に引き戻《もど》された。うわっ！

互《たが》いの身体《からだ》から反射的にパッと離《はな》れる。いや、別にやましいことは何もしてないんだけどね！　思わず距離《きょり》を取った私たちの耳に、侍女《じじょ》の声が聞こえてきた。

「ご歓談《かんだん》中に失礼いたします。スヴェン先生が訪ねていらっしゃったのですが、こちらにお通ししてもよろしいでしょうか？」

「え、先生が？　こんな夜中に？」

驚《おどろ》いてレナルドの方を見る。……あ、いつものレナルドに戻ってる。その瞳《ひとみ》からは迷いが消え、代わりに思案する様子が見て取れた。

「先生が夜中に王族の私室を訪ねてくるなんて、よほどのことだろう。会おう」

「かしこまりました。お呼びしますので、少々お待ちくださいませ」

レナルドの指示を受け、侍女が扉《とびら》から離れる。それからすぐにスヴェンが入室してきた。

「夜分遅《おそ》くに申し訳ございません。おや、レナルド様もいらっしゃるとは、これはこれは」

「先生は何がおかしいのでしょう？　私がここにいては、何か問題でも？」

「すみません。私のこの顔は地顔でして。お気を悪くされたのであれば、謝ります」

いつもと変わらないスヴェンの笑みを、レナルドがどこか冷めた目で見る。

「えっと、先生もどうぞお掛《か》けください。今夜はどういったご用件でしょう？」

「実は火急でヴィオレッタ様にご確認《かくにん》いただきたいものがあり、こちらに参りました」

スヴェンはそう言うと、私の勧《すす》めたソファーには目もくれず、まっすぐこちらに歩いてきた。

その懐《ふところ》から取り出した紙を手渡《てわた》される。なんだろう？　手紙を四つ折りにはしないだろうし。

不思議に思いながら紙を開くと、中には見慣れた文字が並んでいた。……えっ⁉

『お疲《つか》れ様です、ヴィオレッタ様。ゲームの一周目をクリアなさったことで、そろそろ教会イベントが始まった頃《ころ》でしょうか？　マティアスはお気に召《め》しましたか？』

私は愕然《がくぜん》として手元の文面を凝視した。こんなふざけた手紙を書いてよこす相手には、一人しか心当たりがない。しかし彼は今、監獄《かんごく》に囚《とら》われているはずで……。

手紙を持ったまま思案する。その時、私はふと視線を感じて顔を上げた。スヴェンがじっとこちらの反応を窺っていた。その顔は笑みをたたえていても、目が笑っていない。なんで？

私はスヴェンと手紙を見比べ、ハッと息を呑《の》んだ。この手紙、日本語で書かれてるんだ！

この世界で生まれ育ったはずの私が、日本語を理解できるはずがない。スヴェンがなぜ私を試《ため》すような真似《まね》をしたのかはわからないけれど、この手紙の感想を答えてはダメだ。

「あの、ここに書かれているものは文字でしょうか？　初めて見ます」

私の答えは不自然に聞こえなかっただろうか？　内心ドキドキしている私と対照的に、スヴェンの表情が少しだけ緩んで見えた気がする。これはセーフ、だよね？

「実は今日の午後、ラルスの尋問《じんもん》を行った際にこの手紙を渡されたのです。彼は『ヴィオレッタ様にこれを渡せば、自分の意図が伝わる』と言っていましたが、私にはなんのことだかさっぱりわからず……念のため、こうして確認していただいた次第《しだい》です」

ラルスめ！　投獄されてもなお私を陥《おとしい》れようとするなんて、いい根性《こんじょう》してるじゃない！

「ヴィオレッタ様にも解読できなかったということは、やはりすべてラルスのでまかせだったのでしょう。困ったものです」

「本当ですねー。実に迷惑《めいわく》な人だこと」

「しかし、なぜラルスはヴィオレッタにこんなものを見せようとしたんだ？」

横から手紙を覗《のぞ》いたレナルドが首をひねる。お願い！　そこは深くつっこまないで！

「ラルスの真意は私にも理解しかねます。尋問と並行《へいこう》して、手紙の調査も進めましょう」

正直、私は手紙を前にして生きた心地《ここち》がしなかった。けれど、幸いにして今夜はもう遅い。

スヴェンは私の手から問題の手紙を回収すると、すぐに部屋を出て行った。

レナルドも夜中に女性の部屋に長居する気はなかったらしい。少し名残惜《なごりお》しそうにしつつも、「また明日」と言い残し、スヴェンのあとに続いて帰って行った。

一人になった途端《とたん》、私はどっと疲れてソファーに身を投げ出した。こ、恐《こわ》かった……！

私があの手紙を読めると知ったら、いくらあの二人だって、私とラルスの共犯を疑うだろう。せっかく破滅を回避できたと思ったのに、今さら振《ふ》り出しに戻るなんて冗談《じょうだん》じゃないわ！

まぁ、ラルスとしてはそれが目的で私に手紙を書いたんだろうけど、それにしてもその内容が引っかかる。

教会イベントって、私たちが教会の監査《かんさ》に入ったことと何か関係があるの？　しかも、このタイミングでラルスがマティアスの印象を尋《たず》ねてきたのは偶然《ぐうぜん》だろうか？……ああ、もう！

こみ上げてくる苛立《いらだ》ちと疑問を抑《おさ》えきれず、近くにあったクッションをバシバシたたく。その時だった。ふと、前世の友人と交《か》わした会話が脳裏《のうり》によみがえった。

そう、あれは友人から借りた「グランドール恋《こい》革命」というタイトルのゲームを、就活の合間にちまちまプレイしていた時のことだ。

『ねぇ茉莉《まつり》、グラ恋の攻略状《こうりやくじょうきょう》況はどう？　二周目にもう突入《とつにゅう》した？』

『二周目？　って、なんで同じゲームを何度もプレイするの？』

『え、知らないの？　キャラを全員攻略できたら、二周目以降でとっておきの隠しキャラの出てくるルートが開くんだよ！』

『へー、そうなんだ。でも私、革命の起きるストーリーが好きなだけで、恋愛イベントにはあまり興味ないからなぁ』

『乙女《おとめ》ゲームをプレイしておきながら、何その塩対応！　最後までプレイしないなんて、絶対損してるよ！　何しろ隠しキャラはレナルドの幼馴染《おさななじ》みで、すごいイケメンの……』

それ以上の会話は覚えていない。しかし、それで十分だった。

「まさかマティアスも攻略キャラの一人なの？」

つぶやくと同時に、ゾワゾワとした悪寒《おかん》が全身に広がっていく。

もし本当にマティアスが「グランドール恋革命」の隠しキャラだとしたら、彼の登場はゲームが二周目以降に突入したことを意味していて……そんな！　確かめないと！

少しでも不安を取り除きたくて、机の奥から取り出した破滅《はめつ》対策用のノートに思い出したことを次々に書き出していく。しかしその行為《こうい》は、破滅の足音が再び近づいてきていることを私に確信させるだけだった。

だってマティアスがゲームの隠しキャラだとしたら、彼がレナルドたちに負けず劣《おと》らず整った顔立ちをしていることにも、このタイミングで私たちと会ったことにも、すべて納得《なっとく》いく気がしたんだもの。

前世の、ましてやゲームのことをレナルドたちには相談できない。気兼《きが》ねなく話せる唯一《ゆいいつ》の相手がラルスだなんて、ひどい冗談だ。この状況下で、私は今後どう動けばいい？

信じている人にも秘密を共有できない孤独《こどく》感と将来への不安に耐《た》えきれず、クッションに顔を埋《うず》める。独りの夜は慰《なぐさ》めもなく、ただ悶々《もんもん》と過ぎていった。

第三章　目指せ、財政再建！

翌朝、私は昨日の疲れを引きずりながら、教会の回廊《かいろう》をレナルドと二人で歩いていた。

喜んでいいのか、それとも焦《あせ》ったり悔《くや》しがったりした方がいいのか、自分でもわからない。

ただ盛大《せいだい》な肩透《かたす》かしを食《く》らって、疲れていることだけははっきりしている。

私は、これから毎日マティアスがそばに張りつくことを覚悟《かくご》して教会に来た。それなのに、教会へ通う間の控《ひか》え室として修道院の一室へ案内されたあとは完全な放し飼い状態なんだもの。

枢機卿《すうききょう》は多忙《たぼう》だと知っていても、何か裏があるんじゃないかと疑ってしまう。

　マティアスがもし本当にゲームの隠しキャラだとしたら、アナリーとどこで出会って、どうやって恋に落ちるんだろう？　その時、私にはどんな未来が待ち受けて……あぁぁー！

「どうしたんだ、ヴィオレッタ？　朝からずっと顔色が悪いぞ」

頭を抱《かか》えた私の横顔を、レナルドが気遣《きづか》うように覗き込んできた。

「もしかして昨夜の手紙のことを気にしているのか？　差出人のラルスは監獄の中だ。安心しろとまでは言えないが、積極的に攻撃《こうげき》を仕掛けてくることもできないだろう」

「うん、そうよね……」

「妙《みょう》に歯切れが悪いが、まだ何かあるのか？」

まさか言えない。ゲームが二周目に突入したかもしれない今、悪役王女である自分の立ち位置がわからずに悩《なや》んでいるなんて。

「ラルスのこと以外にも、気になることならいろいろあるでしょ？　例えば……ほら、リアムを一人で置いてきちゃって大丈夫《だいじょうぶ》だったかな、とか」

私のとっさの言い訳に、レナルドは完全に納得したわけではないらしい。それでも大事な弟の話題を出され、眉間《みけん》の皺《しわ》が少しだけ緩《ゆる》んで見えた気がした。

私たち三人は教会の内情を探《さぐ》るに当たり、役割分担を決めて行動することにしたんだ。

人付き合いの苦手なリアムは教会の帳簿《ちょうぼ》を閲覧《えつらん》して、ラルスへの資金提供など不審《ふしん》なお金の流れがないかを調べる役割。なんと彼は実験道具の購入費《こうにゅうひ》や研究費などの記録をつけるよう家庭教師に訓練されたおかげで、帳簿の読み書きができるようになったらしい。優秀《ゆうしゅう》な化学者である上に経理の仕事までできるなんて、純粋《じゅんすい》にすごいと思う。

「リアムなら、一人で仕事をしている分には問題ないだろう。それより気をつけなければならないのは俺たちの方だ。そろそろ目的地に着くぞ。準備はいいか？」

レナルドが練兵場へ続く扉《とびら》の前で足を止める。私はゴクリと喉《のど》を鳴らし、うなずいた。

リアムも頑張《がんば》っているんだから、私も自分にできることをやらないと！

レナルドが表情を引き締《し》め、扉を開ける。……ああ、今日もいい天気。透き通った青空の下、騎士《きし》たちが剣《けん》を手に実戦さながらの訓練をしている。

「レナルド様？　ヴィオレッタ様まで！　突然いかがなさいましたか⁉」

私たちの来訪に気づいた騎士団長が、泡《あわ》を食った様子で練兵場の端《はし》から駆《か》け寄ってきた。

「訓練の邪魔《じゃま》をして、すまない。今日は騎士団の面々に尋ねたいことがあって来たのだ」

団長は、私たち王族が教会に来た目的についてバチストたちから何か聞かされていたのかもしれない。レナルドの発言に、あからさまに警戒《けいかい》した顔つきになる。

「無骨な騎士たちが、王族の皆様《みなさま》のお役に立てるとは思えませんが……」

「心配はいらない。私は先日ラルスが起こした事件について、皆に話を聞きたいだけだ」

「そ、それは……！」

団長の顔から血の気が失《う》せる。私はちょっとだけ彼に同情した。

前任の騎士団長は、ラルスのような反逆者を出した責任を取って辞任したと聞いた。それで終わったと思っていた話題を王族に蒸《む》し返されたんだもの。たまったもんじゃないよね。

「あの、ラルスが騎士団について何か言っていたのでしょうか？」

「いや、私はあの事件に対する個々の騎士たちの見解をまとめて、宮廷《きゅうてい》に報告したいだけだ」

「教会が出した公式発表とは別に、ですか？」

「ああ。集められる情報は、多ければ多いほどいいからな」

「……承知いたしました。そういうご事情であれば、少々お待ちください」

まさか今の説明で納得したのだろうか。団長が意外にもあっさりと踵《きびす》を返し、訓練中の部下たちのもとへ向かう。やがて、彼は一人の騎士を連れてきた。

この顔、知ってる。最初に教会へ来た時、大聖堂の前で私たちを迎《むか》えてくれたユーゴだ。

団長はなぜ彼を選んだのだろう？　腹心の部下という感じでもなさそうなのに。

ユーゴも事情が呑《の》み込めてないのか、戸惑《とまど》っている。その肩《かた》を団長がポンとたたいた。

「ラルスのことでしたら、このユーゴにお尋ねください。彼はラルスの友人ですから」

「なっ……！」

私とレナルドは愕然《がくぜん》としてユーゴを見つめた。いや、あのラルスに友人がいたって不思議じゃないよ。少なくともラルスというキャラを演じてる間は、彼も攻略キャラにふさわしい好青年だったし。だけど、まさか教会の騎士団でこういう紹介《しょうかい》の仕方をされるとは思わなかった。

「君は本当にあのラルスと懇意《こんい》にしていたのか？」

半信半疑のレナルドから尋ねられ、ユーゴはためらいつつも「はい」と答えた。

「私はラルスと年が近く、同じ隊に所属していたこともあり、彼と公私にわたって話す機会も多々ありました。ですが、神に誓《ちか》って、あの事件には関与《かんよ》していません！　私には事件当日のアリバイがございますし、ラルスの友人であった事実そのものが罪だというのであれば、すでにその件で降格処分を受けています」

え、降格？　ラルスの共犯でもないのに、友人づき合いをしていたというだけで？

私はユーゴに詳細《しょうさい》を問い質《ただ》そうとした。しかし、その前に団長が忌々《いまいま》しげに吐《は》き捨てた。

「バチスト様のご決定に逆らう気か、ユーゴ？　本来であれば、おまえは騎士団を追放されていてもおかしくなかったんだぞ？　そこを情けで救っていただいたというのに」

「……はい、自分の立場は心得ています」

ユーゴがうつむき、拳《こぶし》を握《にぎ》りしめる。つらそうに歪《ゆが》んだその顔からは「これ以上、自分から何も奪《うば》わないでくれ」という悲痛な叫《さけ》びが聞こえてきそうだ。

かわいそうに。ラルスのせいで彼もひどい目に遭《あ》ったんだね。同じくラルスに悩まされている身としては放《ほう》っておけず、私は「ねぇ、ユーゴ」と話しかけた。

「もし事前にラルスの計画を知っていたとしたら、あなたはどうしていたと思う？」

「え……」

ユーゴの顔に戸惑いと驚《おどろ》きの色が浮《う》かぶ。そりゃあ、急にこんな質問をされても困るか。

「ごめんなさい。もし嫌《いや》なら、無理に答えなくても」

「あ、いえ、ちょっと驚いただけでして……。そうですね。もし私が事前にラルスの計画を知っていたとしたら、何があっても友人として彼を説得し、止めていました」

「……そう、ありがとう」

ユーゴが私とレナルドに敬礼をして訓練に戻《もど》っていく。彼はシロだな、と私は直感していた。

ユーゴが降格になった経緯《けいい》をもっと詳《くわ》しく知りたい。ラルスの友人だったというだけで事件に関与していなかった者を処分していたとしたら、それは騎士団の方に問題があるから。

横を見ると、レナルドも同じ点が引っかかったのか、難しい顔をしている。

「お二方とも、ご満足いただけましたでしょうか？　もしよろしければ、私もそろそろ騎士団の訓練に戻りたいのですが……」

騎士団長が、今にももみ手をせんばかりの様子で聞いてくる。

「悪いが、他《ほか》の騎士たちにも話を聞きたい。後日、改めて時間を取ってもらえないか？」

レナルドの申し出に、一瞬《いっしゅん》ピリッとした空気が流れた。王族に領分を侵《おか》され、猫《ねこ》をかぶっていた団長もさすがにいらついたのかもしれない。だが声に出して断ることはせず、「仰《おお》せのままに」と慇懃《いんぎん》な態度で頭を下げた。

◆◆◆

「ラルスの一件を巡《めぐ》っては、騎士団でもいろいろあったみたいね」

その日の午後、修道院の奥にある資料室で、私はやるせないため息をこぼしていた。レナルドも同じように厳しい表情で、目の前のテーブルに広げた資料をにらんでいる。

それは騎士団の人事について記録したものだった。ラルスの事件を機に、大規模な異動が生じている。昇格《しょうかく》の基準は不明だが、降格となったのはラルスと同じ隊にいた者たちが多い。

「こっちの騎士たちは別の隊の所属だけど、どうして降格になったのかしら？」

「そっちは、ラルスの実家である男爵家《だんしゃくけ》と懇意にしている連中だな。ほら、この騎士の実家は自領で取れた穀物をラルスの家の男爵領に納入しているはずだ」

「え、そうなの？　全然気づかなかった」

やっぱりレナルドはすごい。騎士たちは全員が貴族の出身とはいえ、その実家同士のつながりまで把握《はあく》しているなんて。でも彼の解説が本当なら、かなりまずい状況《じょうきょう》な気がする。

「教会は、ラルスと関《かか》わりのあった人たちを片端から降格処分にしたってことよね？」

「いや、一概《いちがい》にそうとも言い切れないだろう。例えば、こっちの騎士はラルスと同じ隊に所属していても、異動にはなっていない」

「なら、教会はどういう基準で処分を決めたのかしら？」

「案外、自分の派閥《はばつ》で騎士団の上層部を固めたかったバチスト辺りが、ラルスの事件を利用して暗躍《あんやく》したのかもな。騎士の任命権を持つのは光の乙女《おとめ》だが、枢機卿《すうききょう》であれば乙女に働きかけて人事に介入《かいにゅう》することも可能だろう」

そういえば、騎士団長も「バチスト様のご決定に逆らう気か」って、ユーゴを脅《おど》していた。

聖職者を相手に今の説明で納得《なっとく》してしまうのはどうかと思うけど、バチストの場合「彼ならやりそう」という感想しか出てこないんだよね。

「ラルスの共犯者が処分を受けるのは当然だし、当時の騎士団長がラルスのような騎士を出してしまったことの責任を取って辞任するのも仕方ないわ。でも派閥争いの一環《いっかん》として、有能な人材を引きずり下ろすやり方はいただけないわね」

資料をにらみながら、思わずうなった。その瞬間、レナルドが驚きを含《ふく》んだ目で私を見た。

「え、何？　私、何か変なことを言った？」

「いや、まさかあんたの口からそんな意見を聞ける日が来るなんて……。あんた、本当に変わったんだな」

レナルドがフッと肩の力を抜《ぬ》いて笑う。私は何も言い返せなかった。

レナルドの言う通りだ。前世を思い出す前の私はバチストと変わらない。王座を手に入れるためになら、他人を蹴落《けお》とすことや騙《だま》すことすらなんとも思っていなかったのだから。

「なぁヴィオレッタ、何があんたをそこまで変えたんだ？　そろそろ俺には本当のことを教えてくれてもいいんじゃないのか？」

「えっ……」

一瞬、息が止まりそうになった。勘《かん》のいいレナルドのことだ。いつかこういう質問が来ることを予想していなかったわけじゃない。でも……！

どう答えたらいいかわからず、うつむく。そんな私の頭に、ポンと手が乗せられた。

「……レナルド？」

「すまない。別にあんたを困らせたかったわけじゃないんだ」

レナルドが少し寂《さび》しそうに微笑《ほほえ》む。私は胸がギュッと締めつけられるように痛むのを感じた。

ごめんなさい、レナルド。以前のように「国王試験が始まってから、今までの行いを反省したの」と答えることは簡単よ。だけど、もう嘘《うそ》はつきたくないの。

レナルドがマティアスとの過去を教えてくれたように、私も彼に本当のことを知ってもらいたい。そう思うのに、実際には何も打ち明けられないことがこんなにももどかしい。

いつか本当に、すべてを話せる日が来たらいいのに……。

レナルドの手が離《はな》れていく。彼は軽く咳払《せきばら》いをして、手元の資料に視線を移した。

「話を戻すが、教会の騎士《きし》たちについては過去の実績も調べた方がよさそうだな。ラルスの共犯について調査するだけでは事足りない。あの事件を口実として、不当に貶《おとし》められた者たちのことは救済しないと」

そうだ。今は落ち込んでる場合じゃない。私は雑念を追い払《はら》い、目の前の資料に集中した。

経営コンサルタントの分野で考えた場合、この案件は組織改革に該当《がいとう》するだろうか？　いや、それより人事評価の問題と捉《とら》えて、評価方法の見直しを検討した方がいい気がする。

「バチストの一存で人事が決定される状況は避《さ》けたいわよね。騎士たちの能力を正確に把握して最大限活用するためにも、まずは彼らの能力を客観的に評価する指標が必要だわ」

「待ってくれ。あんたは上司の意向ではなく、何か別の手法で騎士の地位を決める気か？」

「そうだけど、何か問題でも？」

「少なくとも、俺はそういうやり方を初めて聞いた」

「え……」

思わず真顔でレナルドと顔を見合わせる。次の瞬間《しゅんかん》、私は内心で盛大《せいだい》に頭を抱《かか》えた。

しまったぁぁぁ！　貴族の世界はコネ採用がほとんどだった！　身分の低い者が能力を買われて出世する場合だって、マティアスのように高位の貴族の養子になるか、結婚《けっこん》して婿入《むこい》りすることがほとんどだもの。実力主義はまず存在しないって、忘れていた。

「職人の世界では、品評会への参加を通じて己《おのれ》の実力を示し、パトロンを探すこともあると聞く。あんたがやりたいのは、つまりそういうことか？」

「似てるけど、ちょっと違《ちが》うわ。私が考えているのはもっとこう、客観的な評価方法の確立よ」

レナルドが訝《いぶか》しげに眉根《まゆね》を寄せる。ここで前世の知識を披露《ひろう》したら、きっとますます怪《あや》しまれるだろう。だけど不条理な降格を言い渡《わた》されたユーゴたち騎士のことを思うと、どうしても放っておけなくて、私は説明を続けた。

「バチストのように特定の上司の意見だけを参考にしていると、どうしても騎士の評価に偏《かたよ》りが出てしまうでしょう？　そういう事態を避けるためにも、騎士の地位を決める時には、その騎士と関わりのある大勢の人たちから意見を集めたいの」

「どうしてそれが客観的な評価につながるんだ？　個々の立場がある以上、完全に客観的な意見を述べられる人間など存在しないだろう？」

「そう、だからこそ多くの人に騎士の能力を数字で評価してもらうことが大切になるのよ」

これぞまさに前世で学んだ人事手法——三六〇度評価のやり方だ。前世では、上司や同僚《どうりょう》に部下、はたまた仕事でつき合いのある他部署の社員などに頼《たの》んで、対象となる従業員の能力を三六〇度、様々な面から数字で評価してもらっていた。その手法を騎士団に応用するんだ。

「優秀《ゆうしゅう》な騎士は上からの命令にも柔軟《じゅうなん》に対応できたり、礼儀《れいぎ》正《ただ》しかったりするでしょう？　そういう風に騎士の優秀さを評価する項目《こうもく》を、多くの関係者に五点満点で評価してもらうの。そうすれば、最終的にこれらの合計点の高くなった騎士ほど優秀だって言えるじゃない？」

「なるほど。大勢の評価を数字に反映させることで、バチストのような極端《きょくたん》な意見が重視されることを防ぎ、騎士たちの能力を点数で比較《ひかく》できるようにするのか。それなら、ある程度の客観性は保てるな。だが、騎士たちの能力をすべて数字で正確に表現できるのか？」

さすがレナルド。今の私の説明だけで量的調査の問題点まで見抜いてしまうなんて、やっぱりすごいわ。彼の心配はもっともだと思う。だけど、そこはちゃんと対策を考えている。

「数値化の弱点を補うためにも、レナルド、あなたの協力が必要になってくるわ」

「……どういうことだ？」

「数字で評価しきれない部分については、あなたに調査をお願いしたいの」

レナルドが眉をひそめる。私は意気込んで説明を続けた。

「あなたには騎士団の面々と話す時間を設けてもらうことで、彼らの価値観や交友関係など、数字に出ない部分を探《さぐ》ってきてもらいたいの。そうすれば、より正確な評価を出せるでしょ？」

「簡単に言ってくれるが、騎士団の全員と面接をして本音を引き出すなど大変だぞ」

「そう？　誰《だれ》とでもすぐに打ち解けられるあなたには、ピッタリの仕事じゃない？」

レナルドの顔を覗《のぞ》き込み、ニッと笑いかける。その途端《とたん》、お返しにほっぺをつねられた。

「痛っ！　レナルド、急に何を」

「気にするな。無邪気《むじゃき》に難題を投げつけてくる姿を目にしたら、なんかむかついただけだ」

「心外だわ。あなたの力を信じてるからこそ、お願いしたのに」

「………………」

レナルドが一瞬《いっしゅん》目を見開き、なんとも言えない表情でため息をこぼす。

「あの、レナルド？　どうかした？」

「いや、素直《すなお》な人間というのは、時に最強だと思っただけだ」

どういう意味だろう？　私は思ったままを口にしただけなのに。

「あんたに評価されたのが運の尽《つ》きというやつだ。今日はもう遅《おそ》いし、明日《あした》から資料を分析《ぶんせき》して、面接の方向性を決めよう」

「レナルド……！　ありがとう！」

再び満面の笑《え》みでレナルドを見上げる。彼はなぜかまたため息をこぼし、疲《つか》れたようにかぶりを振《ふ》った。え、なんで？

レナルドの真意はわからない。だけど彼の協力を得られたのだから、まぁいいか。

私はちょっとだけ赤くなった頬《ほお》をさすりながら、レナルドと一緒《いっしょ》に部屋の片付けを始めた。

✦✦✦

✦✦✦

それからの一週間、私は教会と王立図書館の間を何度も往復しながら忙《いそが》しい毎日を送った。

騎士団において三六〇度評価を実施《じっし》するためには、評価対象となる騎士の仕事内容を正確に理解していなくては話にならない。そこで私はスヴェンの助けを借りながら、教会の騎士団に関する資料や、この世界の人事評価について書かれた文献《ぶんけん》を片端《かたはし》から読みあさっていった。

その上で、スヴェンやレナルドからもらったアドバイスを参考にしながら評価シートを完成させ、王立学院で印刷させてもらったのが昨日のこと。今朝はレナルドと一緒に騎士団の朝礼にお邪魔《じゃま》して、騎士たち全員に評価シートを配らせてもらった。

騎士団長は最後まで胡乱《うろん》げな眼差《まなざ》しを私たちに注いでいたけれど、王族たっての願いとあっては、さすがに断れなかったらしい。その場で騎士たちに回答を促《うなが》してくれた。

ああ……！　ここまで来るのに大変だったけど、効率よくデータを集められて幸せ！

私はほくほく気分で大量のシートを抱えながら修道院の一室へ戻《もど》り……そこで気づいてしまったんだ。このプロジェクトには重大な欠陥《けっかん》があることに。

今回、三六〇度評価の対象となった騎士たちは約五十名。その各騎士に対し、五十名近い同僚や上司たちがそれぞれ評価を行った結果、集まった評価シートの数は二五〇〇枚を超《こ》えた。

なお、この世界には電卓《でんたく》もパソコンの集計ソフトも存在しないわけで……。

プロジェクトを始める前は「治療《ちりょう》院の在庫管理も手計算でやってたし、平気よね」と楽観視していた。でも、全然平気じゃなかったよ！

なに、この数字の山！　前世のＩＴ環境《かんきょう》の快適さを知っている私にとって、数字をちまちまと手で集計していく作業は苦行以外の何ものでもない。ううっ、目も手もすごく疲れるよ……。

思わず泣きそうになっていると、コトッと音を立てて横にグラスが置かれた。

「ヴィオレッタ、その……もしよかったら、これを飲んで少し休んで」

顔を上げると、少し照れたようにはにかむリアムと目が合った。

「リアム、ありがとう！　ちょうど疲れていたところだったのよ」

グラスの中身は、リアムお手製のレモンスカッシュだろうか。パチパチとはじける炭酸は見た目にも爽《さわ》やかで、口をつけたら心のモヤモヤまで消し飛んだ。んー、おいしい！

「ねぇヴィオレッタ、僕にも何か手伝えることってある？」

リアムが向かいの席に座り、おずおずと尋《たず》ねてきた。ああ、なんていい子なの！　自分だって仕事を抱えていて大変なのに、私のことまで気遣《きづか》ってくれるなんて。

「ありがとう、リアム。その言葉だけで十分よ。本来であれば、私はあなたのサポートもする予定だったのに、まだ何もできていなくてごめんなさい」

「ううん。それを言うなら、僕の方こそごめん。この間からずっと帳簿《ちょうぼ》を調べているのに、まだたいした発見もできていなくて……」

リアムがしょぼんとうつむき、顔を曇《くも》らせる。

「リアム、そんな顔をしないで！　たいした発見じゃないって、裏を返せば何かわかったことがあるんでしょう？　まだ調査を始めて一週間しか経《た》っていないのに、すごいじゃない！」

「ううん、そんな褒《ほ》めてもらうようなことじゃないんだ。僕にわかったのは、養護院と救貧院の中でも、特に救貧院の方の財政がこの半年間ですごく悪化してるってことくらいで……」

リアムが持ってきた報告書をテーブルの上に広げる。養護院と救貧院における月ごとの収入と支出、さらには収容人数の推移をまとめて表にしたものらしい。

「ねぇ、ここを見て。この半年間で、救貧院から脱走《だっそう》する人の数が劇的に減ったのはいいことだと思うよ。だけど同時に、養護院から養子に出される子どもの数も少し減ってるんだ」

「なるほど。出て行く人の数は減ったのに、入ってくる人の数も予算も昔と変わらないせいで、財政が圧迫《あっぱく》されているのね。その傾向《けいこう》は、特に救貧院で顕著《けんちょ》だと」

私の解釈《かいしゃく》に、リアムがこくんとうなずく。

「半年前って、マティアスが枢機卿《すうききょう》に就任して、養護院と救貧院の管理者になった頃《ころ》だよね？」

「そうね。でも、その時期に脱走者の数が減っているのは少し変ね。マティアスのように体罰《たいばつ》を命じる人の管理下では、救貧院の環境が悪化して脱走する人も増えそうなのに」

「マティアスに代替《だいが》わりして監視《かんし》の目が厳しくなったから、逃《に》げられなくなったとか？」

リアムの推測に、私は「ああ」と納得《なっとく》してしまった。養護院の方も、マティアスの方針で養《よう》子縁組《しえんぐみ》の数が減らされているのかもしれない。

「うーん、この予算で収容人数がこれ以上増えると、いろいろきついわね。でも身寄りのない青少年を狙《ねら》った誘拐《ゆうかい》事件が王都で多発している今、自活の準備が整っていない人たちを救貧院から追い出すわけにもいかないし」

スヴェンの調査がどこまで進んだか知らないけど、事件が解決したという話はまだ聞いていない。保護すべき対象はこれからも増えそうなのに、受け入れる側の状態がこれでは困る。

「せめてもっと予算を増やせれば……」

「国庫の方もカツカツで、追加の予算を出す余裕《よゆう》もないんでしょう？」

「そうなのよ。私もスヴェンやお父様に掛《か》け合ってみたけど、難しそうだったわ」

国の支援《しえん》が当てにならない場合、どうしたらいいだろう？　前世ではこういう時、クラウドファンディングを募《つの》ったり、チャリティーコンサートを開いたりして、資金を集めていたけど
……そうだ！　その手があるじゃない！

「リアム、いいことを思いついたわ！　予算がないなら、私たちで稼《かせ》げばいいのよ！」

「え？　稼ぐって、どうやって？　新しい工場でも作るの？」

「そうしたいのは山々だけど、残念ながら新商品のアイデアがないわ。だから今回は代わりに何か催《もよお》し物をして、それを観《み》に来た人たちから寄付を募ったらどうかしら？」

私の提案に、リアムが目を丸くする。この国でも芸術家を招いたサロンはよく開かれているし、寄付の文化もある。しかし、両者を融合《ゆうごう》させたものはまだ見たことがない。

「えっと、ヴィオレッタのやりたいことはわかったよ。だけど、何か催し物をする場合は、出演者に報酬《ほうしゅう》を払《はら》う必要があるから、寄付を募っても採算が取れないんじゃ……」

「そう、だから善意で安く出演してくれる人か、報酬をもらわなくてもいいと言ってくれる人にお願いしたいんだけど、素人《しろうと》の演目だと今度は寄付をはずんでもらえなくなるし……」

私なら報酬はタダでも、ダメだ。わざわざお金を払ってまで、私の歌や踊《おど》りを見たがる人なんていないもの。せめてレナルドくらい眉目秀麗《びもくしゅうれい》であれば、舞台《ぶたい》の上に立っているだけで投げ銭をしてもらえそうだけど。……待って、それアリかもしれない！

「リアム、例えばだけど、レナルドにお願いして愛の詩集朗読会を開いてもらったら、どうかしら？　レナルドとお近づきになりたい貴族のご令嬢《れいじょう》はたくさんいるはずだし、彼もお年頃だからいろんなおうちのご令嬢と知り合っておいて損はないと思うの」

王家は政略結婚《けっこん》が主流だとしても、恋愛《れんあい》結婚がゼロなわけじゃない。朗読会に来たご令嬢を見初《みそ》めて結婚とか素敵《すてき》じゃない。これならレナルドにも利があって、お願いしやすいと思った。だけど胸を張った私の提案に、リアムはなぜか怯《おび》えた様子でふるふると首を横に振った。

「確かに、それなら寄付は集まると思うよ。でも、僕は賛成できないな」

「どうして？」

「ヴィオレッタからそんな提案をされるなんて、兄さんがかわいそうすぎるから」

どういう意味だろう？　あ、もしかして「余計なお世話だ」と断られるパターンか。まぁ私だって、自分の結婚について親戚《しんせき》からあれこれ言われたら嫌《いや》になるものね。

「なら、リアムからレナルドに提案してもらえないかしら？」

私と違《ちが》って、かわいい弟の頼《たの》みなら聞いてくれるだろうと思った。それなのにリアムはなぜか真っ青になって、首を勢いよく横に振《ふ》った。

「ねぇ、お願いだから、兄さんを出演させる案から離《はな》れない？　兄さんの性格からして、愛の言葉を人前でささやくとか絶対に嫌がるよ」

「うっ、それもそうね」

せっかくいい案だと思ったのに、振り出しに戻ってしまった。うーん、レナルドの出演が無理なら、どうしよう？　彼以上に集客力のありそうな知り合いはいないんだけど。

悩《なや》む私の前で、リアムが席を立つ。彼は部屋の隅《すみ》に置いてあった瓶《びん》を取ってくると、からになっていた私のグラスにレモンスカッシュをなみなみと注いでくれた。

「ヴィオレッタは疲《つか》れてるんだよ。レモンは疲労《ひろう》回復に効くそうだから、もっと飲んで」

「……ありがとう」

なんだか釈然《しゃくぜん》としない気もするけど、リアムの心遣いは純粋《じゅんすい》に嬉《うれ》しい。私はもらったレモンスカッシュをグビグビと飲んで、回答済みの評価シートの山に目を向けた。

考えても仕方ない時は、先に目の前のできることに手をつけるべきよね。レナルドだって、今は騎士《きし》たちの面談をやっている頃だし、私も集計を頑張《がんば》ろう。

椅子《いす》の上で一度大きくノビをしてから、再び数字と格闘《かくとう》し始める。やがて部屋にはペンを動かす音と、リアムの帳簿をめくる音だけが聞こえるようになった。


その後も数字の海に溺《おぼ》れる日が続き、私がようやく集計結果をまとめて報告書の形にできたのは、二週間も経った頃のことだった。

最後の数字を計算し終えた時には、感極《きわ》まって紙束に頬《ほお》ずりをしちゃったよ。見ていたリアムには引かれたけど、それだけ嬉しかったのだから仕方ない。

ただ残念ながら、これで仕事は終わりじゃない。むしろ本番はこれからだ。

「ヴィオレッタ、行くぞ。準備はいいか？」

レナルドが練兵場へ続く扉《とびら》の前で立ち止まり、尋ねてくる。私は完成ほやほやの報告書を抱《だ》きしめながら、力強くうなずいた。レナルドが扉を開ける。

広い石畳《いしだたみ》の空間では、今日も騎士たちが剣舞《けんぶ》の練習をしている。団長が私たちの来訪に気づいたらしい。一瞬《いっしゅん》、目が合った。だが、舞《まい》を止めることはない。アポより早く来た私たちの方が悪いのだし、そういう時は訓練を優先してほしいと事前に伝えてあるから。

練兵場の入口で剣舞を見学しながら、団長の手が空くのを待つ。これはある意味、役得かもしれない。間近で観る騎士たちの鍛《きた》え抜《ぬ》かれた動きは、一糸乱れずにそろっていて美しい。きっと前世だったら、高いお金を払っても観たいと願う人が続出するレベルだ。

この舞を光の乙女《おとめ》の就任式でしか披露《ひろう》しないなんて、もったいない。ことあるごとに一般《いっぱん》公開すれば、見た人の信仰心《しんこう》も篤《あつ》くなって教会も助かるだろうに……なんてことを考えているうちに騎士たちが剣を天に向かって突《つ》き上げ、舞が終わった。

部下たちに休憩《きゅうけい》を言い渡《わた》した団長が、肩《かた》で息をしながら駆《か》けてくる。

「お忙《いそが》しいところをご足労いただいたのに、お待たせしてしまい、申し訳ございません！」

「約束より早く着いたのは私たちの方だから、気にしなくていい。早速《さっそく》だが、少し時間をもらえるか？　先日の調査結果について、騎士団とも情報を共有したい」

「はい、もちろんです。お二方とも、どうぞこちらへ」

団長が表面上はニコニコしながら、私たちを観覧席へ案内する。私はベンチの上にハンカチを広げ、いそいそと腰掛《こしか》けた。一息つき、持ってきた報告書の束を開く。

「あの、ヴィオレッタ様？　そちらは……」

「先日の調査結果をまとめた報告書です。私とレナルドで作成しました」

たっぷり三センチはある報告書の分厚さに驚《おどろ》いたのか、団長の笑顔《えがお》が引きつる。私は気にせず、ページをめくって説明を続けた。

「騎士団所属の騎士、約五十名分についてラルスとの関係、事件後の降格の有無《うむ》、模擬《もぎ》戦での成績等を調べて一覧にしました。特に注目してもらいたいのがここ――騎士としての能力を二十項目《こうもく》にわたって採点し、百点満点で表した結果です」

「採点？　失礼ですが、戦いのご経験もないヴィオレッタ様がどうやって騎士の能力を評価なさったのです？」

団長がうさんくさそうに顔をしかめる。はい、よくぞ聞いてくれました！

私は予想通りの質問に嬉しくなって、意気揚々《いきようよう》と説明をしようとした。それなのに、横から伸《の》びてきた手に報告書を取り上げられてしまった。

「え？　レナルド？」

「採点方法についてはのちほど説明する。それより、今見てもらいたいのはこちらの方だ」

レナルドが最後のページを開く。そこには七名の騎士たちの名前がリストアップされていた。

その筆頭にはユーゴの名前が書かれている。

「今回行った調査の結果、あの事件においてラルスに協力した者は騎士団に存在しなかったと私たちは確信した。それにもかかわらず、あの事件を機に七名もの優秀な騎士たちが降格処分を受けている。それはなぜだ？」

「いや、その、彼らはラルスの事件を抜きにしても、様々な問題を抱《かか》えていまして……」

団長がしどろもどろに答える。白々しい、と私は思った。

三六〇度評価の結果が出た今であれば、自信を持って言える。ユーゴたち七名は騎士として優秀でラルスに協力したこともなかったのに、教会上層部の反感を買ったせいで、ラルスの事件を口実として降格させられたのだ。その証拠《しょうこ》に、バチストや騎士団長たちが彼ら七名につけた点数は、他《ほか》の評価者たちと比べて明らかに低かった。

団長だってこの結果を前にすれば、さすがに自分たちの非を認めざるを得ないだろう。私は続く熱い展開を期待して、レナルドを見つめた。それなのに彼はページをめくることなく、団長に労《いたわ》るような眼差《まなざ》しを向けた。え、なんで？

「君の苦労はわかっているつもりだ。だが、私も仕事として騎士団の序列の認定《にんてい》方法を宮廷《きゅうてい》に報告しなければならない。君なら、宮廷の皆《みな》が納得《なっとく》する説明をしてくれると信じているよ」

「も、もちろんです。後ろ暗いことなど、我々《われわれ》には一つもございませんから」

「そうか。宮廷に良い報告ができるよう、君の働きに期待していよう」

「………お任せください。では、私は仕事が残っていますので、失礼いたします」

ぎこちない敬礼を残し、団長が去って行く。その後ろ姿を私は歯がみする思いで見送った。

レナルドは何を考えているんだろう？　せっかく証拠がそろっているのに、団長を問い詰《つ》めないなんて。

「俺たちも控《ひか》え室に戻《もど》るか」

レナルドがそう言って、練兵場に背を向ける。そのあとを追いかけ、回廊《かいろう》で二人きりになった途端《とたん》、私は彼のことを思い切りにらみつけてしまった。

「ちょっと、レナルド！　何をやっているのよ？」

「何、とは？」

「せっかく三六〇度評価の集計までして、騎士団の問題を追及《ついきゅう》しようとしたのに……。あの様子じゃあ、団長はユーゴたちの降格理由を適当にでっち上げるつもりよ。どうするの？」

私は不当な処遇《しょぐう》を受けた騎士たちを元の地位に戻してあげたくて、頑張ってきたのに……。

この数週間の努力がすべて無駄《むだ》になった気がして、虚《むな》しくなる。

思わずうなだれた私を慰《なぐさ》めるように、レナルドがその肩をポンポンとたたいた。

「悲観するな、ヴィオレッタ。ただ、今はその時期じゃなかったというだけだ」

「なら、いつその時が来ると言うの？」

「気づいてないかもしれないが、あんたのやることは時代の先を行きすぎているんだ」

「え……」

ドクンと心臓が跳《は》ね上がる。私の秘密にレナルドがどこまで気づいているか、わからない。

彼は私から目を逸《そ》らすことなく、ゆっくり言い含《ふく》めるように続けた。

「俺はあんたの考え方や価値観を好ましく思っている。しかし上層部の意向で出世や降格が決まるのが当たり前だと思っている連中に向かって客観的評価や実力主義を唱えたところで、警《けい》戒《かい》されるのがオチだ。それだけに、今回の報告書の全容は見せる相手と時期を選ぶべきだろう」

「あなたは誰《だれ》か特定の相手や時期を想定して、そう言っているの？」

「ああ。騎士たちの能力を評価するのは、騎士団長の仕事だ。そこに枢機卿《すうききょう》が口を挟《はさ》むこともままある。だが、最終的な騎士の任命権は誰が握《にぎ》っている？」

「それは光の乙女で……あっ！　アナリーに替《か》わるまで待てと、あなたは言いたいの？」

レナルドが口元を満足げにほころばせる。

「俺たち王族の目があると、騎士団長には釘《くぎ》を刺《さ》しておいたからな。これ以上、好き勝手にはできないだろう。光の乙女の交替《こうたい》まで、あと一年弱。降格させられた騎士たちも、それくらいの期間であれば耐《た》えられるはずだ」

「確かにアナリーが光の乙女に就任した暁《あかつき》には、今回の結果を参考にして騎士団の再編制を行うこともできるわ。まさかあなたは最初からそこまで計算して動いていたの？」

レナルドが答えの代わりにフッと口の端《はし》をつり上げる。うーわー……。

レナルドは社交が得意なだけじゃない。涼《すず》しい顔でこういった政治的駆け引きまでできるなんて、やっぱり私の何倍も王に向いているわ。

呆《あき》れと感心の入り交じった思いで見ていると、レナルドが目の前に手を差し出してきた。

「あの、レナルド？」

「報告書の使い道は一つとは限らない。せっかくの結果を有効活用するためにも、ここはもう一踏《ふ》ん張り頑張《がんば》るぞ」

戸惑《とまど》う私の手を取り、レナルドが歩き出す。その顔は実に生き生きと輝《かがや》いていた。


その後、修道院の一室に戻った私たちを一人の騎士《きし》が訪ねてきた。ユーゴだ。

「失礼いたします。レナルド様とヴィオレッタ様がお呼びと伺《うかが》い、参りました」

「ああ、よく来てくれた。どうか掛《か》けてくれ」

カチコチに緊張《きんちょう》しているユーゴに、レナルドが向かいの席を勧《すす》める。

今日、リアムは王立学院に行っていていない。王族は私とレナルドの二人だけだが、それでもユーゴにとっては途方もないプレッシャーだったらしい。彼は青ざめた顔で席に着くなり、私たちに向かってガバッと勢いよく頭を下げてきた。

「えっ、ユーゴ？　急にどうし……」

「申し訳ございません！　王族の方々のご不興をどこで買ったのか、私のつたない頭ではいくら考えても理解できなかったのですが、至らぬ点をご指摘《してき》いただけましたら必ず改めます。ですから、騎士団からの追放だけはどうかご勘弁《かんべん》を！」

「待って！　どうしてそうなるの？　私たちはあなたに伝えたい話があって呼んだだけよ」

「え……」

ユーゴが驚いた様子で顔を上げる。私はレナルドがうなずくのを確認してから、彼の前に一枚の報告書を差し出した。

「あの、ここに書かれている数字はいったい……」

「騎士としてあなたがどれほど優《すぐ》れているか、二十項目にわたって同僚《どうりょう》や上司に評価を求めた結果よ。百点満点中、あなたは八十七点を記録したわ。実に八割以上の人が、あなたに八十点以上の点数をつけていたのよ」

「……本当ですか？」

ユーゴが目を見開き、報告書を凝視《ぎょうし》する。私はその反応に満足した。

練兵場から帰ったあと、レナルドと話し合って決めたのだ。不当な降格処分に悩《なや》まされている七名の騎士たちには、今回の結果を伝えようと。そうすることで彼らも少しは励《はげ》まされ、アナリーが光の乙女《おとめ》に就任するまでの期間を乗り切れるだろうと考えたから。

「ユーゴ、あなたはラルスの友人だったせいで降格になったと聞いたわ」

ユーゴがビクッと震《ふる》える。その怯《おび》えのにじんだ瞳《ひとみ》を見据《みす》え、私は続けた。

「今回の調査でも、一部の人たちはあなたに辛辣《しんらつ》な点をつけていたわ。でもね、この数字が示しているように、大多数の人たちはあなたの能力と人柄《ひとがら》を高く評価しているのよ」

「君の真面目《まじめ》で誠実な性格を煙《けむ》たがる連中も、中にはいるかもしれない。しかし君は本来、光の乙女の護衛に任じられてもいいほど優秀な騎士だ。今後の活躍《かつやく》に期待している」

私に続いてレナルドも褒《ほ》めた。その瞬間《しゅんかん》、ユーゴの目尻《めじり》に涙《なみだ》が浮《う》かんだ。

え、ユーゴ？　思わずギョッとする。気づいたユーゴが慌《あわ》てて目元を拭《ぬぐ》った。

「た、大変失礼いたしました！　まさか王族の皆様が私のような一介《いっかい》の騎士を気にかけてくださるとは夢にも思わず……ありがとうございます！　このご恩は一生忘れません！」

「大げさよ、ユーゴ。私たちは現状を分析《ぶんせき》した上で、あなたはもっと評価されるべきだと話しただけよ。まだあなたの役職や待遇を改善できたわけじゃないわ」

「いいえ、ヴィオレッタ様。私のような者にとっては、こうやって実力を評価していただけること自体が非常に画期的でありがたいことなのです」

ユーゴはそう言うと、鳶色《とびいろ》の瞳に一瞬寂《さび》しげな光をよぎらせた。

「教会の騎士団に入る者の多くは、貴族とは名ばかりの次男以下や愛妾《あいしょう》の息子《むすこ》など、他に行き場のない者たちです。財産も後ろ盾《だて》も持ち合わせていないため、ひとたび教会上層部から疎《うと》まれれば、今回のような事件を口実として降格させられたり、追放されたりしてしまいます」

「そんな……！」

それは、本の知識として知っていた話だ。しかし当事者から聞くその言葉は、重みがまるで違《ちが》って感じられる。まさかそこまで立場が弱いなんて……。

「私や仲間たちは今回の降格処分を受け、自らの未来に絶望しました。このまま私たちは教会内で一生を終えるしかないのかと。ですが、お二方のおかげで希望が持てました。実力を正当に評価していただければ、いずれ家庭を持つことさえ夢ではないかもしれません」

ユーゴが心底嬉《うれ》しそうに笑う。その様子に、私の中でふと疑問が浮かび上がってきた。

「教会の騎士は、全員が教会で一生を終えるわけではないの？　私の読んだ文献《ぶんけん》に出てきた騎士たちは、外に出ることがあまりないようだったけど」

「昔の騎士団長たちのように、光の乙女のために生きることを誓《ちか》い、教会で一生を全《まっと》うする騎士も大勢います。しかしその一方で、枢機卿や乙女の護衛を務めた騎士が外部の目にとまって貴族に召《め》し抱《かか》えられたり、婿養子《むこようし》に入ったりすることもままあるのです」

「後者のような生き方を望む騎士も、意外と多いのね？」

「はい」とうなずくユーゴを見て、私は「なるほど」とうなった。そういうことなら、まさにうってつけの話があるじゃない！

「ねぇユーゴ、有志の騎士を何人か募《つの》って、王宮で剣舞《けんぶ》を披露《ひろう》しない？」

「……はい？」

突然《とつぜん》の提案にユーゴが目を丸くし、レナルドが怪訝《けげん》そうに眉《まゆ》をひそめる。私の脳裏《のうり》にあったのは、前世で観《み》たウィーン少年合唱団のチャリティーコンサートだった。彼らももとは聖歌隊として創設されたものが、コンサートで賛美歌などを歌うようになったという。

「私は今、救貧院の財政再建に向けて寄付を募ろうと計画しているの。あなたたちが宮廷《きゅうてい》で美しい剣舞を披露してくれたら、貴族のご婦人方は喜んで寄付をはずんでくれると思うわ。その一方で、あなたたち騎士は貴族と知り合う機会を得られるの。どうかしら？」

「神聖な剣舞を、そのような目的のために人前で披露してよろしいのでしょうか？」

ユーゴが戸惑い、レナルドを見る。彼が首を横に振《ふ》る前に、私は勢いよく身を乗り出した。

「教会の礎《いしずえ》を築いた初代乙女は、貧者のために尽《つ》くしたというでしょう？　剣舞の内容を少し変えた上で『初代乙女の信念に従い、救貧院を助けるために舞《ま》う』と訴《うった》えれば、教会の上層部だって認めざるを得ないと思うわ。大義名分はバッチリよ！」

ユーゴの瞳が迷うように揺《ゆ》れる。彼は少し悩んだ末、心を決めたらしい。

「ヴィオレッタ様とレナルド様のご恩に報《むく》いると誓った、私の決意に偽《いつわ》りはございません。教会上層部の許可さえ下りるのであれば、喜んで王宮で剣舞を披露いたしましょう」

「ユーゴ、ありがとう！　剣舞の会の詳細《しょうさい》については、また改めて相談しましょう」

「はい。こちらこそ、どうかよろしくお願いいたします」

ユーゴが深々と頭を下げる。その後、二言三言交《か》わしてから彼は部屋を出て行った。

うんうん、降格処分で落ち込んでいたユーゴを励ませたし、救貧院の財政再建にも光が差して見えた。さらに騎士たちの就活と婚活《こんかつ》まで一緒《いっしょ》にできちゃうなんて、まさに三方よしというやつね！　一時はどうなることかと心配したけど、よかった！

私は上機嫌《じょうきげん》でテーブルの上の資料を片付けようとし、途中《とちゅう》でピタッと動きを止めた。ブリザードのように冷たい視線が、こちらをじっと見つめているのに気づいたんだ。

「……あの、レナルド？　なんか怒《おこ》ってる？」

「別に」

いやいや、眉間《みけん》に思い切り皺《しわ》を刻んでおいて、その答えはないでしょう！

焦《あせ》る私を見下ろし、レナルドが「はぁー」と深いため息をこぼす。

「今回の調査結果を伝えることでユーゴたちを味方につけられれば、それで十分だと考えていたのに……あんたはどうして次から次へと厄介《やっかい》ごとに手を出すんだ？」

「うっ、それは……事前になんの相談もせず、剣舞の会の話を進めてごめんなさい。寄付を集められる上に騎士たちにも利点のあるいいアイデアだと思ったら、つい」

「わかってる。だからこそ余計に腹が立つんだ」

レナルドがムスッとした様子で、私の顔に手を伸《の》ばしてくる。このパターンはもしや！

私はとっさに両手で頰《ほお》をガードした。それなのに、痛みを防ぐことはできなかった。なんとレナルドは、私のおでこに思い切りデコピンをしてきたのだ。

「ううっ、ひどいわ！」

「今後俺が担当する仕事量を考えたら、これくらいの八つ当たりは甘受《かんじゅ》してもらいたいな」

「仕事？　光の乙女や枢機卿《すうききょう》の許可は、私が責任を持ってもらいにいくつもりだけど」

「それだけじゃないだろう？　教会の監査《かんさ》に向かったはずのあんたが、教会の騎士たちを使って救貧院の資金集めのために会を主催《しゅさい》するんだ。そのせいで、やはりあんたが教会の犬だったと勘違《かんちが》いされたら困る。あくまで困窮《こんきゅう》している民《たみ》を助けるために寄付を募るんだと、会の趣旨《しゅし》を徹底《てってい》的に周知して、根回しをしておく必要があるだろう？」

「あっ……」

しまった！　そういう微妙《びみょう》な政治的配慮《はいりょ》のことは完全に頭から抜《ぬ》けていた！

一気に青ざめた私を見て、レナルドが「やっとわかったか」とため息をこぼす。

「これから忙《いそが》しくなるぞ。残りの騎士《きし》たちに調査結果を伝えたら、俺はしばらく王宮へ戻《もど》る」

「ありがとう、レナルド。あなたがいなかったら、剣舞の会は企画倒《きかくだお》れになっていたわ」

「……別に。俺は俺の仕事をするだけだ」

「うんうん、あなたのそういう真面目で頼《たよ》りがいのあるところ、大好きよ」

「…………」

レナルドがなぜか突然、遠くを見るような目つきになる。え、なんで？　私から好意を寄せられても、迷惑《めいわく》なだけだった？

オロオロする私の前で、レナルドが今度はなぜか妙に疲《つか》れた様子で肩《かた》をすくめた。

「素直《すなお》な人間というのは、本当にたちが悪い」

「え？　何か言った？」

「……なんでもない。会を主催する以上、しっかり成果を出さないとな。ただ、寄付の金額には気をつける必要がある」

「そうね。寄付が全然集まらなかったら困るものね。そうならないよう、頑張《がんば》りましょう！」

張り切って拳《こぶし》を突《つ》き出す。それを見たレナルドが一瞬、困ったような顔つきになった。

「レナルド？　私、何かまた余計なことを言った？」

「……いや、今は会を成功させることに集中しよう。ヴィオレッタ、教会の説得は任せたぞ」

レナルドがそう言って、自分の拳を私の拳にコツンと合わせる。それこそ下町の商人たちが商談成立の時によくやるように。

この感じ、やっぱり好きだな。前世を思い出したばかりの頃《ころ》の、敵対的でぎこちない関係とはまるで違う。打てば響《ひび》くような今の関係がたまらなく心地《ここち》よくて、自然と笑顔《えがお》になる。そんな私に、レナルドも社交用ではない素の笑みを返してくれた。

◆◆◆　　◆◆◆

翌日からレナルドは宣言通り、王宮で剣舞の会を開くための根回しを始めた。一方、私もユーゴたち騎士の派遣《はけん》許可をもらうため、騎士団長に相談するところから活動を開始した。

私は反対されることを覚悟《かくご》して何通りもの大義名分を用意して面談に臨《のぞ》んだのに、意外にも団長は「バチスト様のご許可さえあれば、異論はございません」と、すんなりＯＫを出してくれた。レナルドの刺《さ》した釘《くぎ》が早速《さっそく》効いていたのかもしれない。

そこで今度はバチストともう一人の枢機卿に会いに行ったところ、今度は「光の乙女《おとめ》のご裁可に従います」と言われた。これは……うん、見事なたらい回しだ。王族ともめたくなかったのか、乙女を立てているようでその実、責任を彼女に丸投げしている。

乙女も大変だなと思いつつ、かくして私は彼女に会うべく、大聖堂の尖塔《せんとう》へ続く螺旋《らせん》階段を上っていた。彼女はこの時間、いつも尖塔のてっぺんから教会全体を見下ろしていると聞いたから。私よりだいぶ年上なのに、元気だよな。光の乙女を務めるには体力も必要らしい。

息を切らしながら渦巻《うずま》く階段を上っていくと、やがて上の方に純白の裾《すそ》がひらめいて見えた。光の乙女だ。尖塔の一番上にある、踊《おど》り場のように開けた場所から外を眺《なが》めているらしい。

私は声をかけようとして、やめた。当代の乙女はアナリーほど容姿に恵《めぐ》まれているわけじゃない。それでも窓の外を熱心に見つめている姿は、一幅《いっぷく》の絵画のような独特の美しさを醸《かも》し出している。いったい何を見たら、そんな切なげな表情になるんだろう？

「あの、そこから何が見えるんですか？」

視線の先を知りたくて、我慢《がまん》できずに聞いた。その瞬間《しゅんかん》、乙女がはじかれたように振り返った。彼女は私の来訪に目を丸くし、やがてフフッと口元をほころばせた。

「まぁヴィオレッタ様、ボーッとしているところをご覧に入れてしまい、お恥《は》ずかしい。ちょうどあちらの方角に私の故郷があるものですから、それでつい」

乙女が恥じらうように微笑《ほほえ》む。その答えが私には意外だった。

乙女だって人の子である以上、親がいて故郷があるよね。それなのに、彼女のことを教会のシンボルとしてしか見ていなかった私は、そんな当たり前のことすら忘れていたんだ。

「あの、乙女の故郷はどんな場所なんですか？」

「北の、何もない町ですよ。最近になって炭鉱の開発が進んだようですが、それまでは本当に何もありませんでした。私の家もご多分に漏《も》れず、生活が苦しくて……乙女だった私は十歳になった時、教会へ入れられたのです」

えっ、それって一種の口減らしじゃない？　乙女がその事実に気づいていないはずがない。しかし彼女は愕然《がくぜん》としている私を尻目《しりめ》に、なつかしそうに目を細めて話を続けた。

「幸い、私は地方を巡礼《じゅんれい》中だったバチストに才能を見いだされ、こうして光の乙女となる栄誉《えいよ》に浴することができました。ですが、その任期もあとわずかです」

「光の乙女としての義務を終えられたら、故郷へ戻られるのですか？」

つい気になって聞くと、乙女は「どうでしょう？」と少し困ったように首をかしげた。

「戻ったところで、私を待っている家族はもういません。ですが、故郷というのは不思議ですね。実際にはつらく苦しいことばかりだったはずなのに、今になって思い出すのはあの頃の楽しかった出来事ばかりなんですよ」

乙女が歴代の乙女に継承《けいしょう》されてきたという指輪に視線を落とし、寂《さび》しげに微笑む。

「もう両親も亡《な》くなって長いこと経《た》っているのに、あの地へ戻れば、また子どもの頃のように無邪気《むじゃき》に笑えるような、自分のすべてを受け入れてもらえるような気がするのです」

乙女は私に同意を求めたわけじゃない。それでも私は心臓をチクッと刺されるような痛みを覚えて、胸を押さえた。思い出したんだ、自分の前世を……両親の顔を。

今までは破滅《はめつ》を回避《かいひ》するのに必死で、あえて意識しないようにしていたのかもしれない。だけどひとたび思い出した今、私はたまらなく前世が恋《こい》しくなってしまった。

私は、国王であるお父様のことを家族として大切に想《おも》っている。しかし、もう一組の両親を忘れることもできない。フェアトレードの会社が潰《つぶ》れて大変だっただろうに、子どもの私には苦労をかけまいと必死で働いて、大学まで行かせてくれた。たまに衝突《しょうとつ》することはあっても、その裏にはいつも温かな愛情があった。私は愛されて育ったんだ。

それなのに、私は両親に「ありがとう」も「さようなら」も言えないまま、前世に幕を下ろしてしまった。この気持ちを伝えることはもう一生できないんだと思ったら、苦しくて……物理的に戻れる故郷のある乙女がうらやましくて、私はつい口出ししてしまった。

「悩《なや》んでいらっしゃるのであれば、一度里帰りをなさってはいかがです？」と。

「たとえ待っているご家族がいなかったとしても、生まれた地に別れを告げることができれば、気持ちが少しスッキリするかもしれませんよ」

「まぁ、ヴィオレッタ様は王宮生まれの王宮育ちだと伺《うかが》っていますのに、望郷の念をよく理解していらっしゃるのですね」

ハッ、確かに！　今の提案は本心から出た言葉でも、王都から出たことすらないはずの私が故郷について論じるのは不自然だよね。えーと、どうやってごまかそう？

内心でわたわたと焦《あせ》る。しかし乙女は気にしなかったようで、こちらを向いて微笑んだ。

「先のことは、私が光の乙女としての義務を全《まっと》うした時に改めて考えましょう。それよりヴィオレッタ様、今日は何か私にご用があって、いらっしゃったのではございませんか？」

「あ、はい。実は乙女にご相談したいことがありまして」

私は早速、剣舞《けんぶ》の会について説明をした。乙女は「うんうん」とうなずきながら私の話に耳を傾《かたむ》け、最終的にあっけないほどすんなりと許可を出してくれた。

光の乙女と別れたあと、私は夕日が差す中を今度は教会の外れに向かって歩いていた。残る一人の枢機卿《すうききょう》――マティアスと会うために。

彼とじっくり話すのは、ほぼ一ヶ月ぶりだったりする。枢機卿の仕事が忙《いそが》しいのか、彼は王族の控《ひか》え室に来ても、その日の予定を確認《かくにん》するだけですぐに去って行くから。

マティアスが本当にゲームの隠《かく》しキャラだとしたら、私は彼とどう接すればいいんだろう？

アナリーが治療院《ちりょう》の引き継《つ》ぎで忙しく教会に顔を出してすらいない現状では、マティアスのルートはまだ始まっていないだろう。そんな時に私が余計なことを言って、ゲームに変な影響《えい》響《きょう》を与《あた》えちゃったらどうしよう？　それに……私は道の先を見て、ゴクリとツバを呑《の》み込んだ。

緑の下草で覆《おお》われた広い大地に、灰色の四角い墓石が整然と並んでいる。そこは教会へ来た初日にマティアスが案内してくれた墓地だった。

先ほど枢機卿の執務《しつむ》室へ寄ったところ、彼はここにいると言われて来たんだ。でも、なぜこんな所に？　私が知らないだけで、お葬式《そうしき》以外にも墓地でやる仕事があるんだろうか？

最近になって王都は少しずつ春めいてきたというのに、ここはいつまで経っても色がない冬のようだ。日本のお墓よりは怖《こわ》くなくても、長居はしたくない。マティアス、どこー？

しばらく墓地をさまようち、私は人影《ひとかげ》を見つけた。きっとマティアスだ。

奥にある墓石の前で、一人静かにたたずんでいる姿が見える。いや、静かというのとは少し違《ちが》うかもしれない。百合《ゆり》の花を供えた墓石に向かい、手を組み熱心に祈《いの》る姿からは敬虔《けいけん》な美しさがにじみ出ている。こうして見ると、やっぱりマティアスも聖職者なんだな。

失礼な感想を抱《いだ》きながら近づく私に、マティアスが気づいた。その瞬間、さっきまでの熱情がなりを潜《ひそ》め、氷のように冷たい表情がその端整《たんせい》な顔を覆った。

「お祈り中にお邪魔《じゃま》して、ごめんなさい。ちょっとあなたに相談したいことがあって来たの」

「……めずらしいこともあるものですね。ヴィオレッタ様は日頃、教会内で大変自由に生き生きと活動なさっているように見受けられます。そんなあなたが私に相談なんて」

うっ、相も変わらずチクチクと嫌《いや》みっぽい。だけど、これも救貧院のためよ。

私は引きつりそうになる笑顔《えがお》を意思の力で平常運転に戻《もど》して、話を続けた。

「実は今度、騎士《きし》団の有志に協力してもらって、王宮で剣舞を披露《ひろう》してもらおうと考えているの。光の乙女と他《ほか》の枢機卿たちの承認はすでに得ているんだけど……」

私の説明をマティアスは無感動に聞いていた。さぁ、次はどんな嫌みが来るかしら？

心身共に構えて、続く反応を待つ。その耳に、マティアスの冷たい声が届いた。

「承知いたしました。騎士たちによる剣舞の披露を認めましょう」

そう、やっぱり反対して……え？　待って、認めてくれるの？　あのマティアスが、なんの条件もつけずに？

「ヴィオレッタ様、いかがなさいましたか？　王女が口を半開きになさっているお姿は、お世辞にも美しいと思えませんが」

あ、また嫌みったらしい！　これだけ口が回るということは、別に調子が悪いわけでも、性格が急に穏《おだ》やかになったわけでもないらしい。

「マティアス、あなたは本当に剣舞の会の開催《かいさい》を認めてくれるの？」

「当事者である騎士と乙女の許可が出ている上に、宮廷《きゅうてい》でもすでに会の準備を進めていらっしゃるのでしょう？　今さら私一人が反対したところで、決定が覆《くつがえ》るのですか？」

「それは……」

諸々《もろもろ》の根回しが成功したおかげで、マティアスの反論は封《ふう》じられた。それは喜ばしいことのはずなのに、なんだかモヤッとするのはなぜだろう？　私、本心ではちょっとだけ期待してたのかもしれない。きちんと説明すれば、マティアスも剣舞の会に心から賛成してくれるって。

「教会の騎士たちを使って剣舞の会を主催し、寄付を募《つの》るというのであれば、責任者の私に向けた収支報告はしっかり願います。調査のお得意なあなたであれば、余裕《よゆう》だと思いますが」

……この人は、人の神経を逆なでせずにいられないのかな？　いつも一言多いのよ。

ムッとした私の前で、マティアスが「他に用がないのであれば、失礼いたします」と告げ、踵《きびす》を返す。その瞬間《しゅんかん》、私は思わず目を疑った。墓石に刻まれた名が視界に入ったんだ。

クレマン――それは他でもない、マティアスのお養父《とう》さんの名前だった。

ちょっと待って。マティアスはこのお墓に向かって熱心に祈りを捧《ささ》げていたよね？　養父殺しの異名を持つ彼が、なぜそんなことを？　クレマンは彼のことをかわいがっていたそうだけど、彼も本心では養父のことを慕《した》っていたの？

「あの、マティアス」

「……まだ何か？」

墓地を去ろうとしていたマティアスが物憂《ものう》げに振《ふ》り返る。私は自分から声をかけておきながら、一瞬言葉に詰《つ》まった。彼の友人でもない私が、こんなプライベートなことを根掘《ねほ》り葉掘り尋《たず》ねていいかわからない。でも、どうしても気になって……。

「一つ追加で教えてもらえないかしら？　あなたは養父であったクレマンのことをどう思っていたの？」

余計なことを聞くなと、怒《おこ》られるんじゃないかと思った。しかし、意外にも返ってきた応《こた》えは沈黙《ちんもく》だった。深い藍色《あいいろ》の瞳《ひとみ》に、置いてけぼりを食《く》らった子どものように切なげな光がよぎる。

その一瞬の表情を隠すようにマティアスは目を伏《ふ》せ、静かに口を開いた。

「私はクレマン様のことを憎《にく》んでいましたよ。この世の誰《だれ》よりも」

「え……」

「そう答えれば、あなたは満足なさるのでしょう？」

……もしかして私、はぐらかされたの？　その答えに達した時、マティアスはすでに墓石に背を向け歩き出していた。なんなのよ、あの人……。

会えば嫌みが口をついて出る、その態度は聖職者とは思えないほど冷たいのに、墓で祈る時だけは熱心で敬虔。それなのに、祈りを捧げた養父のことは憎んでいると言う。

矛盾《むじゅん》ばかり抱《かか》えた彼の本心は、いったいどこにあるのだろう？

わからない。マティアスの内面も過去も、何一つ。

途方《とほう》に暮れる私の足下《あしもと》を、春先にしては冷たい風が吹《ふ》き抜《ぬ》けていった。

第四章　前世の秘密は監獄で

外でハトがクルッポーと鳴いている。王族に与えられた教会の一室で作業をしていた私は、窓から差し込む陽光を受け、目の前の数字が次第《しだい》にぼやけていくのを感じた。眠《ねむ》い……。

墓地でマティアスと話した日から二週間あまりが過ぎていた。日中のポカポカした太陽は凶器《きょうき》だ。うつらうつらと揺《ゆ》れていた顔が、机についていた肘《ひじ》からガックンと外れ……ハッ！　い、今の、誰にも見られてないよね？

辺りをキョロキョロ見回す。私は硬直《こうちょく》した。あああ！　部屋の反対側にいたリアムと思い切り目が合ったんだ。彼は書類をめくる手を止め、こちらを見て苦笑《くしょう》している。

「ヴィオレッタ、大丈夫《だいじょうぶ》？　最近忙しかったし、疲《つか》れてるなら少し休んだら？」

あんなマヌケな姿を見たあとでもリアムは優《やさ》しい。私は真っ赤になって首を横に振った。

「心配してくれてありがとう。でも最近の忙しさでいえば、リアムも同じだったでしょ？」

「ヴィオレッタと兄さんに比べたら、僕はたいしたことしてないよ。その、剣舞の会は開催までの根回しが一番大変だったんじゃない？」

「いやいや、根回しをしてくれたのは主にレナルドだから。私はたまに騎士たちと打ち合わせをしただけで、あとはお金の計算ばかりしていたわ。それよりリアムの方こそ、剣舞《けんぶ》の会にあわせて大量のレモンスカッシュまで作って大変だったでしょ？」

「ううん、あれは僕の趣味《しゅみ》だから。一度にたくさんの炭酸水を作る研究もできて、楽しかったし。やっぱり、僕よりヴィオレッタの方がはるかに大変……」

「いやいや、あなたの方がずっと……」

私とリアムは顔を見合わせ、二人してプッと吹き出した。

「私たち、なんの譲《ゆず》り合いをしてるのかしら？」

「うん、本当に」

「剣舞の会も無事に終了《しゅうりょう》したし、ここはもうお互《たが》い頑張《がんば》ったってことで終わり！　拍手《はくしゅ》！」

パチパチ手をたたく私につられて、リアムも拍手をしながら屈託《くったく》なく笑う。

紆余曲折《うよきょくせつ》を経た末に、私たちは昨日ついに剣舞の会を終えたのだ。

私が担当した教会の方は騎士たちも乗り気だったし、光の乙女《おとめ》と枢機卿《すうききょう》たちの許可もすんなり下りたからよかった。問題は、レナルドが根回しをした王宮の方だ。

お父様から開催の許可をもらったあとも、デュラン公爵《こうしゃく》から「ヴィオレッタ様は下町だけでなく教会も商売に使われるのですか？」と嫌みを言われたり、一部の貴族から「王族が教会の使い走りをする気か？」と予想通りのクレームが入ったりして、対応に苦慮《くりょ》したらしい。

それでもレナルドは「救貧院のために寄付を募る」という会の趣旨《しゅし》を徹底《てってい》して周知し、観客を集めてくれた。その細やかな気配りと緻密（ちみつ）な計画を知った私は、感動のあまりレナルドのことを拝んじゃったよ。……本人にはすごく嫌がられたけど。

私とレナルドで行動していたら、リアムも「手伝いたい」と申し出てくれたので、彼にはレモンスカッシュの製作をお願いした。

十万ラール以上の寄付をはずんでくれた人に対して、指名した騎士が王族特製レモンスカッシュを手渡《てわた》しでプレゼントするという特典をつけたんだ。その際、騎士たちと何か話すのも、互いの連絡先《れんらくさき》を交換《こうかん》するのも個人の自由。貴族たちは気になる騎士たちに護衛や婿入《むこい》りの打診《だしん》をできるようになるし、騎士たちにとっては就活や婚活《こんかつ》になる。まさにWin-Winの関係だ。

しかも気になる騎士たちにいいところを見せたかったのか、はたまた寄付の金額で見栄《みえ》を張りたかったのか、一回のチャリティー剣舞で予想以上の金額が集まった。

レモンスカッシュ以外にほとんど元手がかかっていないことを考えると、三百万ラールほどの黒字になる。一ラールが前世の一円くらいであることを考えると、なかなかいい商売よね。

まさかこんなにもうかるなんて、笑いが止まらないというやつだ。

「ヴィオレッタ、どうした？　そんな悪い顔で笑っていたら、リアムに恐《こわ》がられるぞ」

黒字の収支表を眺《なが》めていたら、急に後ろから声をかけられた。レナルドだ。今朝は王宮で剣舞の会の後処理をすると言っていたけど、どうやらそっちの仕事は終わったらしい。

「私、そんなにひどい顔をしてた？　この悪役顔は生まれつきなんだけど」

ああ、頬《ほお》を引き締《し》めたつもりでも、黒字が目に入るとついにやけてしまう。そんな私を前にして、レナルドは何か言いたげな表情をしていたが、実際には肩《かた》をすくめただけだった。

「今日は俺からもいい報告がある。昨日剣舞を観《み》た貴族たちから、早速騎士《さっそくきし》への面会依頼《いらい》が二件入ったそうだ」

「本当⁉　昨日の今日で、すごいじゃない！」

今回、王宮で剣舞を披露《ひろう》することにより、騎士たちの就活や婚活も応援《おうえん》できればいいな、と思っていた。それが、まさかこんなに早く形になるなんて。

「貴族と騎士の間の調整は、引き続き俺が担当する。だから、あんたの方は収支報告の準備を」

「任せて！　そっちの準備はバッチリよ！」

「そうか。なら、すぐにでもマティアスに報告に行けるな」

「え……」

私は、はずんでいた気分がしゅんと音を立ててしぼむのを感じた。

墓地でマティアスに会った日のことは、レナルドとリアムとも共有している。でも、二人にもわからなかったんだ。マティアスがなぜあそこまで矛盾した行動を取るのか。

彼の本心はどこにあるんだろう？　それに、彼は本当に攻略《こうりゃく》キャラの一人なんだろうか？

マティアスとゲームの関係について考えれば考えるほど胃が痛くなってきて、ドレスの上からお腹《なか》を押さえる。そんな私の様子を、レナルドとリアムは別の意味に解釈《かいしゃく》したらしい。

「そんなに心配しなくても大丈夫だよ、ヴィオレッタ。僕たち、やれることはやったもん」

「ああ、俺たちは胸を張ってマティアスに収支報告をすればいい」

うう、二人のフォローが心にしみるわ。でも、ごめん。私が一番気にしているのは、マティアスが攻略キャラだった場合に、今後どう接していくかで……。

「ヴィオレッタ、どうした？　他《ほか》にもまだ何か気になる点があるのか？」

勘《かん》の鋭《するど》いレナルドが顔を覗《のぞ》き込んでくる。私は反射的に首を横に振《ふ》った。いくら彼を信頼しているからといっても、ゲームの話はできない。この問題は私一人で解決しなくちゃ。

「二人とも心配してくれて、ありがとう。ちょっと寝不足《ねぶそく》で頭が回ってなかったみたい」

「……そうか。なら、いいが」

レナルドは私の反応をじっと窺《うかが》っている。それでも問い詰めてはこない。その優しさが苦しくて、私はチクリと痛む胸を押さえた。

✦✦✦　✦✦✦

リアムも含《ふく》めた三人で軽い昼食を取ったあと、私とレナルドは救貧院に向かった。

意外にも、救貧院での打ち合わせを指定してきたのはマティアスだった。私の収支報告を聞いた上で救貧院の中を一緒《いっしょ》に見て回り、どこにどれだけお金をかけるつもりか説明してくれるらしい。律儀《りちぎ》でお金にきちっとしているところは純粋《じゅんすい》に好感が持てる。

……いや、でも待って。相手はあのマティアスよ。今さら私たちを呼ぶなんて、本当は試《ため》しているのかもしれない。救貧院の現実と向き合う覚悟《かくご》が、私たちにできたかどうかを。

もしここで私が選択《せんたく》を誤ったら、マティアスとの関係はどうなるんだろう？　せっかく回避《かいひ》したはずの破滅《はめつ》フラグが再び立ちはだかる可能性も、ゼロじゃないかもしれない。

せっかく救貧院の前まで来たのに、考えれば考えるほど恐くなって足がすくむ。

「ヴィオレッタ、どうした？　やはり調子が悪いのか？」

気づいたレナルドが心配そうに振り返る。私はハッとしてかぶりを振った。

「大丈夫よ。ただちょっと、救貧院に入る前に心の準備が必要そうで」

「下町とも違《ちが》う独特な雰囲気《ふんいき》があるからな。まだ時間もあるし、少し休んでから行くか？」

レナルドの言葉に甘えるかどうか、ちょっと悩《なや》む。でもここでじっとしていたって、何かが変わるわけでもないし……。私は頑張って一歩踏《ふ》み出そうとした、その時だった。

「あんたたち、貴族が救貧院になんの用だ？……って、おい！　無視するなよ！」

……え？　今の、私たちに話しかけていたの？

王族相手とは思えないほど粗野《そや》な声かけに驚《おどろ》いて振り向く。その先には、大きな麻袋《あさぶくろ》を肩に担《かつ》いだ男たちの集団が立っていた。リーダー格とおぼしき二十代前半の青年が先頭に立って、こちらをにらんでいる。

この顔、どこかで見た気が……あ、思い出した！　彼は救貧院の見学をした時、私に向かってすごんできた青年だ。どうやら私たちが王族だと未《いま》だに知らされていないらしい。そのジロジロと不躾《ぶしつけ》な視線から私を隠《かく》すように、レナルドがずっと前に出た。

「私たちは怪《あや》しい者ではない。マティアスと約束があって、こちらに来たんだ」

「なぁんだ、マティアスの客か。あいつなら奥の部屋にいると思うぜ」

青年がこともなげに言って、救貧院の扉《とびら》をクイッと顎《あご》で指す。私は耳を疑った。

この人、枢機卿であるマティアスのことを呼び捨てにした？　しかも、あいつ呼ばわり？

「失礼だが、君は何者だ？　マティアスの同僚《どうりょう》というわけでもなさそうだが」

どうやらレナルドも同じ疑問を抱《いだ》いたらしい。警戒《けいかい》して、私のことを完全に背中に隠す。青年は何がおかしかったのか、そんなレナルドの反応を見て、ニヤニヤ笑い出した。

「あんた、今不思議に思ったんだろう？　俺がなんでマティアスを敬わないのかって。枢機卿の中でも、奴《やつ》だけは別さ。なんせあいつと俺は救貧院で共に寝起きした仲だからな」

「あなた、昔のマティアスを知ってるの⁉」

思わずレナルドの背後から飛び出す。レナルドも口にこそ出さなかったけど、驚いているのがわかる。青年は私たちの食いつきの良さに満足したのか、へへっと得意げに胸を張った。

「お嬢《じょう》さん、マティアスに興味があるのかい？　やめておきな、あんな顔だけの男。昔から偏《へん》屈《くつ》な奴だったが、最近は無愛想により磨《みが》きがかかってる。だいたいあいつは……」

青年がなおも言い募《つの》ろうとしたその時、救貧院の扉が開いた。

青年が「ゲッ！」とうめき、後ろにいた男たちも慌《あわ》てて麻袋を担ぎ直す。なんと扉から出てきたのは、今まさに話題の中心となっていた人――マティアスだったのだ。勘のいい彼は、私たちの様子を見ただけでだいたいの状況《じょうきょう》を察したらしい。藍色《あいいろ》の目がすっと細められた。

「お迎《むか》えが遅《おそ》くなり失礼いたしました、レナルド様、ヴィオレッタ様。どうぞこちらへ。ジャン、おまえがついていながら、何をサボっている？　今は口ではなく手を動かす時間だろう」

青年の名前はジャンというらしい。彼は救貧院の中で、男たちのまとめ役を任されているのだろうか。マティアスに釘《くぎ》を刺《さ》されたことで、忌々《いまいま》しそうに舌打ちをした。

「お嬢さんたち、またな。救貧院のまずい飯でも、一食抜《ぬ》かれるときついんでね」

ジャンが男たちの集団を引き連れ、救貧院の裏へと去って行く。えーと……。

マティアスの顔は相変わらずの無表情で、何を考えているのか、さっぱりわからない。彼はジャンたちが去ったのを見届け、私たちを救貧院に招き入れた。

「奥に客間がございます。今回の収支報告はそちらで伺《うかが》いましょう」

マティアスの案内で通された客間は、質素な木の椅子《いす》とテーブルが置かれただけの小さな部屋だった。マティアスの勧《すす》めで、彼の向かいにレナルドと並んで腰掛《こしか》ける。

私とは別の意味で、レナルドも緊張《きんちょう》しているらしい。かつての親友の変化を未だ受け入れられずにいるのか、マティアスに会ったあと陰《かげ》でため息をこぼしている姿を度々《たびたび》見かけた。

まぁ、久々に再会した親友がここまで変わっていたら、戸惑《とまど》いもするよね。私やラルスみたいに前世を思い出したのであれば、その激変理由にも納得《なっとく》がいくけど……って、まさかマティアスまで転生者じゃないよね？　そんなにほいほい生まれ変わりがあるとは信じたくない。

「お忙《いそが》しいお二人の時間を長く頂戴《ちょうだい》するのは気が引けます。どうか前置きはなしで、収支報告を始めてください。よろしくお願いいたします」

この機会にいろいろ探《さぐ》りたかったのに、マティアスは相変わらず一分の隙《すき》もない。

私はレナルドがうなずくのを見て、持ってきた収支表をテーブルの上に広げた。

「この数字が示すように、剣舞《けんぶ》の会は盛況で大成功を収めたわ。支出は、寄付をはずんでくれた人にお礼として渡《わた》したレモンスカッシュの原料費くらいよ。一方、収入については総計で約三百万ラールの寄付を集めたわ」

レナルドやお目当ての騎士とお近づきになりたい貴族たちの思惑《おもわく》や、寄付金を巡《めぐ》る見栄《みえ》の張り合いなどがあったにしても、たった一度のチャリティー剣舞でこれだけお金を集められれば、上出来だと思う。

私は「どうだ！」と胸を張り、マティアスの反応を待った。しかし彼は相変わらずの無表情で、じっと収支表に見入っている。いや、よく見ると完全な無表情ではない。形のいい眉《まゆ》がピクッと不快そうに揺《ゆ》れた。

え、なんで？　収支表は文句のつけようがない黒字なのに。

マティアスが顔を上げる。思わず身構えた私の前で彼はフーッと息を吐《は》き、告げた。

「この金額は少々困りましたね」

「え……」

一瞬《いっしゅん》、頭が真っ白になった。……待って。この金額で困るって、おかしいでしょう？

「これだけ集めても救貧院の環境改善には足りない、というわけではなさそうだな」

レナルドが私の疑問を代弁してくれる。マティアスも静かにうなずいた。

「むしろ十分すぎるほどの寄付金が集まってしまったため、困っているのです。この金額のうち、今すぐ救貧院のために使っていいのは百万ラールほどでしょう」

「たった三分の一⁉　なんで⁉」

思わず身を乗り出す。マティアスはそんな私の方をちらっと見て、面倒《めんどう》そうに肩《かた》をすくめた。

「ヴィオレッタ様には以前お話ししたと思いますが、救貧院にいるのは職や家を失い、他に行き場のなくなった者たちです。彼らのために使っていい金額には限度があります」

「私だって、贅沢《ぜいたく》をする必要はないと思うわ。でも、せっかく救貧院のために集めたお金だもの。日用品の追加購入《こうにゅう》をしたあとに余りが出るのであれば、その分を設備投資に回したらどう？　ベッドの改善や暖炉《だんろ》の設置は、今みたいにお金に余裕《よゆう》のある時しかできないでしょう？」

人が健康的で文化的な最低限の生活を送るためには、これらの設備がマストだと私は思っている。だけど、マティアスの考えは違《ちが》うらしい。深い藍色の瞳《ひとみ》が、出来の悪い生徒を前にした教師のように冷ややかに私を見下ろす。その唇《くちびる》から重いため息がこぼれた。

「ヴィオレッタ様はご存知ないようですが、救貧院には時々市民の視察が入ります。あなたのご提案通り急激に環境《かんきょう》の改善された救貧院を目にしたら、彼らはどう感じるでしょう？」

え？　よかったねって、思うんじゃないの？

いまいちピンとこない私の横で、レナルドが額に手を押し当て深々と息をついた。

「やはりな……。下手《へた》すると、市民の間で暴動が生じる可能性もあるのだな」

「ぼ、暴動!?」

レナルドってば急に何を言い出すの？　物騒《ぶっそう》な単語の出現に私は愕然《がくぜん》としたけど、マティアスには彼の言いたいことが伝わったらしい。真剣な面持《おもも》ちでうなずいている。

「繰《く》り返しになりますが、救貧院に入るのは怠《なま》けていたせいで仕事や家を失った者たちだと、一般《いっぱん》に考えられています。彼らはあくまで教会の温情で生かされているだけです。そのような者たちが、寄付によってまっとうに働いている市民と同等の暮らしをしてはなりません。そのようなことになったら市民の反感を買い、市民の心は教会や王族から離《はな》れていくでしょう」

「そんな……！」

私はショックで何も言い返せなかった。困った民《たみ》を守るべき救貧院の責任者が、そんなつき放した態度を取るなんて……。

話せばわかるという理想論や性善説を頭から信じているわけじゃない。それでも私は何か意見せずにはいられなくて、冷たい藍色の瞳と真っ向から対峙《たいじ》した。

「マティアス、あなたの話だと市民は救貧院の改革に一律に反対しているようだけど、それは実情を知らないからじゃないかしら？　救貧院には、突然《とつぜん》の事故や解雇《かいこ》で立ちゆかなくなった人たちも大勢いるわ。そういうのは、誰《だれ》の身に降りかかってもおかしくない不幸でしょう？自分だっていつ同じ立場になるかもしれないと考えたら、改革に賛同してくれるはず……」

マティアスは何も反応しない。私の声は次第《しだい》に自信を失い、小さくなっていった。

この世界では、私の価値観の方がおかしいのだろうか？　何を言っても通じない歯がゆさに拳《こぶし》を握《にぎ》りしめる。その上に、横からそっと手が重ねられた。レナルド……！

そうよ、マティアスは無理でも、レナルドなら私の言い分を理解してくれるはずよ。今までだって一緒《いっしょ》に瓶詰《びんづ》め工場を造ったり、石鹸《せっけん》を普及《ふきゅう》させたりしてきたんだもの。

私は期待を込めてレナルドを見上げた。しかし、続く彼の言葉は私の希望と違った。

「ヴィオレッタの考えもわかるが、今のところ俺はマティアスの意見に賛成する」

「え……レナルド？　どうして？」

「最初から寄付金に上限を設けなかった俺も悪かった。だが、集まった以上は次の対応を考える必要がある。当面の間は、食事の改善のように急を要する分だけに寄付金を使うのが賢明だろう。残りは貴族や市民の反応を見ながら、段階的に使っていけばいい。何も改革をあきらめるわけじゃない。機が熟すのを待つんだ、ヴィオレッタ」

「そんな、これ以上待つなんて……！」

胸の奥にズドンと風穴を開けられたような衝撃《しょうげき》に襲《おそ》われる。レナルドになら、私の思いをわかってもらえると思った。それなのに、実際にはこうも割り切った考え方をするなんて……。

しかしショックを受ける一方で、冷静な声が脳内でささやくのを私は聞いていた。

政治的に正しいのはレナルドの方だ。ただでさえ敵の多い悪役王女の私が、救貧院の改革を強行して市民の反感まで買うべきではない。改革を望むなら、私が王位に就《つ》いたあと、アナリーの協力も得た上で少しずつ行っていけばいいとレナルドは言いたいのだろう。その方がスムーズに行くと、私も頭ではわかっている。それでも今手元に使えるお金があって、目の前には劣悪《れつあく》な環境に苦しんでいる人たちがいるのに、できることをしないなんて……！

「ヴィオレッタ」

レナルドがたしなめるように私の手を強く握る。

王冠《おうかん》なんていらない。それより今自分にできることをしたい。そう言えたら、どれほどいいだろう。しかし、マティアスを前にしてそう宣言しないだけの分別が私にもまだ残っていた。

「急に取り乱してしまい、失礼いたしました」

私は王女の仮面をかぶり直し、マティアスに向かって軽く頭を下げた。心配しているレナルドを安心させるように、彼の手を握り返して発言を続ける。

「救貧院を巡る状況《じょうきょう》については理解したわ。だけど寄付金の三分の一しか使えないのは、いくらなんでも少なすぎると思うの。せめてここは三分の二を……」

渇《かわ》いた心を隠《かく》して、マティアスから譲歩《じょうほ》を引き出そうとする。しかし、レナルドも味方になってくれない今、私の旗色は悪い。あの手この手を使って説得を試みたところで願った成果は一つも得られず、私は途方《とほう》もない無力感と共に救貧院をあとにした。


その晩、王宮の自分の部屋に戻《もど》った私は、寝《ね》る時間になってもため息を繰り返していた。ため息をつくと幸せが逃《に》げると前世では言われていた。このままだと夜が明ける前に一生分の幸福が消えてしまいそうだけど、自然とこぼれるものは抑《おさ》えられない。

どうやら私は、レナルドに共感してもらえなかったことが思った以上にショックだったらしい。今日垣間見《かいまみ》た姿もひっくるめてレナルドだとわかっている。それでも……はぁー。

思考の渦《うず》は永遠に脳内をループし、頭が冴《さ》えてしまって全然眠《ねむ》くならない。こういう時はいっそ寝るのをあきらめて、図書館で本でも読むか。

私は再度こみ上げてきたため息を呑《の》み込むと、ドレスの上にケープを羽織って部屋を出た。

王国一の冊数を誇《ほこ》る書棚《しょだな》が、夜の静けさの中に沈《しず》んでいる。もう初春とはいえ、夜中の図書館はまだ寒い。私はケープの前をかき合わせながらいつも座っている窓際《まどぎわ》の席に向かおうとして、途中でふと足を止めた。

「スヴェン先生？」

「ヴィオレッタ様、こんばんは。何か火急の調べ物ですか？」

こんな夜更《よふ》けにめずらしい。テーブルの上を本と書類で埋《う》めたスヴェンが眼鏡を押し上げ、聞いてくる。その顔はいつものように笑《え》みをたたえていても、どこか冴えない。最近忙《いそが》しそうにしていたし、お疲《つか》れなのだろうか。

「私は眠れなかったので、ちょっと気分転換《てんかん》をしようと思いまして。先生の方こそ、こんな遅《おそ》くまで何か調べていらっしゃるのですか？」

「ええ。実は、例の誘拐《ゆうかい》事件の捜査《そうさ》が難航していまして」

「え……」

心臓がドクンと痛くなる。思い出したんだ、事件について最初にスヴェンと話した時のことを。誘拐の件数を減らすためにも、救貧院で保護できる人の数を増やしておきたいと考えていた。それなのに、実際には寄付金をフルで活用することすらできずにいるなんて……。

「あの、捜査を通じて新たに何かわかったことはないんでしょうか？」

自分に協力できることがあるなら、なんでもしたい。そう願って、本の山越《ご》しにスヴェンと向き合って座る。いつになく積極的な私の態度を意外に思ったのか、彼は片眉《かたまゆ》を「おや？」とつり上げたが、嫌《いや》がりはしなかった。

「そうですね、現在までの調査で明らかになったことは二点ございます。第一に、王都でさらわれた青少年の多くは、北部の炭鉱地帯へ売られたようです」

「それって、最近開発が進んでいると噂《うわさ》の地域ですか？」

「よくご存知でしたね。お忙しい中でも、勉強を続けていらっしゃるようで結構です」

あ、いや、光の乙女《おとめ》が自分の故郷について話している中で偶然《ぐうぜん》知っただけなんだけどね。棚ぼた的なことで褒《ほ》められて、妙《みょう》にむずがゆい。しかし私がその話をする前に、スヴェンが本の山から取り出した地図をテーブルの上に広げた。

「こちらの海峡《かいきょう》を隔《へだ》てて北に位置する島国――ロワール王国では近年、工場の大規模化が進み、蒸気機関を動かすための燃料として、石炭の需要《じゅよう》が高まっています。それにあわせて、我が国でも輸出に備えて炭鉱の開発が盛《さか》んになっているのです」

それってつまり、産業革命期のイギリスみたいな国が近くにあるってこと？　ものすごく気になったけど、前世の知識に基《もと》づいた質問をそのまますするわけにはいかない。

言葉に詰《つ》まった私を見て、気を利《き》かせたスヴェンが説明を続ける。

「石炭の採掘《さいくつ》は危険を伴《ともな》う重労働です。しかも、小柄《こがら》な者でないと作業ができない入り組んだ坑道《こうどう》も多い。その結果、身寄りのない少年少女がさらわれ、炭鉱に売られるケースが後を絶たないそうです。そうした者の中には、救貧院から逃げ出してきた者たちも含《ふく》まれていました」

「その話、本当ですか？」

全身からサーッと血の気が引いていく。困っている青少年を保護するどころか、実際には救貧院の環境《かんきょう》が悪すぎるせいで、事件の悪化に手を貸していたなんて……。

「先生！　私、救貧院の改革を急がないと。このままじゃ、路上生活に戻る子が増えて」

「落ち着いてください、ヴィオレッタ様。今回保護された者たちは、先代の枢機卿《すうききょう》でいらっしゃったクレマン様の時代に救貧院を脱走《だっそう》した者たちでした。前にリアム様の報告書にもあったはずです。マティアス様の代になられてから、脱走者は減りつつあると」

「確かに。それならまだ……」

「ええ。安心はできませんが、最悪の事態ばかり考える必要もないということです」

スヴェンの言葉に、私は少しだけホッとした。マティアスの厳しすぎる態度が原因だったとしても、結果的に脱走者と誘拐される人の数が減ったのであれば嬉《うれ》しい。

「今回保護された少年少女たちはいくつもの組織を経由して炭鉱へ売られていたため、黒幕にはまだ辿《たど》り着けていません。彼らは文字が読めないことを利用され、転売や重労働に同意する契約書《けいやく》にサインをさせられていたようです。ヴィオレッタ様たちが教会の監査《かんさ》と掌握《しょうあく》を終えられる頃《ころ》までに、私もなんとか黒幕を捕《つか》まえられたらいいのですが」

「そうですね。教会の方は私たちでなんとかしますから、先生は捜査を頑張《がんば》ってください」

そんな非人道的な行いが許されていいはずがない。私は私で、困っている青少年を保護するためにも、救貧院の環境改善を急がなきゃ。寄付金を使えない場合、他《ほか》の財源が必要になってくるわけだけど、市民の反感を買わずにお金を集めるにはどうしたらいいだろう？

思案する私をスヴェンはいつもの笑顔で見守っていたが、その笑みにふと翳《かげ》りが差した。

「ヴィオレッタ様、実は教会とは別件で、折り入ってご相談したいことがございます」

「先生が私に相談、ですか？　なんでしょう？」

「今度お時間のある時に、ラルスの尋問《じんもん》に立ち会っていただきたいのです」

「え……」

背筋が一瞬《いっしゅん》にして凍《こお》りつく。このタイミングで尋問への立ち会いを依頼《いらい》されるって、まさか私とラルスの前世を巡《めぐ》る関係がバレたの？

恐《おそ》る恐るスヴェンの様子を窺《うかが》う。しかし、彼の方に何かを探《さぐ》る様子はなかった。

「申し訳ございません、ヴィオレッタ様。本来、王族にお願いする内容ではないと重々承知しています。ですが、ラルスは何を尋《たず》ねても意味不明な戯言《たわごと》しか答えず、最後に決まって『ヴィオレッタ様にならわかります』と繰《く》り返すため、対応にほとほと困っているのです」

……ラルスの奴《やつ》！　この間の手紙だけじゃ飽《あ》き足らず、どんだけ私を破滅《はめつ》させたいのよ！

二度目の人生を平穏《へいおん》に暮らしたいのなら、ラルスとは関《かか》わらない方が賢明《けんめい》だ。でも……。

私はスヴェンの顔をちらっと見やって、頭を抱《かか》えた。彼はラルスの扱《あつか》いに本当に手を焼いているのだろう。笑顔のキラキラが当社比で三割ほど減っている気がする。

思えば、私が破滅を回避《かいひ》できたのも、スヴェンの教育によるところが大きい。彼からいろんな知識を教わっていなければ、今頃どうなっていたことか。恩人を見捨てるわけにはいかない。

それに私自身、ラルスに会えたら聞きたいことや言ってやりたいことがたくさんある。もちろん彼が素直《すなお》に口を割るとは思えないし、スヴェンの手前、直接的な質問はできない。だけど、ほんのわずかでもいいから、ゲームに関する手がかりが欲しくて……。

悩《なや》んだ末、私は疲れた様子のスヴェンに向かって力強くうなずいて見せた。

「先生、私でよければ、ラルスの尋問に協力させてください」

「ありがとうございます、ヴィオレッタ様！　それでは早速《さっそく》、予定を調整いたしましょう」

スヴェンは私の協力が本当に嬉しかったのか、笑顔の輝《かがや》きがいつもの九割ほどまで回復した。

一瞬、早まったかと思ったけど、今さらあとには引けない。

前世のことわざにもあったじゃない。虎穴《こけつ》に入らずんば虎児を得ずって。それと同じでラルスと対面する以上、私も怯《おび》えてばかりはいられない。彼からきっちり情報を聞き出してやる！


夜中の図書館でスヴェンと約束を交《か》わしてから一週間後、私は王都の外れに位置する監獄《かんごく》の薄暗《うすぐら》い廊下《ろうか》を歩いていた。スヴェンと二人きりではない。レナルドも一緒《いっしょ》だ。「ラルスの尋問に同行するので、一日休みが欲しい」と伝えたところ、心配してついて来てくれたのだ。

「なぁヴィオレッタ、ラルスはなぜそこまであんたに固執《こしつ》するんだ？　まさかあんたに惚《ほ》れてるわけじゃないよな？」

「ちょっと、レナルド！　冗談《じょうだん》でもやめてよ！　もし仮に百歩譲《ゆず》って、ラルスが本当に私のことを好きだとしたら、私に国王暗殺の濡《ぬ》れ衣《ぎぬ》を着せるはずがないでしょう？」

「そうか。なら、あんたは何かラルスの恨《うら》みを買うようなことをしたのか？」

「…………」

思わず全力で目を逸《そ》らしてしまった。恨みという点では、思い切り心当たりがあったんだもの。だけど、レナルドに前世の話をするわけにはいかない。

「ヴィオレッタ、あんたは……」

「お二人とも、お静かに願います。この先はラルスの独房《どくぼう》です」

看守と一緒に前を歩いていたスヴェンが振《ふ》り返り、唇《くちびる》に人差し指を押し当てる。

私はゴクリと喉《のど》を鳴らし、足を止めた。いよいよ久々の対面だ。ラルスは私を見て、どんな顔をするだろう？

前を歩いていた看守が分厚い鉄の扉《とびら》に鍵《かぎ》を差し込む。次の瞬間、ギィと錆《さ》びた音を立てて目の前の視界が開けた。……ああ、ここまで典型的な独房は初めて見る。

石の壁《かべ》と鉄格子《てつごうし》で囲まれた空間を満たす光源は、高い場所にある窓が一つだけ。そこから差し込む陽光を受け、ラルスはベッドの端《はし》に静かに腰掛《こしか》けていた。

彼は最初にスヴェンを見て、また尋問かとうんざりしたのだろう。鳶《とび》色の瞳《ひとみ》が嫌そうにすがめられる。だが、後ろから来た私を視界に捉《とら》えた途端《とたん》、その顔は驚《おどろ》きと歓喜《かんき》に塗《ぬ》り替《か》えられた。

うわぁ……。最後に会った時からだいぶやつれたようでも、ラルスの本質は変わっていない。

それは、私や周囲の人間をゲームの駒《こま》としか見ていない者の目だった。

ゾッとして、近くにいたレナルドの腕《うで》をつかむ。その瞬間、ラルスの顔が嫌悪《けんお》に歪《ゆが》んだ。

「お久し振りです、ヴィオレッタ様。ずいぶんレナルド様と親しくなられたのですね」

「……そう？　前からこんなものだったと思うけど」

レナルドがもの言いたげな様子で私を見る。だけど、今の私には気を遣《つか》っている余裕《よゆう》がない。

「さぁラルス、あなたの要望通りヴィオレッタ様をお連れしました。次はあなたが約束を守る番ですよ」

私を庇《かば》うように、スヴェンが前に出る。表面上はいつもと同じ笑顔《えがお》でも、その瞳は真剣《しんけん》そのもので、ラルスから片時も目を離《はな》さずにいる。

「時間も限られているため、単刀直入に伺《うかが》います。ラルス、あなたはなぜ陛下を弑《しい》し奉《たてまつ》ろうとしたのです？　その真の動機はなんですか？」

きっとこの監獄に来てから幾度《いくど》となく繰り返されてきたやりとりなのだろう。ラルスがあからさまに飽き飽きした様子でスヴェンを見上げる。

「何度も申し上げていますように、陛下はあの時点で娘《むすめ》のヴィオレッタ王女に殺される運命だったのです。俺はその運命に従って、この世界を在るべき姿に導こうとしただけです。この意味、ヴィオレッタ様にならおわかりいただけますよね？」

スヴェンとレナルドが一斉《いっせい》にこちらを向く。うわっ、やめて！　私はポーカーフェイスが苦手なんだから。

悲しいことに、私にはこの世界の誰《だれ》よりも正確にラルスの主張を理解している自信がある。しかし、だからといって彼の訴《うった》えに共感してあげる義理も道理もない。

「悪いけどラルス、私にはあなたの言っていることの意味がよくわからないわ」

「おやおや、ヴィオレッタ様はまだそのように抵抗《ていこう》を続けていらっしゃるのですか？　いい加減、ご自身の運命を受け入れれば楽になれるというのに」

「その言葉、そっくりあなたに返すわ。ここで永遠に妄想《もうそう》と戯《たわむ》れながら朽《く》ちていく運命を受け入れるのも、一興じゃない？」

「冷たいですね。あなたにとって俺は唯一《ゆいいつ》の理解者であると同時に、情報の宝庫でもあるというのに。そうやってすげなく俺をあしらわれたこと、いずれ後悔《こうかい》なさいますよ？」

この人は……！　監獄に入れられてもなお自分が優位だと信じて疑わない姿に、苛立《いらだ》ちを超《こ》えて怒《いか》りが湧《わ》いてくる。

「ヴィオレッタ、あんたには今のラルスの発言の意味が理解できたのか?」

ただならぬ雰囲気《ふんいき》を察したレナルドが小声で尋ねてくる。一瞬、私は何もかもぶちまけて、ラルスを弾劾《だんがい》したい衝動《しょうどう》に駆《か》られた。でも、ダメだ。

落ち着け、自分。刹那《せつな》の衝動と引き換《か》えに、レナルドとスヴェンの不信感を買ってどうする? ここはラルスのペースに乗せられないよう、気をつけなくちゃ。

緊張《きんちょう》で乾《かわ》いた唇をそっとなめ、再びラルスと向き合う。

「あなたが情報の宝庫だという点にだけは同意するわ。あなたは教会の内部事情に通じているものね。お父様の暗殺を計画した際、協力者を募《つの》りはしなかったの?」

独房に緊張が走る。しかし、ラルスは相も変わらず愉《たの》しそうに笑っているだけだ。

「おやまぁ、教会関係の質問をなさるなんて、俺のラブレターはやはりあなたのお心に響《ひび》いたのですね。マティアスのような人間は、ヴィオレッタ様のお好みだと思ったのですよ」

この言い方、やっぱり! マティアスはゲームの二周目以降に現れる隠《かく》しキャラなんだわ。

彼とのやりとりの中でどんな選択《せんたく》をしたら、私は最悪の結果を招くことになるんだろう?

今すぐラルスを問い詰《つ》めたくても、できるはずがない。湧き上がってくる焦燥《しょうそう》を胸の奥に押し込めながら、なんとかして打開策を練ろうとした。その時、私と同じように苛立ちを含《ふく》んだ声が隣《となり》で上がった。レナルドだ。

「ラルス、君はマティアスの何を知っているのだ? 教会の騎士《きし》として見聞きしてきたことを今すぐこの場で話せ」

かつての親友の名前が出てきては、普段《ふだん》冷静なレナルドも黙《だま》っていられなかったのだろう。鉄格子越《ご》しにラルスをにらむ。ラルスはその視線に臆《おく》することなく、ひょいと肩《かた》をすくめた。

「レナルド様のご要望とあらば、俺の知っている事情を打ち明けましょう。ですが、話す相手はどうかヴィオレッタ様お一人に限定させてください」

「……私とスヴェンには独房の外まで出て行けと？」

「はい」

「なぜだ？　私たちがのちほどヴィオレッタから話を聞けば、同じことだと思うが？」

「構いません。俺の話を皆様《みなさま》に伝えるかどうかは、ヴィオレッタ様のご判断に委《ゆだ》ねます」

「…………」

レナルドが視線を私に移し、意見を求めてくる。私は痛いほど速く脈打っている心臓をドレスの上からギュッと押さえた。冷静になれ、自分。

ラルスが何も意図せず、こんな都合の良い申し出をしてくるはずがない。二人きりになった途端、きっと何か仕掛《しか》けてくる。しかし、目の前につるされたエサはあまりにも甘美《かんび》で……。

私は迷っている様子のレナルドを見上げた。前世を思い出したばかりの頃《ころ》と今とでは、私たちの関係もまるで違《ちが》う。救貧院のことのように、たまに意見がすれ違うことはあっても、きっと大丈夫《だいじょうぶ》。私たちの間には、今までに積み重ねてきた信頼《しんらい》関係があるもの。ラルスの話を聞いた上でレナルドに教えていい情報があれば、あとから伝えればいいわ。

「わかったわ。私でよければ、ラルスの話を聞きましょう」

「待て、ヴィオレッタ。やはり二人きりは危険だ」

「レナルド様」

スヴェンが気色ばんだレナルドの肩に後ろから手を置く。彼としてはこの機を逃《のが》さずに、ラルスから情報を引き出すことを優先したいのだろう。

レナルドはなおも何か言いたそうにしていたが、結局は口をつぐんだ。荒《あ》れる心を静めるように一度目を閉じ、ゆっくり開ける。最後に彼は心配を押し殺した声で「わかった」と告げた。

「俺たちは扉の外で待機していよう。何かあれば、すぐに声をかけてくれ」

「ありがとう、レナルド。鉄格子越しに話をするだけだから、大丈夫よ」

「決して無茶《むちゃ》はするな。だが、あんたの報告には期待している」

「……ええ、任せて」

ここまで信頼されておきながら、これから聞く話を全部は伝えられないであろうことが心苦しい。私の硬《かた》くなった笑顔にレナルドは気づいたのだろうか。彼は最後まで心配そうに振り返りながら、スヴェンと共に独房を出て行き、私の後ろで鉄の扉を閉めた。

白々とした光が差すだけの寂《さび》しい空間に、ラルスと二人きり。緊張する私とは対照的に、ラルスは二人になった途端、フーッと肩の力を抜《ぬ》いて微笑《ほほえ》んだ。それは、まるでここが監獄《かんごく》だということを忘れているかのようなのびのびとした笑顔だった。

「ヴィオレッタ様、ようやくゲームを知る者だけでゆっくり話せますね。二周目の攻略状況《こうりゃくじょうきょう》はいかがです？」

「ラルス……！　やっぱりマティアスは隠しキャラなのね⁉」

鉄格子がなかったら、つかみかかっていたかもしれない。前のめりになった私を見て、ラルスが唇《くちびる》の端をニンマリつり上げる。この世界で初めて会った時から顔の造作は変わっていないはずなのに、表情が変化するだけでまるで別人のように見える。彼は興奮と冷静さの入り乱れた不思議な目つきで私と向き合い、続けた。

「マティアスは、俺が最も力を入れて創《つく》ったキャラの一人です。あなたのせいでレナルド様のルートを見られなくなったことは非常に残念ですが、彼のルートも悪くはない」

「あなたはマティアスのルートで、悪役王女の私に何をやらせるつもりなの？」

「そうですね。この世界がよりおもしろくなるための役回りを……そして何より、マティアスと出会ってからのトゥルーエンドの実現を望みます」

「え……」

予想外の答えに、肌《はだ》がぶわっと粟立《あわだ》つ。トゥルーエンドって、ゲームが目指す真のエンディングのことよね？　ゲームの世界の謎《なぞ》が解き明かされたりするという。

ちょっと待って。ラルスがこのタイミングでトゥルーエンドの話をするということは、マテ

ィアスは単なる隠しキャラではないの？　もしや彼の攻略がゲーム全体の……いや、下手《へた》したらこの世界の在り方にすら影響《えいきょう》を及《およ》ぼす可能性も……。

「マティアスは何者なの？　レナルドの元親友というだけじゃないわよね？」

「ネタバレはダメですよ、ヴィオレッタ様。すべて知ってしまっては、続きをプレイする楽しみがなくなってしまうではありませんか。ですが、そうですね。どうしてもとおっしゃるのであれば、一ついいことを教えて差し上げましょう」

「……いいこと？　それはあなたの立場から見て？」

「そうとも限りません。離宮《りきゅう》にいた時は明るかったマティアスの性格が、なぜあのように急に冷たくなったのか、ヴィオレッタ様も知りたいでしょう？」

「…………」

今は春先だというのに冷たい汗《あせ》が背筋を伝い、無意識に鉄格子《てつごうし》から一歩下がる。

この先は聞くなと、本能が警告を発していた。しかしその一方で、マティアスの過去は喉《のど》から手が出るほど欲しい情報だ。こういう時、私はどうしたら……。

「そうですか。そんなに震《ふる》えるほど知りたかったのですか、俺が創ったゲームの設定を」

ラルスが上機嫌《じょうきげん》で笑う。彼の話に耳を傾《かたむ》けてはいけない。そうわかっていても、私は魅《み》せられたように身動きが取れなかった。硬直《こうちょく》する耳に、熱を帯びた語りが流れてくる。

「まずはマティアスが救貧院に入った経緯《けいい》をご説明しましょうか？　今から八年ほど前のこと

です。マティアスの父は仕事中に同僚《どうりょう》を庇《かば》って怪我《けが》を負い、離宮をクビになりました。失業者のあふれている王都で彼が次の仕事を見つけられるはずもなく、マティアスはレナルド様に助けを求めに行きました。ですが、例の家庭教師の差し金で、かつての親友に会うことすら叶《かな》わなかったのです。かわいそうですよね」

これは現実の話なの？　ラルスの語りは人の不幸を楽しんでいるようにすら聞こえて、嫌気《いやけ》がさす。しかし、それでも知りたいと願ってしまった私の残酷《ざんこく》な好奇心《こうきしん》が続きを促《うなが》す。それに応《こた》えるように、ラルスは口元にフッと小さな笑《え》みを刻んだ。

「王都に冷たい雨が降り注ぐ中、父と共に離宮を追い出されたマティアスは絶望して叫《さけ》びました。『俺たちは会えなくても親友なのに！　離宮のために尽《つ》くした親父《おやじ》をぼろ切れみたいに捨てるなんて！』と。そのあとはおそらくヴィオレッタ様もご存知の通りです。行き場を失い、救貧院に辿《たど》り着いたマティアスはそこで父を亡《な》くし、すべてを失いました。救貧院の責任者であったクレマンもレナルド様も、誰《だれ》一人として彼を助けてくれなかったのです」

「……だから、憎《にく》んだというの？　お父さんを間接的に死に追いやったクレマンのことを」

先日、墓地でマティアスと交《か》わした会話を思い出す。彼は養父となったクレマンを憎んでいると言っていた。あの時には、それが本心からの言葉かどうかわからなかったけど……。

「マティアスは自分の才能を買い、近づいてきたクレマンの地位を乗っ取りました。彼は枢機《すうき》卿《きょう》となり、この世界に復讐《ふくしゅう》することを誓《ちか》ったのです。自分を助けてくれなかった王家も教会も救貧院も、すべて滅《ほろ》びればいい。自分が父を失ったような苦しみを皆《みな》も味わえばいいのだと願う、その憎しみこそが、今なおマティアスの原動力になっているのです」

マティアスの冷たい横顔を思い出し、私は唇を嚙《か》みしめた。ずっと知りたかった彼の過去だ。それなのに、知ったことをこれほど後悔《こうかい》するとは思わなかった。

マティアスが本当に教会や王家を憎んでいるとしたら、救貧院の改善を求める私の存在はさぞかし目障《めざわ》りだっただろう。レナルドの話していた過去が嘘《うそ》だとは思わない。しかし、数々のつらい経験を経《へ》て、きっと彼の心は無情にも凍《い》てついてしまったんだ。

「さて、ヴィオレッタ様はこの話をレナルド様とスヴェン先生にどうお伝えするのでしょう？」

ラルスが心の底から愉快《ゆかい》そうに微笑む。私はハッとして顔を上げた。

そうか！　ラルスの狙《ねら》いはこれだったのかと、気づいた時にはもう遅《おそ》い。彼は真実の一部を切り取って聞かせることで、レナルドたちには言えない秘密を増やし、私たちの関係にヒビを入れたいのだろう。

マティアスが変わってしまった原因には、やはりあなたも深く関《かか》わっていた……なんて追い打ちをかけるようなこと、傷心のレナルドに言えるはずがない。だけど……！

「マティアスが救貧院に入った経緯はわかったわ。しかし、そのせいで彼が無慈悲《むじひ》な性格になったというのは、少し短絡《たんらく》的すぎないかしら？　彼の過去にはまだ何かあるんでしょう？」

このままおとなしくトゥルーエンドの実現を待つわけにはいかない。私はさらなる情報を求め、かまをかけてみた。しかし、ラルスは笑うだけで何も答えない。そこにあるのは、この世界を必死で生き抜こうとする私とは対照的な、ゲームを楽しむプレイヤーの目だった。


「ヴィオレッタ様、ラルスに何を言われたのですか？ 顔色が真っ青ですよ」

監獄を出て迎《むか》えの馬車に乗った途端《とたん》、スヴェンが気遣《きづか》わしげな様子で話しかけてきた。

あのあとレナルドとスヴェンが心配して迎えに来てくれるまで、私はラルスから少しでも情報を引き出そうとねばった。だけど、最後まではぐらかされるばかりで、めぼしい収穫《しゅうかく》もなく、こうしてすごすごと帰路に就《つ》くことになったのだ。

「せっかく先生からラルスの尋問《じんもん》を託《たく》されたのに、ごめんなさい。ラルスはマティアスのことがよほど気に入らなかったのでしょう。彼の悪口ばかり言っていました」

嘘ではない。でも、すべてが本当のことでもない。スヴェンとレナルドから見つめられ、思わず目を逸《そ》らしたくなる衝動《しょうどう》をグッとこらえる。

「具体的に、ラルスはどのような発言をしていたのです？」

「そうですね……例えば、マティアスはクレマンの地位を乗っ取った略奪《りゃくだつ》者だとか、今の教会に対して良い印象を抱《いだ》いていないとか、いろいろと」

「なるほど、ラルスの言いそうなことです。しかし、なぜわざわざヴィオレッタ様お一人にその話をしたのでしょう？　失礼ですが、あなたでなければわからない内容にも思えません」

スヴェンが探《さぐ》るように顔を覗《のぞ》き込んでくる。ダメだ。ここで引いたら絶対に怪《あや》しまれる。

私は自分の乏《とぼ》しい演技力を総動員して、残念そうに肩《かた》をすくめて見せた。

「ラルスの意図がわかったら、私もこんなに苦労しなかったのですが……。先生のご期待に添《そ》えず、本当に申し訳ございません」

「そもそも最初に無茶《むちゃ》なお願いをしたのは私の方です。どうかお気に病《や》まないでください」

スヴェンは、少なくとも表面上は引くことにしてくれたらしい。私はホッと胸をなで下ろし……はしなかった。私たちのやりとりを見つめている緑の双眸《そうぼう》と目が合ったから。

「なぁ、ヴィオレッタ」

どこか思い詰《つ》めた様子でレナルドが口を開く。しかし、その言葉が最後まで語られることはなかった。そうなる前に、馬車が王宮に着いたのだ。

馬車を降りた私は、今日ばかりは一人でさっさと自分の部屋に戻《もど》って心と身体《からだ》を休めたかった。だけど、いつものようにレナルドからエスコートを申し出られては断るわけにもいかない。

私はできるだけ「いつもと同じように」と自分に言い聞かせながら、レナルドと並んで廊下《ろうか》を歩いた。だが、私の必死の演技も彼には通じなかったらしい。

「独房《どくぼう》を出たあとから、やっぱり変だぞ。いったいラルスに何を言われたんだ？」

私の部屋に入って二人きりになるなり、レナルドがこわばった表情で問い質《ただ》してきた。

「心配してくれてありがとう。でも、さっきスヴェンに話した通りよ。あなたが懸念《けねん》するようなことは何もなかったわ」

本心を隠《かく》すように曖昧《あいまい》に微笑《ほほえ》む。その瞬間《しゅんかん》、レナルドの手が顔に向かって伸《の》びてきた。驚《おどろ》く私の頰《ほお》を、骨張った大きな手が包む。

「ヴィオレッタ、俺の目を見て話してくれ。あんたはラルスから何を聞かされたんだ？」

「………………」

レナルドにごまかしはきかない。真実だけを知りたいと、その瞳《ひとみ》が真摯《しんし》に訴《うった》えている。

それでも私は何も言えなかった。ラルスから聞いたままを話したら、優《やさ》しいレナルドは確実に傷つく。そんなことはしたくなかった。でも、いつかマティアスのことを穏《おだ》やかに話せる日が来るまで、ラルスとの会話を黙《だま》っておくことが本当に彼のためになるのだろうか。

迷った視線が宙をさまよう。その時、頰に触《ふ》れていた熱がゆっくり離《はな》れていった。

「あの、レナルド」

何か言わなきゃいけない気がして、声をかける。私はハッとして口をつぐんだ。

レナルドが目を伏《ふ》せ、唇《くちびる》を引き結んでいる。端整なその顔には、今にも泣き出しそうなほど悲しげな表情が浮《う》かんでいた。

「あんたが更生《こうせい》して俺の前に現れた時から、俺はずっとあんたが何か隠してる気がしていた」

「え……」

「誰にだって、言いたくない秘密の一つや二つはある。だからこそ、いつかあんたが自分から打ち明けてくれるまで、そっとしておこうと思っていた。だがラルスが絡《から》んでいるとなれば、話は別だ。ラルスの話題が出るたび、あんたの顔にはいつも怯《おび》えの色が浮かんでいた。なぁ、ヴィオレッタ、あんたとラルスの間で過去に何があったんだ？」

あのいつも冷静なレナルドが不安と焦燥《しょうそう》を隠しきれずにいる。その姿からは、彼が単なる好奇心ではなく、本心から私を心配していることがひしひしと伝わってきた。

レナルドになら、打ち明けてもいいんじゃないかな？　本当のことを、すべて。

一瞬《いっしゅん》そんな誘惑《ゆうわく》が胸をよぎった。でも、ダメだ。何か一つでも話せば、私に前世の記憶《きおく》があることや、ここがゲームの世界だということまで話す必要が出てくる。

レナルドは自分の人生を懸命《けんめい》に生きている一人の人間だ。そんな彼に「あなたはゲームのキャラだ」と宣言するような真似《まね》はしたくない。

葛藤《かっとう》を胸に抱《かか》えたまま、時間ばかりが過ぎていく。そんな中、先に視線を逸らしたのはレナルドの方だった。

「俺はそんなに信用ならないか？」

「……レナルド？」

ぽつりとこぼれた言葉の響《ひび》きがあまりにもつらそうで、私はいても立ってもいられず、レナルドの手を握《にぎ》りしめた。

「私はあなたのことを誰《だれ》よりも信頼《しんらい》しているわ。お願い、どうかそこだけは信じて」

「それでも、あんたは本当のことを俺に教えてくれないんだろう？」

「それは……」

「悪い、今のは忘れてくれ。無理を強《し》いて悪かった」

レナルドが私の手をほどく。胸がズキッと痛んだ。彼の言葉はまるで「もうあんたには何も期待しない」という宣言のように聞こえたから。

「レナルド、私……！」

たまらず何か言おうとした。その言葉はしかし、レナルドの冷ややかな声に遮《さえぎ》られた。

「手間を取らせて悪かった。俺ももう自分の部屋に戻るから、あんたも休んでくれ」

レナルドはそう言うと、一度も振《ふ》り返ることなく部屋を出て行った。

目の前で扉《とびら》が閉められる。それはまるでゲームオーバーを告げる合図のように思えて、私はヘナヘナと座り込んでしまった。

明日《あした》になったら仲直りして、またいつものように話せる……なんて希望を抱くことすらできない。私は絶望と共に扉を見つめたまま、ずっとその場から動けなかった。

第五章　雇用と商品は作るもの

監獄《かんごく》でラルスと会った翌日、私は王族に与《あた》えられた教会の一室で、ズーンと深く落ち込んでいた。……私、やっぱりレナルドに見放されたのかな？

今朝、顔を合わせた時は普通《ふつう》に挨拶《あいさつ》をしてくれた。しかし、それだけ。いつものような雑談もなければ、世間話もなし。私は恐《こわ》くてレナルドの真意を確かめることができなかった。

ただ、冷静な頭の一部がささやき続けていた。おまえは見放されて当然だと。

いくら信じてくれと訴えたところで、私はレナルドに本当のことを打ち明けられない。そんな相手に背中を預けて一緒《いっしょ》にプロジェクトを行うことなど、私が彼の立場ならきっとできない。

私、これからどうしたらいいんだろう？　あまりの心細さに耐《た》えきれなくて、胸の前でギュッと手を組む。つい涙《なみだ》がこぼれそうになった、その時、背後から声をかけられた。

「あの、ヴィオレッタ？　さっきから様子が変だけど、具合でも悪いの？」

書類を持ったリアムが心配そうに顔を覗き込んでくる。私は慌《あわ》てて姿勢を正した。

「ごめんなさい、リアム。なんかちょっと……そう、少し寒かっただけだから気にしないで」

「え？　コートを着たままなのに、まだ寒いの？」

「コート？……って、ああっ！」

私は自分の服装を見下ろし、愕然《がくぜん》とした。しまったぁ！　朝からボーッとしていたせいで、私ってばコートも脱《ぬ》がずに席に着いていたんだ！　道理でリアムが心配するはずだよ。

「ヴィオレッタ、本当に大丈夫《だいじょうぶ》？　やっぱり熱でもあるんじゃ……」

「平気、平気！　それより、リアムこそどうしたの？　私に何か相談？」

「あ、うん。実は、ヴィオレッタに見てもらいたいものがあって」

コートの件は、とりあえずスルーしてくれるらしい。リアムが隣《となり》にちょこんと座り、持ってきた書類をテーブルの上に広げる。そこにはいくつもの個人名や組織名が、日付や金額と共にリストアップされていた。

「リアム、これは？」

「この十年間で、教会にまとまった金額を寄付してくれた人たちのリストだよ。その、ちょっと気になったことがあって、帳簿《ちょうぼ》から抜《ぬ》き出してみたんだ」

宗教団体への寄付かぁ……。前世で神社仏閣にお賽銭《さいせん》をお供えした経験しかない私にとっては馴染《なじ》みの薄《うす》い感覚だけど、この国では割とよくあることらしい。

実際、宮廷《きゅうてい》から配られる予算に加え、こうした寄付金が教会の貴重な資金源になっている。まぁ救貧院に回す分はそれだけじゃ足りないせいで、チャリティー剣舞《けんぶ》を開催《かいさい》したんだけど。

「剣舞の会に来てくれた貴族たちの名前も結構あるじゃない。教会の方にも寄付をしていたなんて、みんな意外と敬虔《けいけん》ね。あ、こっちの人なんて年に何回も」

「うん、僕もそこがちょっと気になったんだ」

私が注目した貴族の名前を見て、リアムが難しい顔つきになる。

「兄さんに教えてもらいながら調べたんだけど、その貴族の領地には光の乙女《おとめ》の生まれた村があるんだって」

「それって、北の炭鉱地帯ってこと？」

「うん、確かその辺りも領地に含《ふく》まれているはずだよ」

一瞬心がざわつくのを感じ、私は胸を押さえた。なんだか最近、光の乙女の故郷がよく話題に上っている気がする。近年発展が著《いちじる》しい地域であれば、注目されるのもわかるけど。

もしかしたら、リアムも私と同じ違和感《いわかん》を覚えたのかもしれない。彼はリストを見ながら、めずらしく眉間《みけん》にうっすらと皺《しわ》を刻んでいる。

「自領から光の乙女を出すのはすごく名誉《めいよ》なことだし、それで寄付をはずみたくなる気持ちもわかるよ。だけど、それにしてはこの人、なんか変なんだよね」

「変って、具体的にどの辺りが？」

「例えば、この寄付があった時期を見てくれる？」

リアムが指した先に視線を移す。

あ、本当だ。今まで一・二ヶ月おきにあった寄付が、半年前からたったの一回に減っている。

急な財政難にでも見舞《みま》われたのだろうか？　いや、でも炭鉱の開発が進んでいる地域でそれはないか。なら、なぜだろう？　それに、この時期って……。

「半年前って、ちょうどマティアスが枢機卿《すうききょう》に就任した頃《ころ》よね？」

「うん、そうなんだ」

リアムが深刻そうな面持《おもも》ちでうなずく。私は背筋がぞわっとするのを感じた。

監獄でラルスから聞いた話が脳裏《のうり》によみがえる。この世界を憎《にく》んでいるマティアスの登場は、ゲームをトゥルーエンドに導くと彼は言っていた。その結末がどんなものか、私は知らない。しかし、あのラルスが考えたものであれば、きっとろくな結末じゃないだろう。

この北の貴族からの寄付の減少と、マティアスの枢機卿就任の時期が一致《いっち》しているのは偶然《ぐうぜん》だろうか？　それとも私の知らない何かを媒介《ばいかい》として、この二つはつながっているの？

「ここの動き、ヴィオレッタも気になるよね？」

「ええ、すごく」

「じゃあ僕、次はこの辺りの背景について調べてみるね」

「ありがとう、リアム。あなたのおかげで、いつもすごく助かっているわ」

「ううん、お礼を言うのは僕の方だよ。ここまで調べられたのはヴィオレッタのおかげだから」

「え、なんで？　私、何もしてないわよ？」

考えても思い出せない。首をひねる私を見て、リアムがふと真剣な表情になる。

「教会に来てからしばらくの間、僕が調査の結果を全然出せなくても、ヴィオレッタは怒《おこ》ったり呆《あき》れたりしなかったよね？　そのことに、僕は感謝してるんだ」

「そんなの当たり前じゃない。あなた、すごく頑張《がんば》ってたもの」

「ううん、当然じゃないよ。僕は今まで王族らしくないとか、兄さんより劣《おと》ってるとか言われ続けてきたせいで、得意な化学の分野以外で努力することが、その……少し恐くなってたんだ。だけど、そんな僕をヴィオレッタは否定しないでいてくれた。それどころか、いつも励《はげ》ましてくれた。そのおかげで、最後まであきらめずに調査を頑張ろうって思えたんだ。ありがとう」

リアムが頰《ほお》を赤く染め、はにかむ。私は胸が一杯《いっぱい》になって、彼の手を握りしめた。

「あ、あの、ヴィオレッタ？」

「お礼を言いたいのは、やっぱり私の方よ！　今みたいに素敵《すてき》な言葉をリアムがくれるおかげで、私もいつもすごく励まされてるんだから！」

「本当？　なら、嬉《うれ》しい。でもね、どう考えたって、僕の方がずっと励まされてるよ」

「いやいや、そんな。ここは私の方が……」

私とリアムが互《たが》いに引かず、謎《なぞ》の譲《ゆず》り合いを始めた。その後ろで、不意にガチャッと音を立てて扉が開けられた。……あっ。

「兄さん！」

振り向いたリアムが嬉しそうに笑う。対照的に、私はピシッと固まってしまった。

「悪い。取り込み中だったか？」

「大丈夫だよ。ちょうどヴィオレッタへの報告も終わったところだし」

「そうか。なら、いいんだが」

レナルドがこちらの様子を気遣《きづか》わしげに見やる。

えーと……ここはやっぱり避《さ》けて通れない。何か話さないと！

私はグッと息を吸い、大人の余裕《よゆう》でレナルドに微笑《ほほえ》みかけた。

「お疲《つか》れ様、レナルド。昨日はいろいろ大変だったけど、その、疲れてない？」

「……その質問、今日二度目だな。俺はいつも通りだから、気にするな」

「そ、そう？　なら、いいんだけど」

「俺は書類を取りに来ただけだから、すぐに出て行く」

レナルドはその宣言通り、自分のデスクから書類の束を取り出すと、すぐに部屋を出て行った。その淡《あわ》い金髪《きんぱつ》が視界から消えた途端《とたん》、私はヘナヘナと脱力《だつりょく》してしまった。

今までレナルドとどう接していたか、思い出せない。それでも、今日のところはいつも通りにできていたはずだよね。そう思ったのに、どうやら私に演技の才能はなかったらしい。

「ヴィオレッタも兄さんも、今朝からずっと変だよ。何かあったの？」

表情を曇《くも》らせたリアムが不安そうに尋《たず》ねてくる。

「あ、いや、その……ちょっと昨日、レナルドに呆れられることをしちゃって」

「え？　呆れるって、あの兄さんが？　ヴィオレッタに？」

「……うん。全部、私が悪いのよ」

もの言いたげなリアムの視線が胸に刺《さ》さる。心配をかけて悪いと思うけど、レナルドにも打ち明けられなかった秘密をリアムに話せるわけもない。

言葉に詰《つ》まってうつむく私の横で、不意にリアムが席を立った。

あ……。もしかしてリアムも、何も言えない私の態度に呆れたんだろうか？

不安で心がしぼみかける。そんな私のもとに、リアムはすぐに戻《もど》ってきた。その手は、パチパチとはじけるレモンスカッシュの注がれたグラスを掲《かか》げている。

「ヴィオレッタが嫌《いや》なら、無理に話す必要はないよ。だけどね、『もうこれ以上一人で抱《かか》えるのは無理！』って思ったら、どうか僕を頼《たよ》って。ヴィオレッタがいつも僕の話を聞いてくれるように、僕も精一杯ヴィオレッタを支えるから！」

「リアム、ありがとう……！」

この子はどれだけ私を喜ばせる気だろう。疲れた心に優《やさ》しい言葉が染み渡《わた》る。

私はジーンとして、リアムから渡されたグラスを握《にぎ》りしめた。

今の何も話せない状況《じょうきょう》を受け入れてくれと、レナルドに無理《むり》強《じ》いをすることはできないし、一度失った信頼《しんらい》を取り戻すのが難しいこともよくわかっている。

だけど、今の気まずい状態はやっぱり嫌だ。私はレナルドとリアムの三人で、また仲良く仕事がしたい。そのためにできることがあれば、頑張ろう！

そう決意し、手元のグラスに口をつける。ほどよい酸味《さんみ》のレモンスカッシュが、今日はなぜかいつもよりちょっとだけ甘く感じられた。


教会で決意も新たにした翌日、私は朝から王立図書館に来ていた。やっぱりレナルドに会うのが恐《こわ》くなって、逃《に》げてきたわけじゃない。

昨日の夕方のことだ。マティアスが私たち王族の控《ひか》え室を訪ねて来て告げた。当初の宣言通り、チャリティー剣舞《けんぶ》で集まった寄付金の三分の一を救貧院のために使うことになったと。

残りは他《ほか》に回されることなく、必要な時期が来るまで貯蓄《ちょちく》しておくらしい。その答えに私は安堵《あんど》した。だけど、せっかく集めたお金を寝《ね》かせておくだけなのはちょっともったいない。どうせなら、そのお金を元手にして資産運用をすればいいのに……と考えてしまった結果、私は今こうして図書館で、この国の投資環境《かんきょう》について勉強している。

転生しても、最初に投資先として考えるのはやっぱり国債《こくさい》や株だ。この国では約百年前に最初の国債が誕生している。だけど、私は近年の財政状況と国債の発行ペースを考えて悩《なや》んだ。

国債とはいわゆる国の借金なわけで、増発しすぎると信用度が下がってしまう。王族の私が言うのもなんだけど、この国の国債は投資先としてはちょっとリスクが高すぎる。

とはいえ、民間の株や債券への投資も別の意味で難しい。この国の経済について付け焼き刃《ば》の知識しかない私に安全な投資先を見極《みきわ》めることができるかと言われたら、無理な気がする。

あー、もうこの際、投資でなくてもいいわ！　救貧院の人たちが今より効率的に稼《かせ》げる仕事を増やすことさえできればいいのに。

今、救貧院で受注している仕事は、畑の肥料として使う骨を砕《くだ》く作業や薪割《まきわ》りが中心だ。別にそれが悪いとは言わないけど、そういう単価の安い仕事ばかりでは、いつまで経《た》っても自立するための資金を貯《た》められないし、他の仕事に就《つ》くためのスキルも身につかない。

こういう時こそ、ダミアンの工場で働かせてもらえたらいいんだけど、そうなったら今度は「一般《いっぱん》市民の仕事を救貧院が横取りする気か！」ってクレームが届くよね。

前にダミアンが冗談《じょうだん》で言っていたみたいに、もし私が魔法使《まほうつか》いだったら、新商品のアイデアを次々と形にして救貧院にも新しい仕事を回せるのに。

悲しいかな、しがない元経営コンサルタントの私には現状を打破する力もなく、読んでいた本をパタンと閉じた。……うん、休もう。行き詰まった時は気分転換《てんかん》も大事よね。

私は、リアムが「疲れた時に飲んでね」とくれたレモンスカッシュの瓶《びん》を持って庭に出た。

最近、教会の中に引き籠《こ》もってばかりいたせいで気づかなかったけど、いつの間にか王都にも春が訪《おとず》れていたらしい。少しずつ暖かくなってきた日差しの下で、花壇《かだん》に色とりどりのつぼみが並び、真冬の間は止められていた噴水《ふんすい》も再び水が湧《わ》き出している。

私は休憩《きゅうけい》場所を探して、辺りを見回した。今日は気持ちがいい天気のせいか、庭を散策している貴族が多い。本当は瓶に口をつけてレモンスカッシュを一気飲みしたいところだけど、人目のある場所でそんなことをしたら、きっとまたご乱心と疑われてしまうだろう。

私は仕方なく人気《ひとけ》のない方へと庭を進んだ。それなのに、どうしてこういう時に限って、会いたくもない知り合いに声をかけられてしまうのだろう。

「あらヴィオレッタ様、ごきげんよう。この時間に王宮のお庭を散策していらっしゃるなんて、おめずらしいですわね」

うわ……。振《ふ》り向きざま、表情を変えなかった自分を褒《ほ》めてもらいたい。

なんと私の前に現れたのは、以前「ヴィオレッタ様、ご乱心」の噂《うわさ》を流していた公爵令嬢《こうしゃくれいじょう》と取り巻きのご令嬢たちだったのだ。彼女たちは私だけでなく、リアムの悪口まで言っていたのよね。すごくむかついたから、よく覚えている。

「皆様《みなさま》、おそろいでごきげんよう。私は今から図書館に戻るところですの。皆様はどうかゆっくりなさってください」

このご令嬢たちに捕《つか》まったら、余計に疲れてしまう。私はレモンスカッシュの瓶を背中に隠《かく》し、そそくさと戦略的撤退《てったい》を決行しようとした。それなのに……。

「お待ちください、ヴィオレッタ様！　その瓶はレモンスカッシュではございませんの？」

なんてめざといんだろう。公爵令嬢が私の前に立ちふさがり、隠した瓶を指さす。また以前のように「飲み物作りに熱中するなんて王族らしくない」と、リアムを非難する気だろうか。

こうなっては、隠しておくことに意味はない。瓶を持ち直して警戒《けいかい》する。そんな私の前で、公爵令嬢が「あの……」とめずらしく言いよどんだ。その頰《ほお》がポッと赤く染まる。

「お願いです、ヴィオレッタ様。ユーゴ様とまたお話しすることはできないでしょうか？　それが無理なら、せめてレモンスカッシュをもう一度いただきたいのです」

「…………は？」

なんか今、ユーゴの名前を聞いた気がするけど、空耳だよね？　理解が追いつかず、公爵令嬢の顔を凝視《ぎょうし》する。すると彼女は照れたように頰に手を当て、もじもじし出した。

「実は私、剣舞の会でユーゴ様を一目見た時から、すっかり心を奪《うば》われてしまいましたの。そこでお父様にお願いして、ユーゴ様を我が家の護衛にと打診《だしん》したのですが、『今しばらくは教会のために働きたい』と断られてしまいまして……そういう使命に一途《いちず》なところも素敵《すてき》ですが」

「わかりますわ。ユーゴ様はお優しそうに見えて、剣舞が始まった瞬間《しゅんかん》の、すっと真面目《まじめ》な表情に切り替《か》わるところがたまらなく素敵でしたもの」

「まぁ、わかってくださいますの？　あのお姿は本当に尊くて……。ヴィオレッタ様、ぜひまた剣舞の会を開催《かいさい》なさってくださいさい。それまで私たちはレモンスカッシュを飲んで思い出に浸《ひた》り、会えない月日を耐《た》え忍《しの》びますから」

「は、はぁ……」

公爵令嬢と取り巻きの熱意に、私は生返事を返すことしかできなかった。だって、それ以外にどんなリアクションをすればいいんだろう。まさかあの公爵令嬢がユーゴをねぇ……。

ユーゴには、ラルスや他《ほか》のイケメン騎士《きし》たちのようなハデさはない。しかしその分、彼には誠実な優しさがある。そこに目をつけるなんて、公爵令嬢もやるじゃない。

「あの、ヴィオレッタ様。もしよければ、私にもレモンスカッシュをいただけませんか？」

ユーゴのことに思いを馳《は》せていると、ご令嬢の一人が話しかけてきた。

「えーと、あなたもいずれまたユーゴと話す機会が欲しいと思っているのかしら？」

「いえ、それは特に。先日、剣舞の会で頂戴《ちょうだい》したレモンスカッシュを持ち帰ったところ、おばあ様が大変お気に召《め》して、もっと飲みたいとおっしゃっていますの」

「あら、それでしたら我が家の分もお願いしたいですわ。うちでは父がレモンスカッシュを独り占《じ》めしてしまったせいで、私の分がなくなってしまいましたの」

別のご令嬢が不満そうに唇《くちびる》をとがらせる。彼女は確か海軍提督《ていとく》のお嬢さんだ。提督はデュラン公爵と仲が良いらしく、一緒《いっしょ》にいるところをたまに見かける。

「父はレモンスカッシュを初めて飲んだ日からずっと『この飲み物は航海中の病気予防に役立つかもしれない。リアム様はもっと大々的に生産なさらないのか？』と申しておりますの」

「え？　レモンスカッシュを薬として飲んでいるのですか？」

「はい、おそらく」

ご令嬢がやや自信なげにうなずく。私は首をひねった。

レモンにはクエン酸やビタミンCが豊富に含《ふく》まれているおかげで、風邪《かぜ》の予防に役立つと前世では重宝されていた。そのことを言っているのだろうか？

いや、でも彼女のお父さんは海軍提督だ。海軍で航海中の病気と言ったら、まさか壊血病《かいけつびょう》？

「あの、まさかと思いますが、提督のおっしゃっている病気というのは、身体《からだ》のあちこちから血が噴《ふ》き出したり、古傷が開いたりして死に至るものでしょうか？」

「まぁ、お詳《くわ》しいのですね。まさにそういった恐《おそ》ろしい症状《しょうじょう》を父は話していました」

ご令嬢がこともなげに答える。私は背筋がゾクッと冷えた。

前世の歴史で学んだのだ。大航海時代、長期のビタミンC不足が原因で多くの船乗りが壊血病にかかって命を落としたと。一説によると、その死者数は戦闘《せんとう》で亡《な》くなる人より多かったという。もしかしたら、この国の海軍でも似た現象が起きているのかもしれない。

「航海中、頻繁《ひんぱん》に寄港して新鮮《しんせん》な柑橘類《かんきつるい》を食べていた船では、この病気の発症が少なかったそうです。そこで、病気予防のために生のレモンや果汁《かじゅう》を積んで出港するようにしたものの、大洋を横断する航海では途中《とちゅう》で全部腐《くさ》ってしまうそうでして」

「それで、長期保存が可能そうなレモンスカッシュに目をつけたと？」

ご令嬢が「はい」とうなずく。さっきまでとは別の意味で、私は心が震《ふる》えるのを感じた。

ある意味、これはチャンスだ。航海中にレモンスカッシュを飲むことができれば、壊血病で亡くなる船乗りや兵士の数は激減するだろう。そこから「健康維持《いじ》に役立つ飲み物」として広告を打ち、一般向けにまで販路《はんろ》を広げていけば、いずれリアムの名声は市井《しせい》にも広まる。

「王族が飲み物作りに熱中するなんて」という悪口は、もう誰《だれ》にも言わせない。レモンスカッシュを通じて、リアムの能力は正当に評価されるのだ。

一瞬にしてそこまでの未来を思い描《えが》き、私は胸が熱くなった。

この光景をリアムにも見せてあげたい。かつてリアムの実験を馬鹿《ばか》にしていた人たちから、こんなにも熱く求められる日が来るなんて……。

「皆様のご要望はよくわかりました。剣舞《けんぶ》の会をすぐにまた開催することは難しいかもしれませんが、レモンスカッシュの生産に関してはリアムに相談してみましょう」

「まぁ、本当ですの！」

「ありがとうございます、ヴィオレッタ様！　楽しみですわ！」

ご令嬢たちが手をたたいて喜ぶ。私も皆と一緒になって笑いながら、脳内では今後のことを考えて一人で電卓《でんたく》を打ち始めていた。

王宮の庭でご令嬢たちの熱い要望を聞いた日から二週間後、私は分厚い扉《とびら》の前でスーハーと深呼吸を繰《く》り返していた。この先にあるのはマティアスの執務《しつむ》室だ。

監獄《かんごく》でラルスの話を聞いてから、マティアスと会うことが本当はすごく恐《こわ》かった。トゥルーエンドの内容を知らない以上、下手《へた》に彼を刺激《しげき》する真似《まね》は避《さ》けたかったから。だけど、今はどうしても彼と話す必要がある。

私は緊張《きんちょう》で脈の飛びそうな心臓をなだめ、意を決して扉をノックした。

「ごきげんよう、ヴィオレッタです。中に入ってもいいかしら？」

すぐに「どうぞ」と機械的な答えが返ってきた。ドキドキしながら扉を開ける。初めて来たけど、そこはマティアスの性格を表しているようなシンプルで飾《かざ》り気のない部屋だった。

「私にご相談があると手紙で伺《うかが》いましたが、どういったご用件でしょうか？」

私に椅子《いす》を勧《すす》めたマティアスが、自分も向かいの席に座りながら単刀直入に尋《たず》ねてきた。私もその姿勢を見習い、率直《そっちょく》に話を切り出す。

「今日は時間を取ってくれて、ありがとう。お互《たが》いに忙《いそが》しい身だと思うから、先に要点だけ話すわ。今度、私は王都の一角にレモンスカッシュの工場を建てたいと考えているの。もしよければ、その工場で救貧院の人たちを雇《やと》わせてもらえないかしら？」

マティアスの纏《まと》う空気が重くなった。藍色《あいいろ》の瞳《ひとみ》が警戒するようにすがめられる。

「どこになんの工場を建設なさろうと、ヴィオレッタ様の自由です。しかし、なぜわざわざ救貧院の人間を雇用《こよう》なさるのです？　一般《いっぱん》市民より安い賃金で働かせられるからですか？」

「人件費の抑制《よくせい》について考えなかったと言えば、嘘《うそ》になるわ。しかしそれ以上に、私はこの企《き》画《かく》を通じて救貧院の現状を打破したいと考えているの」

「…………」

マティアスが目で続きを促《うなが》す。私は緊張で乾《かわ》いた唇をそっとなめ、説明を続けた。

「あなたは前に言っていたわよね？　救貧院の人たちが、寄付金を使って一般市民より良い暮らしをしてはいけないと。でもそれって裏を返せば、彼らが自力で稼《かせ》いだお金で救貧院の生活環境《かんきょう》を改善したり、自立するためのお金を貯《た》めたりするのは構わないってことよね？」

私なりに必死で考えたのだ。一般市民の反感を買うことなく救貧院の現状を改善し、そこで暮らす人たちの自立を促すにはどうしたらいいかを。その結論がこれだ。

「あなたが救貧院に対して良い感情を抱《いだ》いていないことも、救貧院が世間の人たちからどのように思われているかも知っているわ。だけど、私はやっぱり納得《なっとく》できないの。怪我《けが》や病気が原因で生活の糧《かて》を失った人には、もう一度這《は》い上がるチャンスが与《あた》えられるべきよ」

さぁ、マティアスはこの意見にどう反応するだろう？　緊張しながら待っていると、彼は「またか」と言うように私を見て、声にならないため息をこぼした。

「ヴィオレッタ様のお考えはわかりました。ですが、レモンスカッシュの製造工程は複雑すぎて救貧院の者の手に余りませんか？　さらに言えば、救貧院の人間が関《かか》わることでせっかく作った商品が思うように売れず、工場を閉鎖《へいさ》する事態に追い込まれる可能性も」

「いいえ、商機は十分にあると思うわ。どうかこれを見てちょうだい」

私はそう言うと、持ってきた資料を目の前のテーブルに広げた。視線を落としたマティアスの眉《まゆ》が軽く跳《は》ね上がる。よし、食いついた！

「この一枚目の資料は、レモンスカッシュの製造工程や、大量生産の際に必要とされる機材の一覧をリアムに書き出してもらったものよ」

「リアム様が、ですか？　あの方は王族ですのに」

「リアムは王族である以前に、優秀《ゆうしゅう》な化学者なの」

私は自分のことのように胸を張って断言した。

ご令嬢《れいじょう》たちの要望を聞いたあの日、私は真っ先にリアムに相談をしに行った。剣舞の会に先立って、彼は炭酸水を人工的に大量生産する方法を編み出していたものの、そこからさらに長期保存を可能にするためには、原料や機材の見直しが必要になるだろうと考えたから。

私の急なお願いにも、リアムは嫌《いや》な顔一つしなかった。彼は、私が瓶詰《びんづ》め工場を創設する時に集めた保存関係のデータを参考にしながら、レモンスカッシュの保存方法を研究してくれた。教会の調査で忙しい合間を縫《ぬ》って頑張《がんば》ってくれた彼には、本当に感謝してもしきれない。

「ここに書かれている製造工程には今後また改良が加わる可能性もあるけど、基本的な手順は変わらないはずよ。これなら、専門知識がなくても作業できるレベルでしょう？」

「そうですね。多少扱《あつか》いに注意の必要な薬品はあっても、作業自体は単純ですね」

納得してもらえて何より。私は内心でホッと息をつき、二枚目の資料に手を伸《の》ばした。

「次に、これは私が海軍関係者や貴族たちに話を聞いて回った結果をまとめたものよ」

これは、前世でいうところのマーケティング調査の報告書だ。この二週間、私はレモンスカッシュの需要《じゅよう》について調べるべく、教会の調査と並行《へいこう》していろんな人たちを訪ねた。

「海軍を筆頭に、レモンスカッシュの潜在《せんざい》的な需要はかなり高いと確信したわ。販路を確保できる以上、工場で雇った人たちをすぐに解雇する事態にはならないから安心して」

「それは大変結構なお話ですね。ですが、そこまで救貧院の利点が大きい工場に誰が出資なさるのです？　国庫には余裕《よゆう》がないと伺っていますが」

「国は関係ないわ。今回の出資者は、私と救貧院になるのだから」

マティアスがわずかに眉をひそめる。すごい！　彼の表情筋が動くところを初めて見た気がするよ。これだけでプレゼンは大成功！……じゃなくて！

私はにやけそうになる頬《ほお》を意思の力で抑《おさ》え、コホンと咳払《せきばら》いをした。

「あなたには初めて話すけど、私は王都で瓶詰め工場を立ち上げた際、利益の一割を特許料としてもらうように契約《けいやく》したの。そこでもうけたお金と、この間の剣舞の会で集まった寄付金の残り二百万ラール。この二つを初期投資に使えば、小さな工場くらい建てられるわ」

これですべてのカードは出そろった。ここまで言われて、ノーはないはずよ。

自信を持ってマティアスの反応を窺《うかが》う。しかし彼は私の顔を見つめたまま、微動《びどう》だにしない。

なんで？　今のプレゼンは良くできた方だと思うけど、彼の心には刺《さ》さらなかったの？

内心焦《あせ》る私の前で、やがてマティアスの唇《くちびる》が小さく動いた。かすれた声がこぼれる。

「まったく、信じられない……」

「え？」

「どうしたら、あなたのようにたくましい王族が育つのですか？」

……唖然《あぜん》とした声の響《ひび》きからして、褒《ほ》め言葉じゃないよね？

マティアスが額に手を押し当て、どこか呆《あき》れた様子でかぶりを振《ふ》る。

「ヴィオレッタ様の意図は理解いたしました。しかし、王族であるあなたがここまで救貧院のために尽《つ》くすのはなぜです？　お優《やさ》しい聖女様のような女性を演じることで過去の汚名《おめい》をすすぎ、王座に就《つ》くのにふさわしい名声を手になさるおつもりですか？」

相変わらず、マティアスは素直《すなお》な解釈《かいしゃく》ができないらしい。私も呆れてため息をこぼした。

「名声なんて、別に欲しくないわ。そんなものあったって、私じゃ使い道もないし」

「なら、あなたは何を望むのです？　失礼ですが、ここまでしておいて何も見返りを求めない人間など私には想像できません」

「……そう」

無償《むしょう》の善意を考えられなくなるほど、マティアスの歩んできた道はつらく、険しいものだったのだろう。そう思うと、少し胸が痛んだ。

マティアスは人生の一番苦しい時に誰《だれ》の助けも得られなかったせいで教会や救貧院、ひいてはこの国の在り方すら憎《にく》むようになったという。そんな彼に表面だけのきれい事を告げたところで、鼻で笑われるだけだ。ここは私も覚悟《かくご》を決めなければならない。

私は、未知のものを見るようなマティアスの視線を正面から受け止め、はっきり告げた。

「救貧院の人たちの生活や人生に責任を負えないなら口を出すなと、あなたは前に言ったわね。だから、私は最後まで責任を持つことにしたの。病気とか怪我とか、自分ではどうしようもない事情のせいで救貧院に入った人たちのことを私は見捨てたくない。彼らを助けるためにできることがあるなら、なんだってやるわ」

「…………」

マティアスはじっと私の顔を見つめたまま、何も言わない。胃が痛くなるような緊張感《きんちょうかん》の中で答えを待つ。やがて彼の口からかすかなため息がこぼれた。

「困った方ですね。そんな馬鹿《ばか》正直に話をなさっていては、今に足をすくわれますよ」

「大丈夫《だいじょうぶ》よ。あなたも知っているように、私の評判はもともと最悪だからね。今さら何かあったところで、これ以上は落ちようがないわ」

「そうですか……。失礼ですが、あなたの話は疑うだけ馬鹿を見る気がしてきました。私にあなたを止めることは無理なようです。どうしてもとおっしゃるのであれば、光の乙女《おとめ》の許可を得た上で、あなたの責任において救貧院の者たちを工場で雇《やと》ってください」

「本当⁉　ありがとう、マティアス！」

感極《きわ》まって、マティアスの手を取ろうとする。しかし、せっかくの握手《あくしゅ》は涼《すず》しい顔でかわされてしまった。

「礼には及《およ》びません。あなたのご覚悟が口先だけではないよう、祈《いの》っています」

結局、どんな時も最後は嫌みで締《し》める気らしい。感謝の気持ちが一瞬《いっしゅん》にして吹《ふ》き飛びそうになる。でもまぁ、それがマティアスだよね。今日だけはどんな嫌みも甘んじて受け入れよう。

養護院と救貧院の管理責任者にして枢機卿《すうききょう》でもあるマティアスが反対しなかった事実は、やっぱり大きい。一番の心配事も解決したし、これから工場の設立に向けて頑張るわよ！


「というわけで、王都にレモンスカッシュ工場を造りたいの。二人とも協力をお願い！」

私は目の前に座っているレナルドとダミアンの二人に向けて、勢いよく頭を下げた。

マティアスと別れたあと、救貧院の人たちを工場で雇うことについて光の乙女の許可も得た私は、その足で下町にあるダミアンのアジトに向かい、二人と合流した。

そこで早速《さっそく》、マティアスに見せたものと同じ資料を使って工場設立の説明をしたんだけど、なぜか二人ともあっけにとられた様子で、先ほどから質問も出てこない。

おかしいな。私の予想では、すぐに賛成してもらえると思ったのに。

「俺は今までお嬢ちゃんのことを過小評価してたのかもしれないな……」

ダミアンがなぜか異様に疲《つか》れた様子で、ぼそっとこぼした。

「もともと行動力のある奴《やつ》だと思っていたが、まさかあのお堅《かた》い教会をこうも簡単に説得しちまうとは……。俺にはお嬢ちゃんが魔《ま》法使《ほうつか》いというより魔王っぽく見えてきたぜ」

「ちょっと、ダミアン！　変な言い方、やめてよね！　私は教会上層部を正攻法《せいこうほう》で説得してきたんだから」

「そうは言っても、なぁレナード？」

ダミアンが苦笑《くしょう》しながらレナルドの方を向く。その瞬間、彼は軽口をピタリと止めてしまった。え、これって……。

まるで前世を思い出す前に戻《もど》ったかのようだ。レナルドが腕《うで》を組み、こちらを見ている。その眼差《まなざ》しは、見た者すべてを凍《い》てつかせるような冷気を帯びていた。

「王都にレモンスカッシュ工場を造るという話を、俺は今初めて耳にしたんだが。救貧院に関係することなのに、なぜ事前に相談しなかった？」

「ごめんなさい。あなたは今、教会で聖職者の面接を行っているでしょう？　忙《いそが》しいあなたの手を煩《わずら》わせたくなかったのよ」

「それは君も同じだろう？　君だって、聖職者の能力を数値化する作業を進めているのだから」

「それはそうだけど……」

　気まずさのあまり視線が泳ぐ。レナルドの言う通りだ。騎士《きし》団に続いて、聖職者を対象とした三六〇度評価とラルスの共犯の調査を行うことになったため、私も彼も今はその準備で忙しい。とはいえ、顔を合わせた時に相談や報告をするくらいの時間はあったのも事実だ。

　それにもかかわらず、「リアムに相談してからでいいよね」とか「先にマティアスを説得しないと」とか言い訳を続けて、報告を先送りにし続けてきたのは私だ。

　あの監獄《かんごく》での一件以来、レナルドの信頼《しんらい》を取り戻したいと願う一方で、彼と正面から向き合うことが少し……ううん、本当はすごく恐《こわ》かったから。

「まったく、君は……」

　うつむいた私の耳に、レナルドの深々としたため息が聞こえてきた。

「海軍提督《ていとく》や貴族に話を聞きに行くことなら、今まで通り俺がやったのに……。即位《そくい》がかかったこの大事な時期に、どうして君が矢面《やおもて》に立つんだ？」

「心配してくれてありがとう。でも大丈夫よ。今回はこうやって成果も出せたわけだし」

「俺が言っているのは、そういうことじゃない。君は知らないのか？　君が普段《ふだん》つき合いのない者たちのもとに急に話を聞きに行ったことで、宮廷《きゅうてい》中がざわついていることを。君の風変わりな質問が話題になって、中には君の乱心を再び疑い始めた連中までいるんだぞ」

「え、そうなの？　でもまぁ、私の評判なんてこれ以上悪くなりようがないから大丈夫よ」

「君はまたそんなことを……。社交や根回しなら、今後も俺がやる。君は出て行くな」

「待って、それはさすがにひどくない？　確かに私は社交が得意な方じゃないけど、なんでもあなたに押しつけるわけにはいかないでしょう？　それとも……やっぱり私は信用ならない？」

「…………」

　レナルドが意表をつかれた様子で私を見下ろす。

　ああ、わざわざ自分から恐い質問をしてしまった。だって信用していないならいないで、いっそそう言ってもらえた方が先に進める気がしたんだもの。自分の行動を早々に後悔《こうかい》しても、今さらなかったことにはできない。

　息が浅くなり、心臓がこれでもかというほど速く脈打っているのがわかる。もしかしたらレナルドも私と同じように緊張しているのかもしれない。その唇がわずかに動き、あえぐような吐息《といき》がこぼれた。そして……、

「おいおい、レナードもお嬢《じょう》ちゃんも、俺の存在を忘れないでくれよ」

　場違《ばち が》いなほど明るい声が突然《とつぜん》横から割り込んできた。ダミアンだ。

「ごめんなさい、ダミアン。別にあなたの存在を無視したわけじゃなくて」

「それはいいけどよ。痴話《ちわ》ゲンカならよそでやってくれ」

「へ？　痴話……って、そんなわけないじゃない！　何を言ってるの？」

今までの私とレナルドのやりとりを見ていて、どうしてそんな発想が飛び出すんだろう。本気で意味がわからない。

困ってレナルドに同意を求めると、彼はフーッと息を吐《は》いて立ち上がった。

「個人的なことで迷惑《めいわく》をかけて悪かった、ダミアン。レモンスカッシュ工場の件には俺も関《かか》わるつもりだから安心してくれ。それから、ヴィオレッタ」

「な、何？」

「俺は久々に下町を見て回ってから王宮に戻る。帰りは君と別行動で頼《たの》む」

「え、待って！　このあと、アナリーもここに来るって」

「君さえいれば、彼女は満足だろう。俺は先に失礼するよ」

レナルドはそう言うと私たちに背を向け、さっさと部屋を出て行った。

残された私は頭を抱《かか》えた。またやっちゃった……。ただでさえ最近すれ違ってばかりいるのに、さらに関係をこじらせてどうするの？

はぁーっとため息をこぼし、頭をかきむしる。その肩《かた》にダミアンがポンと手を置いた。

「お嬢ちゃん、これはあれだな。青い春ってやつだ」

「……ダミアン、適当なことを言わないでくれる？」

一瞬ダミアンに対して殺意が芽生えた私のことを、誰も非難できないと思う。しかし私ににらまれたところで、ダミアンには効果がなかったらしい。おどけた様子で肩をすくめる。

「何があったか詳《くわ》しいことは聞かないが、レナードと早く仲直りしなよ。お嬢ちゃんの手綱《たづな》は、俺の手にはちぃっと余るからな」

「手綱って、私は暴れ馬じゃないわよ」

「そうか？　似たようなもんだと思うが」

この人は……！　ますますムッとして、ダミアンを強くにらんでしまう。彼はそれでも飄々《ひょうひょう》とした態度を崩《くず》さずにいたが、その表情がふと真剣味《しんけんみ》を帯びたものに変わった。

「真面目《まじめ》な話、お嬢ちゃんは優秀《ゆうしゅう》だし、どんな難題にぶつかっても逃《に》げずに立ち向かっている。その根性《こんじょう》は俺も好きだよ。だがな、レナードの奴にはもっと甘えていいと思うぜ？」

「え……」

甘える？　私がレナルドに？……いやいや、そんなことできるはずないでしょう！

「甘えるなんてダメよ、ダミアン。私はもっと強くなって、レナルドの隣《となり》に立てるようになりたいんだから」

私は一度レナルドから見放された身だ。前世の秘密を打ち明けられない以上、その反応はつらくても仕方ない。しかし、それならせめて仕事の上では彼の信頼を取り戻したかった。

だからこそ自分が仕事で使えることをアピールしたくて、レモンスカッシュの件では先走ってしまった面もある。そのやり方には問題があったって、今ならわかるけど、でも……。

このもどかしい気持ちをどうやって言葉にしたらいいかわからず、無言でダミアンを見上げる。彼は「わかってないな」と言うように、大きく肩をすくめた。

「あのな、お嬢ちゃん。何も努力せずに、最初から甘えてくる気満々の奴は俺だって嫌《いや》だよ。けどな、特別に想《おも》っている相手から頼《たよ》ってもらえないことは結構寂《さび》しいもんだぜ」

「そんな、私とレナルドは別に特別な関係ってわけじゃ……」

「そう思ってんなら、それでもいい。ただ、相手がいなくなってから後悔したって遅《おそ》いからな。そこだけは気をつけな」

「…………」

私は何も言い返せなかった。ダミアンの目がいつになく真剣だったから。その言葉には、いつも軽口をたたいている人と同じとは思えないほどの重みがある。

そういえば、私はダミアンが元締《もとじ》めになる前のことは何も知らない。いったいどんな経験を積めば、こういうことがさらっと言えるようになるんだろう？

ふと気になって疑問を口にしようとした、その時、扉《とびら》がノックされた。

「おっと、聖女様のご登場じゃないか？　俺が開けるよ」

まさか今のはわざとだろうか。私の質問をかわすようにダミアンがさっと席を立ち、扉を開けに行く。次の瞬間《しゅんかん》、まぶしいほどきれいなプラチナブロンドの髪《かみ》が部屋に飛び込んできた。

「お姉様！　お会いしたかったです！」

頬《ほお》を薔薇《ばら》色《いろ》に上気させたアナリーがダミアンの脇《わき》をすり抜《ぬ》け、抱《だ》きついてくる。

え、待って！　美少女に慕《した》われて嬉《うれ》しいけど、なんかいつにも増して情熱的じゃない？

「久々の再会だ。俺は席を外すから、お嬢ちゃんは聖女様とゆっくり話していきな」

「ちょっ！　ダミアン!?」

ニヤニヤ笑ったダミアンが、手を振《ふ》りながら部屋を出て行く。結局、彼の過去について聞きそびれてしまった。まぁ、いつかまた機会があったら尋《たず》ねてみるか。

それより今はアナリーだ。さっきから私に抱きついたまま、全然離《はな》れないんだけど。

「あの、アナリー？　どうしたの？」

心配して聞くと、アナリーは私の背中に手を回したまま顔だけ上げた。

「申し訳ございません、お姉様。この二ヶ月あまりの間、まったくお目にかかれなかったせいで、お姉様成分が枯渇《こかつ》していました。次代の乙女《おとめ》として早くお姉様のお役に立ちたいのに、なかなか思うように時間も取れなくて」

「どうか無理はしないで。アナリーも治療《ちりょう》院の引き継《つ》ぎで忙《いそが》しいんでしょう？」

「ええ。ですが、やはり私にはお姉様が……あら、お姉様？」

会話の途中《とちゅう》でアナリーがふと口をつぐみ、私の顔をじっと見上げてきた。

「お姉様、なんだかお顔の色が優《すぐ》れませんね。ちゃんと休んでいらっしゃいますか？」

「…………」

私はつい全力で目を逸《そ》らしてしまった。いやまぁ、ちゃんと毎日王宮のベッドで寝《ね》てはいるよ。だけど仕事に熱中していると、つい睡眠《すいみん》が真っ先に犠牲《ぎせい》になっちゃうんだよね。

「毎日しっかり寝て、ご飯を食べないとダメですよ。働き過ぎはよくないと、私に教えてくださったのはお姉様ではありませんか」

うっ、ごもっとも……。不満そうにプクッと頬を膨《ふく》らませたアナリーが私から離れ、持ってきたカバンの中に手をつっこむ。

今度は何をする気だろう？　なんかこの流れ、嫌な予感しかしないんだけど……。

「お疲《つか》れのお姉様のために、今日はいろいろご用意してきたんです。さぁ、どうぞ！」

ああ、やっぱり！　私は何も見なかったことにして、回れ右で逃げ出したくなった。だってアナリーが満面の笑《え》みで差し出してきた瓶《びん》には、ねっとりとした青緑色の液体がフチまでたっぷり注がれていたんだもの。

「あの、アナリー？　それは例の薬草ジュースじゃあ……」

かつてのトラウマ級のまずさを思い出し、全身からぶわっと汗《あせ》が噴《ふ》き出す。しかしアナリーは愛らしい笑顔で胸を張り、「大丈夫《だいじょうぶ》です、お姉様」と断言した。

「薬草を調合しただけではお姉様のお口に合わないと、私も学習しましたから。今回は薬草に蜂蜜《はちみつ》を加えたり、ミルクで割ったりして、様々な工夫《くふう》をこらしてみたのです。おかげで効果はそのまま、味の改善に成功しました」

アナリーの目は自信に満ちあふれている。そうか。見た目はやっぱりあれだけど、努力家の美少女にここまで推《お》されて、飲まないという選択肢《せんたくし》はない。

「いつもありがとう、アナリー。ありがたく頂戴《ちょうだい》するわ」

「はい！　どうぞ！」

心底嬉しそうにしているアナリーから瓶を受け取り、中身を一気にあおる。その効果は……舌を犠牲にしただけあって、体力は回復しそうな味だったとだけ言っておく。

途中から悟《さと》りの境地に達しつつも、アナリーがニコニコ見守っている手前、最後まで頑張《がんば》って飲みきった私をどうか褒《ほ》めてもらいたい。


ダミアンのアジトで打ち合わせをした翌日から、私はかつてないほど多忙《たぼう》な日々を過ごした。

聖職者向けの三六〇度評価を実施《じっし》して、ラルスの共犯の有無《うむ》を調べるだけでも大変なのに、同時進行で工場の設立にまで関《かか》わるんだもの。身体《からだ》が二つあっても足りないくらいだ。

今回も工場長はダミアンが務めることになった。瓶詰《びんづ》めと石鹸《せっけん》に次ぐ三つ目の工場とあって、さすがに慣れたのか、今のところは大きなトラブルもなく順風満帆《じゅんぷうまんぱん》。まさに言うことなし。

それなのに、私は今までのプロジェクトと違《ちが》って、満たされない思いを抱えている自分に気づいていた。理由はわかっている。レナルドだ。

今までは三人で打ち合わせを行うと、ダミアンが軽口をたたいて、私とレナルドがつっこむという流れができていた。その和気藹々《わきあいあい》とした雰囲気《ふんいき》がすごく好きだったのに、今は問題の報告と相談しかしない、実に乾《かわ》いた関係になってしまった。

最近では疲れた様子のダミアンから「お嬢《じょう》ちゃんたち、早く仲直りしなよ」と言われることが日課になりつつある。私だって、以前のような関係に戻《もど》れるなら戻りたいよ。でも……。

ダミアンの言葉じゃないけど、失ってから知る大切なことは本当にあると実感した。一人で仕事をすることが多くなってから、気づいたんだ。社交や根回しが苦手な私のために、レナルドが陰《かげ》になり日向《ひなた》になりフォローしてくれていたことに。

ずっと助けてもらっていたお礼を言いたいと思った。だけど、一度嚙《か》み合わなくなった歯車はどんどんずれていくばかりで、もはや今までレナルドとどう接していたかも思い出せない。

リアムとダミアンに心配をかけていると、わかっている。それでも、どうすることもできないまま、レナルドと一緒《いっしょ》にいても笑顔よりため息をこぼす回数の方が増えていき……そうやって一ヶ月が過ぎた頃《ころ》、私たちはついに工場の試運転の日を迎《むか》えた。

今日は救貧院を代表する十名の少年少女が工場に向かい、レモンスカッシュの試作をすることになっている。彼らの意見を聞きながら、大量生産に移る前の最終調整を行うのだ。

こんな大切な日に、プロジェクトの責任者である私がくよくよしちゃいられない。よし！

私は頰をパンパンとたたくと、気合いも新たに教会の正門へ向かった。

　最近一段と暖かくなってきた空の下、十名の少年少女たちが一列に並んでいる。事前にダミアンが渡《わた》してくれた支度金《したく》を使って、新しい服を手に入れたらしい。今日はみんな食品を扱《あつか》う工場の従業員にふさわしく、こざっぱりとした格好をしている。

　彼らを引率《いんそつ》しているのは、前に救貧院で会った時にマティアスの昔なじみを名乗っていた、ジャンという青年だ。彼は私の正体を誰《だれ》かから聞いたらしい。こちらの存在に気づくと、ハッとして少年少女たちにひざまずくよう合図した。

「みんな、どうか面《おもて》を上げてちょうだい。私は出発前の挨拶《あいさつ》に来ただけだから」

　まぁ王女の私からそう言われても、普通《ふつう》はリアクションに困るか。皆《みな》はおずおずと顔を上げたものの、そこに浮《う》かんだ戸惑《とまど》いの色を隠《かく》せずにいる。

　私は彼らを怯《おび》えさせないよう、顔に精一杯《せいいっぱい》フレンドリーな笑みを浮かべて言葉を重ねた。

「みんな、今日はレモンスカッシュ工場の試運転に参加してくれて、ありがとう。マティアスから説明があったと思うけど、この工場での労働は義務ではないわ。救貧院での生活費や環境《かんきょう》改善に必要な一定額を差し引いたあと、残った給金はすべて自分のために使っていいのよ」

　もしかしたら事前に話を聞いていただけでは、半信半疑だったのかもしれない。今改めて私の口から出た説明を耳にして、皆がゴクリと喉《のど》を鳴らす。よし、食いつきは上々ね。

「実際に工場の機器を動かしてみて、使い勝手の悪い点や気になる点を見つけたら、遠慮《えんりょ》なく工場長のダミアンに報告してちょうだい。レモンスカッシュを効率的にたくさん作れるようになれば、工場はその分もうかるし、結果的にあなたたちに渡すお給料も増える。すべてはあなたたちの協力にかかっているのよ。どうかそのことを忘れないでちょうだい」

皆の顔つきが変わった気がした。どこか人ごとのようだった工場の話を、自分の将来と結びつけて考えられるようになった証《あかし》だ。これなら初めての工場で萎縮《いしゅく》することもないだろう。

「ヴィオレッタ様、ありがとうございます。では、行って参ります」

まとめ役のジャンが皆を代表して頭を下げる。

「うん、気をつけて行ってきてね。良い報告を待っているわ」

皆に向かって手を振る。その時、私はふと列の中ほどになつかしい顔を見つけた。

忘れたくても忘れられない。そこにいたのは、私が初めて教会を訪ねた日に光の乙女に掃除《そうじ》の水をかけてしまった少年だった。そういえば、あのあと彼は大丈夫だったのかしら？

つい気になって見ていると、視線に気づいた少年が真っ青な顔で足を止めた。

「も、申し訳ございません、ヴィオレッタ様！　僕、何かお気に障《さわ》るようなことを……」

あ、いけない！　私は慌《あわ》てて首を横に振った。

「ジロジロ見ちゃって、ごめんなさい。久し振りにあなたを見かけたものだから、つい気になっちゃって。えーと、最近はどう？　またひどい目に遭《あ》っていない？」

「え……」

少年が口をポカンと半開きにして固まる。その目の縁《ふち》に、じわっと涙《なみだ》がにじんだ。

ええっ、なんで⁉　私としては、近況《きんきょう》を尋ねただけのつもりだった。でも、体罰《たいばつ》を受けた少年にとってはデリケートすぎる話題だったのかもしれない。

「今の質問、嫌《いや》だったら答えなくていいから。変なことを聞いちゃって、ごめんなさい」

「え？　あ、その、違うんです！　まさかヴィオレッタ様が僕なんかのことを覚えていらっしゃるとは夢にも思わなかったものですから、ビックリしてしまって……あの時はマティアス様と一緒に僕のことを庇《かば》ってくださり、本当にありがとうございました」

少年が涙を拭《ぬぐ》い、深々と頭を下げる。私は耳を疑った。なんか今、私の記憶《きおく》と完全に食い違っている話が聞こえた気がしたんだけど。

「あの、ヴィオレッタ様？　いかがなさいましたか？」

「ちょっと確認《かくにん》させてもらってもいいかしら？　光の乙女《おとめ》に掃除の水をかけた罰として、あなたはマティアスから絶食と一晩寝《ね》ずに神に赦《ゆる》しを乞《こ》うことを命じられていたはずよね？」

「はい、おかげさまで助かりました。もしもあの時、お二人が間に入ってくださらなかったら、僕はバチスト様から鞭《むち》で打たれて、三日間は熱を出して寝込んでいたはずです」

……え？　鞭って、あのビシバシたたく道具の鞭よね？　彼の話が本当だとしたら、それはもはや完全な虐待《ぎゃくたい》じゃない！　バチストは聖職者のくせに、何を考えているの？

私は少年の話をもっと詳《くわ》しく聞きたかった。しかし私が口を開く前に、近くに来たジャンが少年の肩《かた》に手を置き、こちらに向かってぺこりと頭を下げてきた。

「すみません、ヴィオレッタ様。そろそろこいつを連れて行ってもいいでしょうか？」

そうだ、少年たちはこれから工場の試運転に向かうのだ。プロジェクトの責任者である私が、全体の足並みを乱してはいけない。でも、その前に一つだけ！

「最後に、あなたの名前を教えてもらえないかしら？」

「……僕の名前、ですか？」

少年が目を丸くして、自分の顔を指さす。彼が工場から帰ったあと、改めて話を聞くために名前を尋《たず》ねただけだった。それなのに、彼の顔には今にも泣きそうな笑《え》みが広がった。

「僕はナタンって言います。初代乙女に仕えた忠臣ナタンのように、誠実で優《やさ》しい子に育ってほしいって、死んだ母さんが名付けてくれたんです」

「そう、いい名前ね。ナタン、あなたの未来に光の祝福がありますように」

「えっ……」

ナタンが私の顔を見つめ、硬直《こうちょく》する。一拍《いっぱく》後、その顔に妙《みょう》に思い詰《つ》めた表情が浮かんだ。

「ありがとうございます、ヴィオレッタ様。僕、やっぱり……」

「ナタン、いい加減にしろ！　行くぞ！」

ナタンの言葉を遮《さえぎ》り、いらついた様子のジャンがその腕《うで》を引っ張る。

「ご、ごめん、ジャン！　あの、ヴィオレッタ様……今後何があっても、僕はあなたに祝福していただいたことを忘れません！　一生涯《いっしょうがい》、決して！」

いや、待って。単なる祝福で、その反応は大げさすぎない？

私は不思議に思ったけど、そういえばユーゴも初対面の時にレナルドから握手《あくしゅ》を求められて硬直していた。王族が相手では、これくらいの反応が普通なのかもしれない。

ジャンに腕を引かれながら、ナタンが歩き出す。その姿を見送ったあと、私は足早に回廊《かいろう》に戻って行った。ナタンの言葉と共に、マティアスの冷たい横顔が脳裏《のうり》に浮かぶ。

マティアスは教会を、そして救貧院を憎《にく》んでいるからこそ、そこにいる人たちに対して厳しい態度を取り続けているのだと思っていた。

しかしナタンの話が本当だとしたら、マティアスはなぜ彼をバチストから庇ったのだろう？

まさかあの時だけ眠《ねむ》っていた良心が顔を出したとも思えないし。うーん……。

いくら一人で考えても、答えは見つからない。私はモヤモヤした感情と疑問を持て余し、いつもの何倍も重い足取りで王族の控《ひか》え室に戻った。


先日集めた三六〇度評価の集計は、今みたいに悶々《もんもん》としている時にすごくいい。この作業をやっている間は他《ほか》の余計なことを考えなくていいから。というか集中してやらないと、聖職者百名分の集計なんていつまで経《た》っても終わらない。

お見送りから戻った私は、テーブルの上に積まれた評価シートの山に若干《じゃっかん》うんざりしつつも、せっせとそれを消化していった。そして少しお腹《なか》がすいてきたな、と思った頃のこと。

「ねぇヴィオレッタ、今ちょっといいかな？」

修道院の資料室に行っていたリアムが帰ってきて、声をかけてきた。

「リアム、お疲《つか》れ様！……って、どうしたの？　なんだか顔色が悪いわよ」

今朝会った時は元気そうにしていたリアムが、青白い顔でうつむいている。

「僕は大丈夫《だいじょうぶ》だよ。それより、ヴィオレッタに急ぎで見てもらいたい資料があって……。前に教会に寄付をした人たちについて話した時のこと、覚えてる？」

「ええ、もちろん」

リアムの様子が気になりつつも、とりあえずうなずく。

前世で宗教といえば初詣《はつもうで》とお葬式《そうしき》くらいしか縁《えん》のなかった私にとって、教会への寄付というのはやたら新鮮《しんせん》な行為《こうい》に思えたせいで、よく覚えている。

「今まで何年にもわたって熱心に寄付を続けていた北の貴族が、この半年間で急に寄付の頻度《ひんど》を減らしたことがなんだか引っかかるって、話していたわよね？」

「うん。その寄付のあった時期に何か他にも変わったことがなかったか、調べてみたんだ。そうしたら、ちょっと意外な関係が見えてきて……」

「え？　まさか寄付に見せかけた袖《そで》の下だったとか？」

「ううん、たぶん違《ちが》う。あの、これを見て」

リアムが隣《となり》に腰掛《こしか》け、持ってきた書類をテーブルの上に並べる。日付の横に寄付金額と寄付者の名前がリストアップされているところまでは、前回見せてもらった資料と同じだ。しかし、その列の隣に今回新たに加えられた内容は……。

「リアム、これって……！」

私は愕然《がくぜん》として書類を指さした。そこには養護院から養子に出された子どもたちの数と、救貧院から脱走《だっそう》した人たちの数が日付順に並べられていた。いずれもその記載《きさい》があってから十日も経たないうちに、北の貴族から寄付が寄せられている。それも、繰《く》り返し何度も。

「やっぱり、偶然《ぐうぜん》にしてはタイミングが合いすぎてるよね。なんかまるで寄付と引き換《か》えに人が売られてるみたいで、その……」

すごく嫌だと告げた、リアムのその言葉は消え入りそうなほど小さくても、私の心を深くえぐった。気持ち悪くなって、胸を押さえる。

ここに数字として書かれている人たちが養護院や救貧院を出たあと、北の炭鉱地帯へ向かった証拠《しょうこ》はない。それなのに私もリアムも真っ先に人身売買の可能性を疑ってしまったのは、きっとスヴェンから「炭鉱へ売られた少年少女の中には、救貧院を脱走してきた者たちも含《ふく》まれていた」と聞いていたせいだ。

「マティアスは、その……この関係を知ってるのかしら？」

「養護院と救貧院の責任者であるマティアスが知らなかったら、問題だと思うよ。でも、もし知っているとしたら、そっちの方がもっと問題で……」

リアムが途中《とちゅう》で黙《だま》り込む。私も一緒《いっしょ》になって沈黙《ちんもく》した。まさか養護院と救貧院における経費削減《さくげん》のため、そこで暮らしている人たちを炭鉱へ売ったわけじゃないよね？

いや、いくらマティアスが教会や救貧院を憎んでいるとしても、そこまでやるとは考えたくない。さっきのナタンの話が本当なら、彼には子どもを守る優しさが残っているはずだ。その良心が最後のブレーキとなって踏《ふ》みとどまっていると信じたい。

「ねぇヴィオレッタ、僕はこの発見をマティアスと共有した方がいいのかな？」

リアムが不安で押しつぶされそうな顔で聞いてくる。私は何も答えられなかった。

マティアスは「グランドール恋革命《こい》」のトゥルーエンドにも関《かか》わってくる重要キャラだ。下手《へた》に刺激《しげき》することで、どこにどんな影響《えいきょう》が出てくるかわからない。

ああ、こういう時にレナルドがいてくれたら……！　彼にしかわからないマティアスの一面や、私たちの知らない貴族の情報について、いろいろ補完してくれるのに！

いくら嘆《なげ》いたところでレナルドは今ここにいないし、前みたいに気軽に相談することもできない。この限られた情報しかない状況《じょうきょう》下で、私はどんな判断を下せばいいんだろう？

春だというのに、嫌な汗《あせ》が頰《ほお》を伝い落ちていった。その時だった。

「だーかーら！　俺は本当に伝言を持ってきただけなんですってば！」

突如《とつじょ》として廊下から聞こえてきた大声に、私とリアムは身体《からだ》をビクッと震《ふる》わせた。

なに今の？ 教会でこんな大声を聞くなんてめずらしい。しかもあの声、妙に聞き覚えがあるんだけど……いや、まさかね。あの人がこんなところにいるはずないし。

気を取り直し、改めて書類と向き合う。その耳に、今度は扉《とびら》をノックする音が聞こえた。

「失礼いたします、マティアスです。入室のご許可をいただけないでしょうか？」

「え!? マティアス!?」

私とリアムはギョッとして椅子《いす》から腰を浮《う》かせかけた。今まさに話題に上っていた相手が訪ねてくるなんて思わないもの。まさか私たちの話を盗《ぬす》み聞きしていたわけじゃないよね？

「ヴィオレッタ、どうする？ ここで居留守を使うのも、変に思われそうだけど」

リアムの意見はもっともだ。こういう時はいつも通りに接した方がいい。うなずく私を見てリアムが立ち上がり、部屋の扉を開ける。

マティアスに何を言われても冷静さを失っちゃダメよ、自分。ここは落ち着いて……と思ったのに、私の決意はあっさり覆《くつがえ》されてしまった。え、何このメンバー？

マティアスの後ろに騎士《きし》のユーゴが控えているのは、まだわかる。でも、その腕に拘束《こうそく》されているのは、やっぱりエリクよね？ なんでダミアンの部下の彼が教会にいるの？

唖然《あぜん》としている私やリアムと対照的に、エリクが私たちを見て顔をぱぁぁっと輝《かがや》かせる。

「ヴィオラ……じゃなくて、ヴィオレッタ様！ この人たち、ひどいんすよ！ ダミアンさんから緊急《きんきゅう》の伝言があるんで取り次いでくれって頼《たの》んでも、全然通してくれなくて」

「当たり前だ。ダミアンの部下を名乗っているとはいえ、先触《さきぶ》れもなく急に訪ねてきた男を、ヴィオレッタ様のもとに無条件でお通しできるはずないだろう？」

「わーかりましたって、騎士様！　ほら、この通り俺はおとなしくしてますから。いい加減、この腕をほどいてくださいよー」

エリクが情けない顔つきで、自分を拘束しているユーゴに頼む。しかしユーゴの方は厳しい表情を崩《くず》さず、一向に手を緩《ゆる》めようとしない。普段《ふだん》の穏《おだ》やかな彼とはえらい違いだ。

そういえば、仕事中にだけ見せる凜々《りり》しい姿とのギャップがたまらないって、前に公爵令《こうしやくれい》嬢《じよう》がユーゴを絶賛していたけど、こういうことか……じゃなくて！

「このエリクという男はダミアンの部下を名乗っていますが、本物でしょうか？」

思わず現実逃避《とうひ》しかけた私に、今度はマティアスが話しかけてきた。

「ええ。迷惑《めいわく》をかけて、ごめんなさい。彼はダミアンの部下で間違いないわ。それにしてもエリク、あなたがこんなところにまで来るなんて、いったい何があったの？」

「ちょっと、聞いてくださいよー！　今朝、救貧院の連中がレモンスカッシュ工場に来て作業を開始したんですけど、そうしたら、どえらいことになっちまいまして！」

「誰《だれ》か救貧院の人間が問題を起こしたのか？」

責任者として聞き捨てならなかったのか、マティアスが食いつく。

「いやぁ、その程度の問題ならよかったんすけど、現場はもっとヤバいことになっていやして。

なんせ市民が工場を囲んで一触即発《いっしょくそくはつ》。救貧院の奴《やつ》らばかり優遇《ゆうぐう》するなと、そりゃあすさまじい剣幕《けんまく》でまくし立ててるんすよ！」

「何それ!? 市民がなんでそんなことを」

「そんなの、俺が知るわけないっす。ただ、あれは暴れ出すまで時間の問題っすね」

なぜか胸を張るエリクの発言に、私は背筋が薄《うす》ら寒くなった。

前にレナルドとマティアスが話していたことを思い出す。救貧院のためにお金をかけすぎると、不満を感じた一般《いっぱん》市民が暴動を起こすかもしれないと彼らは予想していた。まさかそれに類する事態が今、工場の周りで起きつつあるの？ もしそうなら、こうしちゃいられない！

「ヴィオレッタ！ どこへ行くの!?」

部屋を飛び出した私を、リアムが慌《あわ》てて追いかけてくる。

「今から工場へ行くわ。最悪の事態を想定して、暴動に発展する前に市民を止めないと」

「そんな、危険すぎるよ！」

「それでも行かないと。だって、私はこの計画の責任者だもの」

リアムの制止を振《ふ》り切り、廊下《ろうか》を足早に駆《か》けて行く。そんな私の横に並ぶ人影《ひとかげ》があった。

「マティアス？ 悪いけど、私を止めても……」

「私も行きます。救貧院の責任者として、このような事態は看過できません」

「…………」

マティアスの本心がどこにあるのか、私にはわからない。それでも彼の同行を拒否《きょひ》するわけにはいかず、私は彼と並んで教会の正門に向かった。

✦✦✦　✦✦✦

少し古びた本の匂《にお》いは、この世で一番落ち着く香《かお》りかもしれない。

王立図書館の一角で教会関係の資料に目を通していたレナルドはページをめくる手を止め、本の香りを胸一杯《むねいっぱい》に吸い込んだ。離宮《りきゅう》へ追いやられたあの日から、こうして一人で図書館に籠《こ》もり本を読むことが日課になっていた。それが変わったのは、国王試験のあとからだ。

最初はあれほど嫌っていたはずなのに、気づけばヴィオレッタと一緒に図書館に来て情報交《こう》換《かん》をしたり、意見を交《か》わしたりすることが当たり前になっていた。

しかし、それすら今となっては過去のことだ。最近のレナルドは、教会へ行く必要のない日はこうして図書館で仕事をすることが多くなっていた。

昔に戻《もど》っただけのことだ。一人は気ままでいい。

一抹《いちまつ》の寂《さび》しさを紛《まぎ》らわせるように、自分にそう言い聞かせ、レナルドは再び仕事に戻ろうとした。その時、手元の本にふと影《かげ》が差した。

気になって顔を上げる。レナルドはうんざりした。いつ見てもうさんくさい笑《え》みを顔に貼《は》りつけた黒髪《くろかみ》の男――スヴェンがニコニコしながら、向かいの席に座ろうとしている。

「お疲《つか》れ様です、レナルド様。最近よくこちらにいらっしゃる姿をお見かけしますが、教会へ通われなくてよろしいのですか？」

「ああ、あちらにはヴィオレッタもリアムもいるから問題ないだろう」

「そうですか。お二人ともレナルド様がご一緒でなくて、寂しく思われていそうですが」

眼鏡の奥の瞳《ひとみ》が、すべてを見透《みす》かしたように笑っている。その様子にイラッとして、レナルドは読みかけの本を少し乱暴に閉じた。

「先生の方こそ、こんな昼間から図書館に来ていていいのですか？　ラルスの尋問《じんもん》も人身売買に関する調査も、まだ完了《かんりょう》にはほど遠いと聞いていますが」

「おや、これは手厳しい。ここだけの話、監獄《かんごく》にヴィオレッタ様をお連れしたあとから、ラルスにだんまりを決め込まれて困っているのです。ですが、もう一つの方は……」

スヴェンが周囲に目をやる。今までの彼のやり方からして、どうせここに来る時点で人払《ひとばら》いを済ませてきただろうに、用心深いことだ。

レナルドが冷めた目で見ていると、やがてスヴェンが小声でとんでもないことを告げてきた。

「人身売買の黒幕について、だいたいの目星がつきました。我々《われわれ》は教会――中でも、養護院と救貧院の責任者であるマティアス様が怪《あや》しいと疑っています」

「なっ……！」

心臓を冷たい手で鷲摑《わしづか》みにされたかのように心が凍《こお》りつく。レナルドの脳裏《のうり》をよぎったのは、明るく兄貴風《ふ》を吹かせていたマティアスの横顔だった。

いくら願ったところで、あのマティアスはもう帰ってこない。いい加減、現実を受け入れろ。

レナルドは苦い現実を吞《の》み込むようにゴクリと喉《のど》を鳴らし、スヴェンに向き合った。

「先生のことですから、人や組織を疑うからにはそれなりの根拠《こんきょ》をお持ちなのでしょう?」

「ええ。実は人身売買に遭《あ》った者たちの身元を調べていたところ、救貧院を脱走《だっそう》して路上生活に戻った少年少女だけでなく、養護院から養子に出された子どもたちも複数人、被害《ひがい》に遭っていたことが判明したのです」

「偶然《ぐうぜん》の可能性は?」

「そんなことが十件以上も続けば、さすがに必然を疑いますよ」

スヴェンの言いたいことはわかる。同じ情報に接したら、おそらく自分も同じ結論に達するだろう。しかし、それでもレナルドは彼の推測をすんなり受け入れられなかった。

最後まで抵抗《ていこう》して馬鹿《ばか》だと思う。それでもマティアスを信じたいと願ってしまうのは、離宮で親友として過ごした日々が自分の中でかけがえのない思い出となっているからだ。

「もし仮にマティアスが主犯であった場合、その動機はなんだと思いますか?」

「それはいろいろ考えられますよ。枢機卿《すうききょう》を辞任したあとの天下り先の確保や、人には言えない何かの資金調達。もしくは、何かしらの激しい感情の昇華《しょうか》など」

「失礼ですが、いずれもマティアスには似合わない動機のように感じられますね」

「そうでしょうか？　人とは環境《かんきょう》によって変わるものです。レナルド様と別れられたあと、マティアス様の身にはいろいろあったと伺《うかが》っています」

眼鏡の奥の瞳が探《さぐ》るようにレナルドを見下ろす。スヴェンはやはりすべてを知った上で、こちらの反応を窺《うかが》っているのだ。

こんな時、親友として即座《そくざ》に庇《かば》ってやりたいのに、言葉が出てこない。

マティアスが本当に変わってしまったと確証を得るのが恐《こわ》くて、今までずっと彼の過去と正面から向き合うことを避《さ》け続けてきた。しかし、それももう限界かもしれない。

もし本当にマティアスが事件の主犯であるとしたら、他人のスヴェンに手を出させはしない。彼を捕《と》らえるのは、親友である自分の役目だ。

レナルドが痛みと共に決意したまさにその時、図書館に駆け込んでくる青年がいた。一般の貴族ではない。王宮の従僕が纏《まと》う制服を着ている。

「おや、ここにはしばらく誰も近づかないようにと、お願いしていたはずですが」

スヴェンが眼鏡を持ち上げ、従僕を見る。従僕はその笑顔の下の不機嫌《ふきげん》さを悟《さと》り、一瞬《いっしゅん》ビクッと身体《からだ》を震《ふる》わせたが、それでも自分に与《あた》えられた使命を優先することにしたらしい。

「ご、ご歓談《かんだん》中に申し訳ございません！　リアム様から緊急《きんきゅう》のご伝言がございまして」

「リアムから？」

弟のリアムが早馬を飛ばすなんて、初めてのことだ。もっとも彼は今までずっと引き籠もっていたせいでそうする必要もなかっただけなのだが。なんだか嫌《いや》な予感がする。

「何があった？　伝言をここで言ってくれ」

「はっ！　レモンスカッシュ工場で、市民と救貧院の者たちが対立しているとのこと。暴動への発展を防ぐため、ヴィオレッタ様が現場に向かわれたそうです」

「……………」

あまりの話に、レナルドもスヴェンもすぐには反応できなかった。だが一拍《いっぱく》後、我に返ったレナルドは図書館を飛び出していた。

（ヴィオレッタ、あんたという奴《やつ》は……！）

何があったか、従僕の報告だけでは詳細《しょうさい》までわからない。それでも彼女のことだ。現場に向かった以上、すべてが平穏《へいおん》に片づくとは思えない。もし市民が救貧院の者たちに手を上げたとしたら、彼女は黙《だま》っていないだろう。

誰《だれ》かを守るためであれば、自分の身も顧《かえり》みずに無茶《むちゃ》をする。それがヴィオレッタという人間だ。しかし、そんな彼女のことは誰が守る？　自分以外にいないだろう。

ヴィオレッタとの関係が気まずいことなど、今はどうでもいい。彼女が傷つくかもしれないという恐怖《きょうふ》がレナルドをつき動かしていた。

第六章　ゲームと過去の交差地点

うっかり気を抜《ぬ》くと舌を噛《か》みそうな勢いで、馬車が石畳《いしだたみ》を全力疾走《しっそう》している。私は今マティアスとユーゴを従え、下町にあるレモンスカッシュ工場へ向かっていた。

ダミアンもナタンも、みんな無事だといいけど……。

「ヴィオレッタ様、ここで馬車をお降りください。これ以上近づくのは危険です」

単騎《たんき》で馬車の横を駆《か》けていたユーゴが御者《ぎょしゃ》に停止の合図を出し、扉《とびら》を開けた。騎士が危険と判断するなんて、どれだけ切羽詰《せっぱつ》まった状況《じょうきょう》なんだろう。

焦燥《しょうそう》を胸の奥に押し込め、ユーゴの手を取って馬車を降りる。工場の建設前から、ここへは何度も足を運んでいる。だから、多少の変化では驚《おどろ》かないつもりだった。それなのに……。

視界に飛び込んできた光景の異様さに、私は息を呑んだ。前世で見たデモとは全然違《ちが》う。百名近い男女が棍棒《こんぼう》や箒《ほうき》を持って工場の周りをぐるりと囲み、口々に何か叫《さけ》んでいる。

遠巻きに眺《なが》めている野次馬《やじうま》や警吏《けいり》たちがいても、誰も止める気はないらしい。工場を囲む群衆は何かきっかけさえあれば、すぐにでも襲《おそ》いかかりそうな雰囲気《ふんいき》だ。

「あちゃー。こりゃあ、さっきより状況が悪化してんな。ダミアンさん、無事すかね？」

私のあとを追ってきたエリクが頭をポリポリかきながらこぼした。

「ねぇエリク、ダミアンは今どこにいるの？　救貧院の子たちは？」

「工場に来た坊主《ぼうず》たちはまだ中にいるんじゃないすか？　この状況じゃ、誰も外に出られないでしょ。ダミアンさんの方は……あ、あそこ！　まだ無傷っぽいっすね」

エリクが指さしたのは、工場の入口付近だった。押し寄せた市民を中に入れまいと、ダミアンが部下たちを従え仁王立《におうだ》ちになって説得を続けている。

「みんな、落ち着けって！　いいか、考えてもみろよ。この工場を壊《こわ》したからって、何かいいことがあるのか？　せいぜいおまえたちの気が晴れるだけだろう？」

「そんなことはない！　俺たちは正義のためにやってるんだ！」

「正義？　せっかく人が造った工場を壊そうとすることの、どこがだよ？」

「救貧院の連中が俺たちよりいい仕事に就《つ》くなんて、許せるわけないだろう！」

「ダミアン、あんたも庇い立てするならタダじゃおかねぇぜ！　おい、救貧院の奴らを中から引きずり出せ！」

「待てよ！　この工場は、俺を信頼《しんらい》してくれた人から預かってるものなんだ！　その人がいいって言わない限り、中には一歩も入れさせねぇよ！」

市民から何を言われても、ダミアンたちは引かない。身体を張って工場を守る姿は、かつてないほど頼《たの》もしく思える。だけど、数の上では圧倒的《あっとう》に不利だ。

こうして押し問答を続けている間にも、市民たちは工場を囲む輪をじりじりと狭《せば》めつつある。

彼ら一人一人の力はたいしたことなくても、集団となった時の暴力性は無視できない。

「どうしよう……。救貧院の子たちだけでも、先に工場の裏口から逃《に》がせないかしら?」

「無理ですね。市民は工場の裏側まで回っているようです。今動くのは危険です」

「そんな!」

私はマティアスの顔を呆然《ぼうぜん》と見上げた。彼の言い分はわかる。だけど、もし今興奮した市民が中に突入《とつにゅう》したら……考えるだけでゾッとする。

裏口を使う以外に、何か助ける方法はないの? 今こそ知恵《ちえ》を絞《しぼ》るのよ!

必死で頭を回転させる。その耳に、パリンッとガラスの割れる音が聞こえた。

「この野郎《やろう》! 何しやがる⁉」

ダミアンが走って行って男を取り押さえる。どうやら棍棒で窓を割り、中に侵入《しんにゅう》しようとしたらしい。男の失敗を受け、工場を囲む群衆のブーイングが一段と激しくなる。

今ここで動かなかったら、きっと手遅《ておく》れになる。それは私の本能が告げた答えだった。

今世でこそ、後悔《こうかい》する生き方をしたくない。なら、やるしかないでしょう!

「マティアス、中にいる人たちの避難誘導《ひなんゆうどう》をお願い。裏口までの案内はエリク、頼むわ」

「ヴィオレッタ様? 先ほども申し上げましたが、工場は市民に囲まれていると」

「今はね。私が彼らの注意を引きつけるから、あなたたちは囲いを突破してちょうだい」

「…………」

マティアスが顔に「理解不能」と書いた表情で固まる。エリクも「マジかよ！」とこぼしたきり、絶句してしまった。そんな中、最初に反応したのは後ろに控《ひか》えていたユーゴだった。

「ヴィオレッタ様、どうかお考え直しください！　囮《おとり》になるなど、危険すぎます！」

「ごめんね、ユーゴ。あなたの仕事を増やして悪いけど、お願い！　これから少しの間、どうか護衛として私を守って！」

「……それは、ご命令ですか？」

「あなたがどうしても嫌だと言うのなら、拒否権《きよひ》は認めるわ」

明らかにユーゴが動揺《どうよう》する。彼は私と工場を囲む群衆を見比べ、やがてどこか悟ったような顔つきで肩《かた》の力をフッと抜いた。

「あなたのご命令を拒否できるはずございません。私はあなたに救われた身ですから」

「そんな義理堅《ぎりがた》く考えなくていいのに。でも、ありがとう！　助かるわ！」

よし、役割分担はできた。すぐにでも群衆の注意を引いて……と思ったその時、再びガラスの割れる音が辺りに響《ひび》いた。まずい！

「時間がないわ！　マティアスもエリクも行って！」

私は二人の背中を力いっぱい押した。救貧院を憎《にく》んでいるマティアスがナタンたちのことを本当に助けてくれるかどうか、不安がなかったわけじゃない。だけどこの状況下では、彼がバチストからナタンを庇《かば》った時のような一縷《いちる》の良心に賭《か》けるしかない。

「ヴィオレッタ様、あなたという方は……」

「あー、しょうがねぇ！　乗りかかった船だ！　枢機卿《すうききょう》の旦那《だんな》、ついてきてくれ！」

マティアスの発言はエリクの雄叫《おたけ》びにかき消された。彼もまた時間がないことを意識したのだろう。すぐにいつもの無表情で顔を覆《おお》い、エリクのあとについて行った。

マティアスは何を言おうとしたんだろう？　気になっても、今は考えている余裕《よゆう》がない。群衆は獲物《えもの》に襲いかかる兵隊アリのように、ダミアンたちとの距離《きょり》を詰めつつある。

辺りを見回すと、少し離《はな》れた場所に落とし物の箒が転がっているのが見えた。しかもおあつらえ向きに、近くのゴミ捨て場に使い古した鍋《なべ》まで転がっている。よし！

私は箒と鍋を拾うと、マティアスたちが工場の裏側に消えるのを待って大きく息を吸った。

鍋を箒で力任せにたたきながら全力で叫ぶ。

「みんな、静まりなさい！」

突然の闖入者《ちんにゅう》に面食《めんく》らったのか、群衆の半数近くが手を止め、こちらを向いた。

「お嬢《じょう》ちゃん！　来てくれたのか！」

ダミアンがぱぁぁーっと顔を輝《かがや》かせる。うん、私が来たからもう大丈夫《だいじょうぶ》……とまでは言い切れないけど、少しは安心して。自分にできることはするから！

私は持っていた箒と鍋を置くと、服の下に隠《かく》していたネックレスを引っ張り出した。今世で初めて街歩きをした日、スヴェンに持たされてからずっと身につけていたものだ。鎖《くさり》の先には、王族であることを示す薔薇《ばら》の紋章《もんしょう》が刻まれている。私はその紋章を高々と掲《かか》げ、叫んだ。

「ヴィオレッタ・ディル・グランドールの名において命じるわ！　今すぐ武器を置きなさい！」

なんか前世で観《み》た時代劇のワンシーンみたいだよね。やっていてちょっと恥《は》ずかしかったけど、耐《た》えた甲斐《かい》あって効果はてきめんだったらしい。

「ヴィオレッタ王女だと？　まさか本物か？」

「あのワガママ王女がなぜこんなところに？」

動揺の輪がザワザワと広がり、工場を囲んでいたほぼすべての人たちがこちらに注目する。中でも反応が顕著《けんちょ》だったのは、野次馬に交ざって事態を静観していた警吏たちだ。

「ヴィ、ヴィオレッタ様!?　王族の方がなぜこのような場所に」

「工場を市民が取り囲んでいると聞いて、どうしても見過ごせなかったの。なぜなら私は王族であると同時に、この工場の共同経営者でもあるのだから」

「えっ……」

私の発言を受け、辺りを包むざわめきがいっそう大きくなった。

「王女が工場を経営してるだと？　どういうことだ？」

「前に聞いたことがあるぞ。ヴィオレッタ王女は、自分が出資した瓶詰《びんづ》め工場に火を放ったことで国王から謹慎《きんしん》処分を言い渡《わた》されたって」

「え、でもその噂《うわさ》は嘘《うそ》で、犯人は別に捕《つか》まったんじゃなかったか？」

群衆が好き勝手に自分の知っている噂を言い合う。まぁ、私の評判はお世辞にも良いとは言えないからね。噂に尾《お》ひれがついて、情報が錯綜《さくそう》するのもわかるよ。

さっきまでとは別の意味で工場周辺が騒《さわ》がしくなったのを、私はちょっと遠い目で見守る。

そんな中「噂なんて、今はどうでもいいだろう！」と叫《さけ》ぶ声が聞こえた。

声の主は、さっきまでダミアンともみ合っていた男らしい。驚《おどろ》き戸惑《とまど》う人たちの中にあって、彼はあからさまに敵意の籠《こ》もった目で私をねめつけ、叫んだ。

「もしあんたが本当に王女だというのなら、俺は皆《みな》を代表して質問しなきゃならん。あんたは──いや、この国は真面目《まじめ》に働いている市民より、救貧院の連中を優遇《ゆうぐう》する気か⁉」

「おいっ、おまえ！　口が過ぎるぞ！」

警吏《けいり》が慌《あわ》てて男を拘束《こうそく》しようとする。しかし、彼は止まらなかった。

「怠《なま》けていたせいで救貧院に入った連中にいい仕事を与《あた》えるなんて、おかしいだろう⁉　あんたは一般《いっぱん》市民に相手にされないから、救貧院相手にいい顔をしたいだけだ！　そうだろう⁉」

男の顔は怒《いか》りで真っ赤に染まっていても、その絶叫《ぜっきょう》はどこか悲痛な響きを帯びている。彼にも何かつらいことがあるのかもしれない。

「ヴィオレッタ様」

後ろに控えているユーゴが私の行動を先読みして、制止の声を上げる。私は心の中で「ごめん」と謝った。

身の安全を第一に考えるのであれば、ここは引いた方がいい。だけど、この工場の責任者の一人として——何よりこの国の王女として、逃げちゃいけない時がある。それが今だ。

私は覚悟《かくご》を決め、男に向かって話しかけた。

「あなたは誤解をしているわ。私は別に救貧院を優遇しているわけじゃないの」

「そんなわけないだろう！　俺はごまかされねぇぞ！」

「信じるかどうかはあなたの自由よ。ただ、私の考えを理解してもらうためには……そうね。あなた、今仕事はしているの？」

「……は？　俺は煙突掃除《えんとつそうじ》の仕事をしているが、それがどうした？」

男が顔をしかめ、吐《は》き捨てる。私は「そう」とうなずき、続けた。

「今は仕事があるようだけど、永遠にその仕事を続けられる保証はないわ。もし将来、怪我《けが》をしたり肺を患《わずら》ったりして働けなくなったら、あなたはどうするつもり？」

「……そりゃまぁ、野垂れ死ぬしか」

「そんな悲しい最期《さいご》は迎《むか》えさせないわ。そのために私はこの工場を作ったのだから」

「…………？」

男だけじゃない。皆の不可解そうな視線が集まる中、私は再び声を張り上げた。

「どんな人にだって怪我や病気が原因で職を失ったり、突然の解雇《かいこ》で路頭に迷ったりする未来はあり得るわ。そんな時、困っている人たちに衣食住を提供し、働ける人には工場での仕事を与えることで、自立への道を示す。それが、これからの救貧院という場所よ」

救貧院に対して責任を取ると宣言した以上、もう逃《に》げはしない。救貧院に入った人たちが自活できるようになるまで、私はとことんこの問題と向き合うつもりだ。

「もし今後あなた方の身に不幸が生じた場合、私は必ず手を差し伸《の》べるわ」

「……本当か？　俺のような平民でも、本当に助けてもらえるのか？」

半信半疑だった男の目つきは、いつしかすがるような眼差《まなざ》しに変わっていた。私はその視線を正面から受け止め、きっぱりうなずいた。

「約束するわ。私はあなたを――この国の民《たみ》を決して見捨てない」

「………………」

男の手から棍棒《こんぼう》がすべり落ちた。その目元にじわりと熱い涙《なみだ》が浮《う》かぶ。

辺りを見回すと、男と同じように持っていた武器や箒《ほうき》を地面に置き、呆《ほう》けた様子でこちらを眺《なが》めている人の数が増えていた。だが、それが全員ではない。

「ちょいと、みんな！　騙《だま》されるんじゃないよ！」

男に代わって、群衆に呼びかける女性が現れた。

「今まで王侯《おうこう》貴族が私たちに何をしてくれた⁉　いつも甘い言葉を吐くばかりで、私たち平民のためになったことなんて一つでもあったかい⁉」

「そうだ、思い出せ！　この女は俺たちの納めた税金で贅沢《ぜいたく》の限りを尽《つ》くしてきたんだぞ！　そんな奴《やつ》の言葉が信じられるか！　この場限りの嘘に違《ちが》いねぇ！」

「王女も工場もいらない！　すべて壊《こわ》せ！」

まずい。せっかく落ち着いてきた雰囲気《ふんいき》が再び熱を帯びてきた。群衆の一人がそばに落ちていた石を拾い、腕《うで》を振《ふ》り上げる。危ない！

とっさに腕をクロスさせて顔を守る。しかし、石が私に当たることはなかった。

不思議に感じて腕を解く。私の視界を満たしたのは、ユーゴの広い背中だった。

「この方に危害を加えることは許しません！　この方ほど公明正大で責任感の強い人を私は知りません。あなた方は一時の感情で、自分たちに与《くみ》してくれる希有《けう》な王族を失うところだったのですよ？　わかっていますか？」

「俺も騎士《きし》の兄ちゃんに賛成するぜ」

低い朗々とした声がユーゴに加勢する。ダミアンだ。彼は群衆から目を離さぬまま、私の方に向かってゆっくり歩いてきた。

「このお嬢ちゃんはな、ここに工場を建てる前にも、瓶詰め工場や石鹸《せっけん》工場を造ることで王都の雇用を増やしてくれたんだ。何も救貧院だけをひいきしてるわけじゃねぇ。俺にとっての魔《ま》王《おう》……じゃなくて、民のために生きる王女様を傷つけることは、俺が許さねぇ！」

「ダミアン……」

なんか途中《とちゅう》で変な単語が聞こえたけど、聞かなかったことにしてあげる。ダミアンがユーゴと並んで私を守るように、群衆との間に立ちふさがる。そこへ若い女性の声が加わった。

「騎士の方とダミアンさんの言う通りです！　私もお姉様を失うわけにはいきません！」

「え⁉　アナリー⁉」

驚いて声のした方を向くと、そこにはパンパンに膨《ふく》れたカバンを持つアナリーがいた。

「工場で暴動が起きたと聞き、怪我人が出た場合に備えて駆《か》けつけました」

ああ、そのカバンの中身は医療《いりょう》器具なのね。そういえば、アナリーは前に瓶詰め工場が火事に遭《あ》った日も誰《だれ》よりも早く現場に駆けつけ、負傷者の治療に当たってくれていた。

アナリーは私に向かって微笑《ほほえ》むと、今度は驚くほど厳しい表情になって群衆に対峙《たいじ》した。

「すでに噂でご存知の方もいるかもしれませんが、私は光の力に覚醒《かくせい》したことで次代の光の乙《おと》女《め》に選ばれました。それもすべてお姉様を支え、お守りしたかったからです」

「ちょっ！　アナリー！」

彼女が光の乙女に内定したことは、まだ公表されていない。なのに、こんな場所で突然《とつぜん》カミングアウトしちゃって大丈夫《だいじょうぶ》だろうか？　私は心配したけど、すべて杞憂《きゆう》だったらしい。

「光の乙女って、あの治療院の聖女様のことだよな？　なんでワガママ王女を庇《かば》うんだ？」

「まさか聖女様は本気で王女を慕《した》って……」

「信じがたい話だが、聖女様がそう言うんなら、本当なんじゃないのか？」

アナリーの一言で、今まで反抗的《はんこう》だった人々の間にも動揺《どうよう》が広がり、むき出しの敵意が徐々《じょじょ》に和《やわ》らいでいく。その変化に私は圧倒《あっとう》されていた。すごい……。

光の乙女は、王と共にこのグランドール王国を支える重要な柱だ。そう頭でわかっていても、前世が日本人で信仰と縁遠《えんどお》かった私には、その事実がいまいちピンときていなかった。

それが今、乙女の持つ影響力《えいきょう》の強さを肌《はだ》で感じている。アナリーに向けられた群衆の眼差しは、まぶしいものを前にしたような憧《あこが》れと期待に満ちている。

アナリー自身は自分のすごさに気づいていないのだろう。いくら熱い視線を向けられても、「お姉様の素晴《すば》らしさを理解してもらえたのなら、嬉《うれ》しいです」なんて言っている。

「聖女様は、この工場をどうするのがいいとお考えですか？」

「ぜひお考えをお聞かせください！　我々《われわれ》はあなたのご意思に従います」

「お姉様……」

群衆からの問いかけに、アナリーが困って私の方を向く。私も一緒《いっしょ》になって迷った。

ここはどうするのが正解だろう？

アナリーに頼《たの》んで、「この工場では救貧院の人たちを雇《やと》う」と宣言してもらうことは簡単だ。しかし、それではきっとみんな心から納得《なっとく》しない。この場はアナリーの顔を立てて引き下がったとしても、根本的な問題が解決しないいままでは、いずれまた暴動の生じる危険性が残る。

今後のことまで考えるなら……仕方ない。本当はレモンスカッシュ工場の生産が軌道《きどう》に乗ってから進めるつもりだったけど、ここは手持ちのカードを一枚切るか。

私は覚悟を決め、アナリーの隣《となり》に並んだ。声を張り上げて、集まった群衆に語りかける。

「このレモンスカッシュ工場では当面の間、救貧院の人たちのみ雇うつもりでいるわ。だけど、もし職を失い、明日《あした》の暮らしにも困ってここへ来ている人たちがいるとしたら、条件は同じね。私はそういった人たちを雇うため、工場の増設をここに誓《ちか》うわ！」

「お嬢《じょう》ちゃん！　ついに肉類に特化した瓶詰《びんづ》め工場を造る気になったのか？」

ダミアンが小声で話しかけてくる。私もつられて小声になりながら「ええ」と答えた。

「この計画は、本当はレモンスカッシュ工場の生産が安定してから提案するつもりだったんだけど……ただでさえ忙《いそが》しいあなたをこき使う形になっちゃって、ごめんなさい」

「お嬢ちゃんのそういう魔王っぽいところは、もうあきらめて……あー、いやまぁ、せっかく造ったレモンスカッシュ工場を壊されるより何倍もいい。その話、乗ったぜ！」

ダミアンがニカッと歯を見せて笑い、改めて群衆に向き合う。

「王女様のお墨付《すみつ》きなら、話が早いな。今後、うちの工場で働きたい奴らはこっちに並びな！　早速《さっそく》、受付を開始するぜ！」

「本当か？　俺のことも、本当に雇ってもらえるのか？」

「ま、最終的な判断は面接の結果次第《しだい》だがな。少なくともあんたは今、うちの工場で働くチャンスを手に入れたわけだ。王女様に感謝しなよ」

「ありがてぇ！　これでうちの子に飯を食わせてやれる！」

「待てよ！　俺も工場で働かせてくれ！」

「はいはい、押すなって。順番を守ることは、工場で働く上でも大切だからな。みんな、そこんとこ覚えておけよ！」

　ダミアンの部下たちも集まって、皆《みな》で列の整理と受付を始める。その様子を嬉しそうに見守っていたアナリーは群衆からの「聖女様」コールに応《こた》え、彼らの方に歩いて行った。

　とりあえず危機は乗り切った、と考えていいんだよね？　よ、よかったぁ……！

　ホッとした瞬間《しゅんかん》、今まで全身にみなぎっていた力が一気に抜《ぬ》けて、ヘナヘナと座り込みそうになる。その腕を横から引き上げられた。

「まだ人の目がございます。最後まで王女らしさを失わないでください」

「マティアス、あなた……！」

　いつの間に戻《もど》ってきたのだろう。いつもと同じ無表情を顔に貼《は》りつけたマティアスが、すぐ隣に立っていた。彼と一緒に行ったエリクは……あ、ダミアンのところに戻ってる。

「ねぇマティアス、首尾《しゅび》はどう？　みんな無事に脱出《だっしゅつ》できたの？」

「あなたが群衆の注意を引きつけてくださったおかげで、私たちは裏口から工場に入ることができました。救貧院の者たちは、先ほどジャンの引率《いんそつ》で教会への帰路に就《つ》きました」

「そう、よかったぁ……」

安堵《あんど》の吐息《といき》と共に、再び全身の力が抜けていく。膝《ひざ》に手をついた私をマティアスが呆《あき》れたように見下ろす。その唇《くちびる》から小さなため息がこぼれた。

「あなたという方は、まったく……。救貧院の者たちを救出したあと、遠巻きに様子を観察していましたが、あなたは仮にも王女でありながら、なぜあのような無茶《むちゃ》をなさったのです？」

「だって、約束したでしょう？　私は救貧院の人たちを見捨てないって」

やり遂《と》げた気分になって、ニッと笑いかける。その瞬間、マティアスはなぜか衝撃《しょうげき》を受けた様子で沈黙《ちんもく》してしまった。

ちょっと待って！　いつも無表情を貫《つらぬ》いている彼がこんなに露骨《ろこつ》に態度に出すなんて、どういうこと？　私の今の言動、そこまでヤバかったの？

原因がわからなくて焦《あせ》る。その耳に、マティアスのかすれたうめき声が届いた。

「あなたは私が考えていたよりずっと……いいえ、想像を絶するほどのお人好《ひとよ》しですね」

「……はい？」

なに、その言い方？　褒《ほ》め言葉には聞こえないんだけど。

ムッとしてにらむと、マティアスは額に手を当て、ひどく疲《つか》れた様子で首を横に振《ふ》った。

「あなたのような人がなぜ存在するのです？　もっと早くに出会えていたら、私は……」

急にどうしたのだろう？　後半は声がかすれてよく聞こえなかったけど、マティアスお得意の嫌《いや》みではなさそうだ。それどころか、目を伏《ふ》せてもの悲しそうに語る彼の言葉はまるで初めてさらされた本音のように思えた。

「ねぇマティアス、あなたが今言ったことって……」

直接意味を尋《たず》ねようとする。しかし、私は彼の答えを聞く前にハッとして口を閉じた。

「レナルド様？」

気づいたマティアスも振り返る。ここまで単騎《たんき》で駆《か》けてきたのだろう、額にうっすら汗《あせ》を浮《う》かべて息を切らしたレナルドが、馬を引きながら私たちの前まで来た。

「レナルド！　どうしてあなたがここに？」

「……俺が来てはいけなかったか？」

レナルドがぽつりとこぼすように問い返す。私は驚《おどろ》いてその顔を凝視《ぎょうし》した。

なぜだろう？　レナルドは別に泣いているわけじゃない。それどころか眉間《みけん》にうっすら皺《しわ》を寄せた顔は怒《おこ》っているようにすら見えるのに、その纏《まと》う空気はひどく悲しげに感じられた。

「ダミアンや救貧院の人たちを心配して、王宮から駆けつけてくれたの？　ありがとう。でももう大丈夫よ。みんなのおかげで暴動は未然に防げたから」

「そうか。それはよかった」

レナルドが淡々《たんたん》と答える。その表情はどう見たって、よかったという風ではない。

本当にどうしたんだろう？　みんな無事だと知ったら、喜んでもらえると思ったのに。

私はいつもと違《ちが》うレナルドの様子に得も言われぬ息苦しさを覚え、今にも逃《に》げ出したいような、泣きたいような、不思議な衝動《しょうどう》に襲《おそ》われた。

教会へ戻る馬車の中、レナルドと向かい合って座る。

マティアスはいない。彼は光の乙女の代替《だいが》わりに当たって、アナリーに話しておきたいことがあったらしい。アナリーと一緒に残ると言った彼に、レナルドが自分の乗ってきた馬を貸したことで、代わりに彼が私と一緒の馬車で教会まで帰ることになった。

ゆっくり走る馬車の中は石畳《いしだたみ》を爆走《ばくそう》してきた行きと違って、お尻《しり》に優《やさ》しく快適な空間になっている。それなのにこの場を満たす空気はひたすら重い。レナルドが窓の外を向いたまま何も話してくれないせいだ。

さっきは怒らせた原因をとっさに思いつけなかったけど、よく考えてみれば、王族が興奮している群衆の前に飛び出した時点でアウトだったかもしれない。

前に老齢《ろうれい》の貴族から身を挺《てい》して女の子を庇《かば》った時もめちゃくちゃ叱《しか》られたのに、どれだけ学習能力がないのかって話だ。そりゃあ、呆れもするよね。

レナルドとはラルスの一件以来、ずっとギクシャクしていて気まずい。だけど、ダメだった点はきちんと反省して謝っておかないと、ますます見放されてしまう。

そう考えた私は、馬車の中で精一杯《せいいっぱい》背筋を伸《の》ばしてレナルドに頭を下げた。

「今日はみんなのおかげで暴動を未然に防ぐことができたけど、その前に私が独断で動いたせいで、あなたにも迷惑《めいわく》をかけたわ。ごめんなさい！」

「……別に、私はなんとも思っていない。君は君の仕事をしただけだろう？」

「そうだけど……！」

本当になんとも思っていないなら、どうしてそんな物憂《ものう》げな表情をしたままなのよ？　なんで昔みたいに一人称《いちにんしょう》が「私」に戻っているの？

なんだか気軽に尋《たず》ねられない雰囲気《ふんいき》に、荒《あら》ぶる感情を持て余して唇を噛《か》みしめる。レナルドはそんな私の方をちらと見遣《みや》り、どこか疲れた様子で口を開いた。

「今日、私はあの場に居合わせて実感したよ。ヴィオレッタ、やはり君は王になるべきだ」

「…………はい？」

レナルドは何を考えているんだろう？　さっきの私の行動は、どう考えたってやらかし案件だ。色眼鏡を何重にもかけたところで、私が王にふさわしいって結論になるはずがない。

戸惑《とまど》う私の視線を受け、レナルドの顔に苦しくも切なげな表情が浮かぶ。

「私が現場に駆けつけた時、君は敵対している群衆に語りかけているところだった。そんな君の周りにはダミアンやアナリーまでそろっていて、みんなして必死に君を守ろうとしていた」

「いや、あれは私を守るっていうより、みんなで群衆を説得しようとしていただけで」

「君はそう思ったのかもしれないが、私はあの時、確かに感じたんだ。光の乙女《おとめ》と民衆を従えこの国を興《おこ》した初代国王とは、君のような人だったのではないかと」

「待って！　いくらなんでも美化しすぎよ！　私はただのしがない」

経営コンサルタントなんだから——と続く言葉を私は呑《の》み込んだ。

レナルドに前世の話をできないことだけが原因じゃない。今の彼には、なんとなく私の言葉が届かない気がしたんだ。

私たち、どうしてこんな風になっちゃったんだろう？

瓶《びん》詰め工場の設立や教会での仕事を経《へ》て、レナルドとは信頼《しんらい》し合える仲間になれたと思っていた。その関係を最初に崩《くず》したのは私だ。これからも彼に前世の記憶《きおく》やラルスの正体を打ち明けるつもりはない。だけど、このままだと彼が遠くに行ってしまいそうで……。

どうしよう、と泣きそうになった。その耳に、レナルドの乾《かわ》いたつぶやきが聞こえた。

「君に私は必要ないな」

「え……」

はじかれたように顔を上げる。レナルドがひどく悲しげな様子で私を見つめていた。

「ヴィオレッタ、君は強い。アナリーやダミアンのような仲間にも恵《めぐ》まれている。そんな中、私のように信用できない者が近くにいては、君の足枷《あしかせ》になるだけだ」

「そんな……！」

私は声もなくレナルドを見つめた。まさか本気でそんな風に思っているの？

私は前世を思い出したあとから少しずつレナルドと仲良くなれて嬉《うれ》しかったし、一緒《いっしょ》にいられて心強かった。それなのに……！

「ヴィオレッタ、あんた……！」

レナルドが慌《あわ》てた様子で座席から腰《こし》を浮かせかける。今度は急にどうしたんだろう？

不思議に感じてレナルドを見上げる。ふとその視界がぼやけているのに気づいた。……あ。もしかして私、泣いてるの？

「すまない。あんたにそんな顔をさせたかったわけじゃないんだ」

レナルドが隣《となり》に移動してくる。ふと触《ふ》れたその腕《うで》を、私はとっさに抱《だ》きしめた。

「ヴィオレッタ？」

「……行かないで」

「え……」

「お願い、レナルド！　どこにも行かないで！　私にはあなたが必要なのよ！」

レナルドが緑の双眸《そうぼう》を限界まで大きく見開く。

もう子どもじゃないのに、こんなワガママを言うなんてみっともないと自分でも思う。だけど口にしたら最後、ずっと我慢《がまん》してきた思いがあふれ出して止まらなかった。

「この一ヶ月間、あなたが隣にいなくて、すごく寂《さび》しかったの！　仕事の悩《なや》みだけじゃなくて、ちょっとした日常のことでも、話したいことがたくさんあったのに……」

「……俺がいなくても、リアムがいただろう？」

「もちろん、リアムとはいろんな話をしたわ。だけどね、リアムにはリアムの良さがあるように、あなたの代わりはあなたしかいないのよ！」

レナルドとの関係がギクシャクしてからというもの、私はことあるごとに彼のすごさを骨身にしみて感じてきた。彼は私の仕事がスムーズに進むよう、いつも細かい点まで気遣《きづか》いながら根回しをしてくれていたんだ。

ううん、それだけじゃない。どんなに大変な案件を抱《かか》えていた時でも、レナルドとリアムが一緒にいてくれたおかげで、私はめげずに頑張《がんば》れた。

そのせいで、いつの間にか贅沢《ぜいたく》になっていたんだ。自分が破滅《はめつ》の悪役王女だということも忘れ、この穏《おだ》やかで充実《じゅうじつ》した日々がいつまでも続きますようにと願ってしまうほどに。

この想《おも》いを言葉でどう伝えたらいいかわからなくて、レナルドの腕を強く抱きしめる。その耳に、クスッと笑う声が聞こえた。

「え？　レナルド……？」

ビックリして顔を上げる。私は息を呑んだ。レナルドがもう片方の手を肩《かた》の辺りまで上げながら、どこか吹《ふ》っ切れた表情で苦笑《くしょう》している。

「降参だ。俺の負けだよ、ヴィオレッタ」

「え、負けって……？」

「あんたさえ嫌《いや》じゃなければ、これからも俺をそばに置いてくれ」

何が起きたのか一瞬《いっしゅん》わからなくて、パチパチと瞬《まばた》きを繰《く》り返す。

「答えがないってことは、やっぱり俺は必要ないのか？」

「そ、そんなわけないでしょ！　必要に決まってるわ！」

前言撤回《てっかい》されてはたまらない。レナルドの腕を力いっぱい抱きしめて真剣《しんけん》に訴《うった》える。彼はそんな私を見下ろし、なぜかこらえきれないというように肩を震《ふる》わせた。

「ちょっ！　何がおかしいのよ⁉」

「悪い。あんた、仕事の時は堂々としていて凛々《りり》しいのに、二人きりの時には意外と泣き虫で寂しがり屋になるんだな。そう思ったら、じわじわとこみ上げてくるものがあって」

「そ、それは……！」

今さらながら、頬《ほお》にカーッと血が上る。さっきまでは無我夢中で、自分を客観的に見る余裕《よゆう》がなかった。だけど冷静になって考えたら、さっきまでのあれは完全な黒歴史案件だ。恋人《こいびと》でもないレナルドの腕にすがって、泣きながら引き留めるなんて……あぁぁー！

自覚した途端《とたん》、猛烈《もうれつ》に恥《は》ずかしくなって、私はレナルドの腕を放した。できることならダッシュで逃《に》げたいところだけど、ここは残念ながら馬車の中。横を向き、必死で羞恥心《しゅうちしん》に耐《た》える。

その耳をクスクスと笑う声がくすぐった。ああ、もう……！

キュッと縮こまる私の頭に、レナルドがポンと手を置いた。

「あの、レナルド……？」

「一つ秘密ができたな」

「え？」

「泣き虫で寂しがり屋なあんたは、俺の前だけで見せればいい」

「そ、そりゃあ、こんな恥ずかしい姿、あなた以外の人に見せられないわよ！」

「……うん、そうだな」

レナルドが私の頭から手を離《はな》して横を向く。今度はどうしたんだろう？　なんだかレナルドの耳、赤くなってない？　何かまた余計なことを言って、怒《おこ》らせちゃったのだろうか？

心配になって、顔を覗《のぞ》き込む。そうしたら、思い切り頬をつねられた。

「痛っ！　急に何するのよ⁉」

「……あんたが悪い」

もう、なんでよ⁉　レナルドの真意はさっぱりわからない。だけど、まぁいいか。

前と同じように話せたことが嬉しくて、私は締《し》まりのない顔でフフッと笑ってしまった。それを見たレナルドが目を見開き、今度は顔を手で覆《おお》いながらため息をこぼす。

「今まで悩んでいた自分が、まるで馬鹿《ばか》みたいだな」

「え、どういうこと？」

「あんたは何があってもあんただってことを忘れていたって話だ」

本当にどういう意味だろう？　思わず首をかしげた私を見て、レナルドが微笑《ほほえ》む。

「あんたのすべてを知らなくてもいい。たとえあんたが何か秘密を抱えていたとしても、もう俺の心は変わらない。ずっとそばにいるよ」

「本当!?　レナルド、ありがとう！」

ずっと言えない秘密があって、悩んでいた。その秘密ごと、ありのままの自分を受け入れてもらえたようで、息が止まりそうなほど嬉しい。

「ほら、あんたはまた泣いて……まぁ俺だけしか見てないから、いいか」

思わず涙《なみだ》ぐんだ私の頭をレナルドがそっとなでる。その手つきがあまりにも優《やさ》しいせいで、心が甘くうずく。何か言いたいのに、言葉にしたら一緒に涙までこぼれてしまいそうで……黙《だま》って身を寄せる私のことを、レナルドは教会に着くまでずっと離さずにいてくれた。


「ヴィオレッタ、無事だったんだね！」

大聖堂の前で馬車を降りた途端、今にも泣きそうな顔をしたリアムが駆《か》け寄ってきた。

「心配かけて、ごめんなさい。でも、もう大丈夫《だいじょうぶ》よ。工場を囲んでいた市民は暴動に発展することなく、工場の在り方に納得《なっとく》した上で解散してくれたわ」

「本当？　よかったぁ……。それでヴィオレッタも兄さんも嬉しそうにしてるんだね」

「へ？」

私は反射的に頬を手で押さえた。レナルドと仲直りできたことが嬉しくて、ついにやけていたらしい。恥ずかしい……！

レナルドの様子が気になって、横目で窺《うかが》う。私は思わず目をこすった。え、なんで？

てっきり私と同じように照れているかと思いきや、レナルドは妙《みょう》に厳しい顔つきになって、大聖堂の前に集まった騎士《きし》や聖職者たちを見ている。

「あの、レナルド？　急に恐《こわ》い顔をして、どうしたの？」

「和《なご》んでいるところ悪いが、二人ともついて来てくれないか？　話しておきたいことがある」

教会の関係者がいる前では話しづらい内容なのだろうか。緊張《きんちょう》して、リアムと顔を見合わせる。その時、戸惑《とまど》う私たちの前に人影《ひとかげ》が立ちふさがった。

一見、聖職者のように穏やかな風貌《ふうぼう》をしていても、その輝《かがや》く笑顔《えがお》と黒ずくめの衣装《いしょう》は明らかにこの場から浮《う》いている。大聖堂の奥から現れたのは、王宮にいるはずのスヴェンだった。

「先生、どうしてこちらに？」

「リアム様のご報告を受けた私が、あなたの御身《おんみ》を心配してはいけなかったでしょうか？」

いや、別に悪くないよ。ただ、急に現れるんだもの。ビックリした。

動揺《どうよう》する私を見下ろし、スヴェンがクスッと笑う。次の瞬間、その姿が視界から消えた。

「せ、先生？」

いったいなんのつもりだろう？　スヴェンが目の前でひざまずく。彼は驚《おどろ》いている私の手を取り、その甲《こう》に恭《うやうや》しく口づけを落とした。

「ヴィオレッタ様のご無事の帰還《きかん》を心より喜ばしく思います」

「スヴェン!?　なんのつもりだ!?」

レナルドが苦々しげに叫《さけ》び、真っ赤になったリアムが「あわわ」と顔を手で覆う。私も一瞬、呼吸が止まりかけた。しかし、すぐに頭が冷えるのを感じる。今、手の中に何か握《にぎ》らされた？

「レナルド様もリアム様も、いかがなさいましたか？　お望みとあらば、お二方にもヴィオレッタ様と同じ挨拶《あいさつ》をさせていただきますが」

立ち上がったスヴェンがレナルドとリアムに笑顔で迫《せま》って、心底嫌がられている。その場にいた全員が彼らの方に注目した。その隙《すき》に私は三人から離れ、手の中に視線を落とした。

やっぱりメモだ。何か書かれている。……これって！

『例の事件に、養護院と救貧院の責任者であるマティアスが関与《かんよ》している可能性アリ』

私はメモを握りしめた。心臓が激しく脈打ち、呼吸が一気に荒《あら》くなった気がする。

私とリアムは、教会の帳簿《ちょうぼ》を見ていて発見した内容をスヴェンとまだ共有していない。それにもかかわらず、別ルートで調査を進めていた彼が私たちと同じ結論に辿《たど》り着くなんて……。

「そうです、ヴィオレッタ様！　せっかくこうして教会へ参ったことですし、あなたがいつもお話しになっている救貧院を私にも見学させていただけませんか？」

スヴェンがいつもの何倍も明るい様子で話しかけてくる。私はハッとした。マティアスはまだ工場から戻《もど》っていない。彼が不在の間に、スヴェンは救貧院の家宅捜査《そうさ》をするつもりなんだ。

「失礼ですが、救貧院のご見学でしたら、マティアス様のお帰りをお待ちすべきだと思います」

急な無茶《むちゃ》振《ぶ》りに驚いている聖職者や騎士たちを代表して、ユーゴがスヴェンを諫《いさ》めた。彼の意見は正しい。だけど、それじゃあ間に合わないのよ。

「悪いけどユーゴ、ご多忙《たぼう》な先生にマティアスを待っている余裕はないわ。彼にはあとで私から説明しておくから、お願い。今日だけは私に先生を案内させてもらえないかしら？」

めずらしくごねる私に、ユーゴが目を瞠《みは》る。聡《さと》い彼は、それだけで何か事情があると察してくれたらしい。

「かしこまりました。では、私も救貧院までお供させていただいてよろしいでしょうか？」

「ええ、お願いするわ」

スヴェンの方を見ると「よくできました」と褒《ほ》めるようににっこり笑ってくれた。

レナルドは工場に来る前にスヴェンから調査の結果を聞いていたのだろう。私の提案に反対することなく、神妙な顔つきでリアムと一緒《いっしょ》にあとをついてきた。

救貧院はもとから楽しい場所でないにしても、行くのにここまで気が進まないのは初めてだ。

重たい足を動かしながら進むうちに、いつまで経《た》っても慣れない臭気《しゅうき》が鼻をつく。救貧院の人たちは今、仕事で外に出ている頃《ころ》だが……え？　私は目を疑った。

救貧院の前に人だかりができている。その中心にジャンがいた。彼はナタンたちを連れて先に工場から帰ってきたはずだ。聖職者たち相手に、その報告をしているのだろうか。

気になって遠巻きに様子を窺っていると、視線に気づいた聖職者と騎士たちが驚いた様子で振り返り、一斉《いっせい》にひざまずこうとした。レナルドがその動きを手で制し、さっと前に出る。

「挨拶はいらない。それより何事だ？　皆《みな》で集まってなんの話をしている？」

「レナルド様、それが……」

皆がなんとも言えない表情で視線を交《か》わす。その様子はどう見ても普通《ふつう》じゃない。嫌《いや》な予感に胸がざわついた、その時、ジャンが目の前に飛び出してきた。

「聞いてください、ヴィオレッタ様！　工場からの帰り道、救貧院の連中を連れて歩いていたところ、見知らぬ男たちに突然襲《とつぜんおそ》われたんです！」

「なんですって!?」

ジャンが証拠《しょうこ》と言わんばかりに、袖《そで》をまくって赤く腫《は》れ上がった腕《うで》を見せてくる。私は全身からサーッと音を立てて血の気が引いていくのを感じた。

「一緒にいたナタンたちはどうしたの？　みんなも無事に帰ってこられたのよね？」

「すみません。俺も逃《に》げるのに必死で……」

スヴェンたちの顔色がさっと変わる。きっと私と同じことを考えたのだろう。ナタンたちを襲ったのは工場の一件で彼らを逆恨《さかうら》みした市民か、それとも……マティアスの手の者か。

もし彼が人身売買に手を染めているとしたら、ナタンたちが教会の外へ出る機会をずっと待っていたのかもしれない。計画的な犯行だ。でも、あのマティアスが本当にそんなことを？

「すぐに捜索《そうさく》の手はずを整えましょう。襲撃《しゅうげき》からまだそれほど時間が経過していないのであれば、すぐに見つけられるかもしれません」

「先生、それならダミアンの手を借りましょう。奴《やつ》は下町の地理や噂《うわさ》に詳《くわ》しい」

「僕も、兄さんの意見に賛成です。もしよければ、その、早馬の手配をしてきます」

スヴェンにレナルド、そしてリアムの三人が、それぞれに目的を持って動き出す。その時、ジャリ、と小石交じりの道を踏《ふ》みしめる音が背後で上がった。

「皆様、捜索の必要はございません」

「え……」

私は心臓が止まるかと思った。なんと私たちに声をかけてきたのはマティアスだったのだ。しかも彼の後ろにはアナリーと、襲撃されたはずのナタンたちまで勢ぞろいしている。

「みんな、無事だったのね！」

「はい。これも、ヴィオレッタ様とマティアス様にいただいた祝福のおかげです」

仲間を代表してナタンが答える。どういう意味だろう？　私にはアナリーのような力なんてない。それにマティアスがナタンたちを誘拐《ゆうかい》しようとしたのであれば、なぜ彼にお礼を言うの？

その場にいた誰《だれ》もが、私と同じようにナタンの発言の意図を理解できずにいるようだった。たった一人、驚愕《きょうがく》の表情で凍《こお》りついたジャンを除いて。

「おまえたち、なんで……」

「ジャンには脱走《だっそう》の手配をしてもらったのに、ごめん。やっぱり僕らは、僕らを一人の人間として尊重してくださるヴィオレッタ様やマティアス様の下で働きたいと思ったんだ」

ん、どういうこと？　またもや発言の意味が汲《く》み取れずに、ジャンとナタンを見比べる。

ジャンがハッとした様子で顔に愛想《あいそ》笑いを浮かべた。

「いやぁ、ナタンの奴、何を言ってるんですかね？　襲われた時に頭を殴《なぐ》られたんじゃ」

「ジャン、もう嘘《うそ》はつかなくていい。ナタンたちを人身売買の仲買人から助けたのは、私の手の者だ。すまないが、君のあとをつけさせてもらった」

ジャンがピタッと笑いを止め、マティアスを見る。私はゾッとした。

この人はなんて目でマティアスを見るんだろう。その瞳《ひとみ》の奥には、憎悪《ぞうお》とも嫉妬《しっと》とも取れる昏《くら》い炎《ほのお》が揺《ゆ》れている。マティアスはその視線を正面から受け止め、一歩前に踏み出した。

「近年、養護院から養子に出した子どもや、救貧院から脱走した者の多くが北の炭鉱に売られたと聞いている。人身売買の仲買人に一般《いっぱん》人の振りをさせて養子を取るように仕向けたのも、救貧院の者たちに脱走をそそのかして仲買人のもとへ導いたのも、すべて君の仕業《しわざ》だろう？」

「なっ……！」

あまりの急展開に理解が追いつかず、私はただただ目を見開いてジャンを凝視《ぎょうし》した。

彼は、マティアスが救貧院に入った頃からそこで暮らしているそうだから、その滞在《たいざい》年数は長く、教会の様々な面に通じていたとしても不思議ではない。だけど、さすがに人身売買なんて、そんな仲間を売るような真似《まね》をするなんて……。

ジャンは無言でマティアスと対峙《たいじ》している。その口元に、フッと皮肉げな笑《え》みが刻まれた。

「さすがマティアス。枢機卿《すうききょう》に見初《みそ》められるような奴は、やっぱり抜《ぬ》け目ないな」

「今その話は関係ない。君はなぜ人身売買に手を出した？」

「そんな大げさな言い方すんなよ。俺はただ頼《たの》まれて、人手の足りていない場所へ人を送る手伝いをしただけだよ。北の大地では労働力が増えて石炭の採掘《さいくつ》量も増え、それを他国へ売ることで国も潤《うるお》う。いいことずくめだろう？」

何言ってるの、この人……。私は我慢《がまん》できず、ジャンのことをキッとにらみつけた。

「他人の人生をめちゃくちゃにしておきながら、いいことずくめですって？　ふざけるのもたいがいにしなさいよ！　前にスヴェン先生から聞いたわ。あなたたちは文字もろくに読めない人たちを騙《だま》して契約《けいやく》書にサインをさせることで『合法だ』と言い張り、死ぬまで働かせるって」

「お言葉ですがね、王女様。あんたたち王族っていうのは、そうやって民《たみ》が死にそうになりながら働き積み上げた屍《しかばね》の上で、飯を食ってクソをしてるんですよ。石炭の輸出で最終的に一番もうかるのは誰だ？　あんたたち王族じゃないか！」

「……っ！」

私は唇《くちびる》を嚙《か》みしめた。昔の自分を思うと、何も言い返せない。前世を思い出す前の私は、民のことなんて路傍《ろぼう》の石と同じくらいにしか思っていなかったから。でも、今はその一つ一つの石にかけがえのない個性と人生があることを知っている。だから……、

「ジャン、あなたの言っていることは一部正しいかもしれないわ」

「ヴィオレッタ様！」

マティアスが叫《さけ》んで私を退《さ》がらせようとする。私はその動きを制し、前に出た。

「確かに私たち王族は、自分たちでは何も生み出さないわ。その代わり、税金の有効な使い道についていつも必死で模索している。生活苦にあえぎ、不当な人生を強《し》いられている民がいるのであれば、見捨てない！　助けの手を差し伸《の》べるのもまた、私たち王族の役目なのよ！」

「耳が腐《くさ》るようなきれい事だな！　そこの枢機卿と同じで反吐《へど》が出る！」

ジャンがペッとツバを吐《は》き、マティアスを憎々《にくにく》しげにねめつける。

「マティアス、おまえだって本当はわかってるんだろう？　おまえが救貧院を大切に守るのは、一人だけあの地獄《じごく》から抜け出したことに対する後ろめたさゆえなんだって。おまえは所詮《しょせん》、自分の罪悪感を慰《なぐさ》めるためだけに、救貧院の連中を救おうとしてるんだ！」

え、救貧院を守る？　マティアスが？

思いがけぬ内容に耳を疑う。しかし次の瞬間《しゅんかん》、私の中ですべてがつながった気がした。

今までマティアスが救貧院を守っているという発想がなかったせいで、彼の言動は矛盾《むじゅん》だらけに思えていた。でも、実際は違《ちが》ったんだ。

光の乙女《おとめ》に水をかけたナタンにマティアスが体罰《たいばつ》を言い渡《わた》したのは、本当はナタンと救貧院をバチストから守るためだったと考えれば筋が通る。もしあの場でお咎《とが》めなしとしたら、マティアスの対応は甘すぎると攻撃《こうげき》され、バチストのさらなる介入《かいにゅう》を招いたことだろう。

それだけじゃない。救貧院にお金をかけすぎないようにしたのは、市民の反感を防ぐためだったし、養子《ようし》縁組《えんぐみ》の数を減らしたり、脱走者が出ないように厳しく取り締《し》まったりしたのも、彼らが人買いに売られることを防ぐためだった。

今までのマティアスの言動のすべてが、養護院と救貧院を守るためだったとしたら……それはなんて不器用で、わかりにくい優《やさ》しさなんだろう。

次々と毒を吐き続けるジャンの顔を、マティアスは無感動に見下ろしている。いや、その藍《あい》色《いろ》の瞳には憐《あわ》れむような、悲しむような光が宿っていて……。

「やめろよ！　俺をそんな目で見るな！　おまえはクレマンの野郎《やろう》に拾われて、俺の上を行ったと思ってるんだろう？　だが、それももう終わりだ。俺とおまえで今に立場が変わる。何しろ俺はあの方に引き立ててもらったんだからな！」

ジャンの言う「あの方」とは誰だろう？　枢機卿であったクレマンと同格か、それより上の人に思えるけど、まさか……。嫌《いや》な予感が胸をなでていく。

その時、なおもわめくジャンの前にマティアスが進み出た。

「ジャン、おまえの気持ちはわかった。しかし、私は自分の意志を曲げる気はない」

「はんっ？　お偉《えら》い枢機卿様は救貧院の闇《やみ》も何もかもすべて一人で背負われるおつもりで？」

「ああ。それが私に与《あた》えられた役割だからだ」

「……おまえのそういう悟《さと》ったところが、俺は昔から死ぬほど嫌《きら》いなんだよ！」

ジャンがギリッと奥歯を噛みしめる。彼から目を逸《そ》らさぬまま、マティアスがすっと手を上げた。その仕草を合図として騎士《きし》たちがジャンに飛びかかり、その身体《からだ》を捕縛《ほばく》する。

マティアスが静かに目を伏《ふ》せる。私は胸が苦しくなった。

離宮《りきゅう》を追われ、救貧院で実父を亡《な》くした時からマティアスは憎しみ以外の感情を失ったのだと思っていた。でも、本当は違うのかもしれない。無表情と棘《とげ》の生えた言葉で武装しなければ耐《た》えられないほどつらい闘《たたか》いを、彼はこの教会で続けてきたのだ。それも、たった一人で。

「私は決着をつけるため、あの方のもとに向かいます。皆様《みなさま》も一緒《いっしょ》にいらっしゃいますか？」

ここまで来て、否《いな》はない。私を含《ふく》めた全員がマティアスの誘《さそ》いにうなずく。彼はその様子を見て取り、静かに踵《きびす》を返した。

第七章　トゥルーエンドのその先は……

春の穏《おだ》やかな夕日を浴び、大聖堂の尖塔《せんとう》が長い影《かげ》を落としている。救貧院を出た私たちは、マティアスのあとについて教会の敷地《しきち》内を足早に縦断していた。

いったい誰のもとへ向かっているのか、みんな聞こうとしない。その答えを口にした途端《とたん》「あの方」を指す最悪の予想が現実になりそうで、何も言えないのだ。しかしこの時間、マティアスの向かう先にいる人は一人しか思い浮《う》かばなくて……。

先頭を行くマティアスに続いて大聖堂の扉《とびら》をくぐったその瞬間、私は息を呑《の》んだ。

「皆様おそろいで、どちらへ向かわれるのでしょうか？」

最悪の予想とは少し違う。でも、別の意味で嬉《うれ》しくない。尖塔へ続く階段の前に、バチストたち聖職者と教会の騎士たちが並んでいた。

三六〇度評価を終えた今ならわかる。彼らは皆、バチストの派閥《はばつ》に与《くみ》する者たちだ。

「バチスト様、我々《われわれ》は先を急いでおりますので、どうか道をお譲《ゆず》りください」

マティアスが静かな口調とは裏腹に、有無《うむ》を言わせぬ気迫《きはく》で切り込む。しかしバチストは余裕《よゆう》の表情で首を横に振《ふ》り、マティアスの後ろに控《ひか》えている私たち王族に話しかけてきた。

「誠《まこと》に失礼なことと存じますが、最近の皆様の態度は目に余るものがございます。光の祝福を失われぬよう、ここはどうかお退きください」

いつになく強気なバチストの態度から、私は自分の推測が確信に変わるのを感じた。仮にも枢機卿である彼が、王族に楯突《たてつ》いてまで庇《かば》い立てする人物は一人しか考えられない。

厳《おごそ》かな大聖堂の中とは思えぬほどピリピリした空気が辺りを覆《おお》う。その均衡《きんこう》を崩《くず》したのは、私の後ろから上がった穏やかな声だった。

「おやおや。枢機卿の地位は、いつから王族に命令を下せるほど向上したのでしょう？」

振り向くと、眼鏡をクイッと持ち上げたスヴェンが冷ややかにバチストを見下ろしていた。

「我が国において、王族と対等でいられる存在は神の恩寵《おんちょう》を受けた光の乙女のみ。王族とのご協議をお望みであれば、まずは乙女を連れていらっしゃいませ」

「詭弁《きべん》だ！　私は乙女の代理として」

「代理として、何を隠《かく》していらっしゃるのです？　その先に」

スヴェンのにこやかな視線には、人の心を揺さぶる不思議な効果がある。黙《だま》り込んだバチストを囲む者たちの間に動揺《どうよう》が走って見えた。その時、か細い手が私の背中に触《ふ》れた。

「今だよ。ヴィオレッタたち、行って！」

「え、リアム？」

「僕は、外で待機してる騎士たちを呼んでくるから！　先生が注意を引いてるうちに、早く！」

でも、みんなを置いて行くなんて……。戸惑《とまど》う私の手を、横から伸びてきた手が握《にぎ》りしめた。

「行くぞ、ヴィオレッタ！　俺は次代の王であるあんたを『あの方』のもとに連れて行く！」

「アナリー様もついてきてください！」

レナルドがマティアスに目で合図を送った瞬間、二人は一斉《いっせい》に目の前の集団につっこんで行った。そのうち、ある者は王族を前にして固まり、ある者は怯《ひる》んで尖塔へ続く道を空ける。

「何をしている⁉　先へ行かせるな！」

なりふり構わなくなったバチストが後方で叫ぶ。我に返った騎士団長が緋色《ひいろ》のマントを翻《ひるがえ》し、尖塔へ続く階段を駆《か》け上ってくるのが肩越《かたご》しに見えた。

まずい！　レナルドに手を引かれているからといっても、私はそんなに速く走れないのに！

「きゃっ！」

「アナリー⁉」

私より先に、アナリーが階段の中腹で転んでしまった。団長が顔に嫌な笑いを浮かべながら近づいてくる。あああ、どうしよう⁉　私、護身用の唐辛子《とうがらし》スプレーを持っていたかしら⁉

とっさにドレスのポケットに手をつっこむ。しかし、私のとっておきが活躍《かつやく》することはなかった。鳶色《とびいろ》の髪《かみ》が騎士団長に後ろから襲《おそ》いかかる。ユーゴだ！

「ヴィオレッタ様、どうかここは我々にお任せください！」

「ユーゴ、貴様！　団長である俺の命令に逆らう気か⁉」

「この身を救っていただいた時から、我が主はヴィオレッタ様お一人と決めています！　もうあなたやバチスト様の脅《おど》しには屈《くっ》しません！　ヴィオレッタ様、さぁ！」

「ありがとう、ユーゴ！」

胸が熱かった。私はごく当然の仕事をしただけなのに、その働きをこんなにも評価し、慕《した》ってくれるなんて。この一件が落着したら、ユーゴとゆっくりいろいろ話したい。

「お姉様、ご迷惑《めいわく》をおかけして申し訳ございません！」

「平気よ！　それより今は先を急がないと」

再び四人で階段を駆け上る。脈打つ心臓が痛いのは、身体が無理をしているせいだけではない。まさかという思いと、違っていてほしいという願いが私の胸中でせめぎ合っていた。

心の整理がつかぬまま、私たちは長い螺旋《らせん》階段を上りきり、踊《おど》り場のように開けた場所に出た。次の瞬間、視界に飛び込んできた光景に息を呑む。

階下の喧噪《けんそう》からは想像もつかないほど、清らかで厳かな空気が場を満たしている。その中心に光の乙女がいた。前に会った時のように、切なく悲しげな様子で窓の外を眺《なが》めている。

「あら、ヴィオレッタ様。レナルド様たちまで、いかがなさいましたの？」

乙女が振り返る。その顔には場違いなほど澄《す》んだ笑《え》みが浮かんでいた。

「光の乙女よ。あなたにお伺《うかが》いしたいことがございます」

マティアスがひざまずく。彼は首をかしげる乙女の顔を見上げ、一拍《いっぱく》おいてから続けた。

「あなたは光の乙女《おとめ》でいることに、いつから苦痛を覚えられるようになったのですか？」

「マティアス……？」

彼は何を聞いているのだろう。ここへ来た以上、ジャンに指示を下した真犯人として乙女を問い詰《つ》めるとばかり思っていたのに。肩透《かたす》かしを食《く》らったのは私だけではなかったらしい。レナルドとアナリーも困惑《こんわく》した様子で、マティアスと乙女を見比べている。

「まぁマティアスったら、ずいぶんおかしなことを聞くのね」

乙女も突然《とつぜん》の質問に驚《おどろ》いたのか、目を丸くしてフフッと笑っている。彼女を包む空気は、永遠の少女のように華《はな》やいだものに思える。それなのに、見ていた私は背筋が寒くなった。マティアスを見下ろす乙女の目が、ゾッとするほど冷たい光を宿しているのに気づいたんだ。

「光の乙女でいることが苦痛かどうかなんて、そんなの……最初から苦しみしかなかったに決まっているでしょう？　私は故郷で穏やかに暮らせていれば、それで十分だったのに」

乙女が苦々しげに告げる。その瞬間《しゅんかん》、欠けていた最後のピースがカチッとはまった気がした。

ああ、そうだ。乙女は北の出身で、いずれ故郷に帰りたいと願っていた。一方、北の鉱山に売られた者たちの中には、教会の養護院から養子に出された子たちや、救貧院を脱走《だっそう》した者たちが多数含まれていた。すべてが彼女の故郷である北の地を起点につながっているんだ。

「みんなを炭鉱に売ったのは乙女、あなただったのですね。なぜです？　光の乙女を引退したあとも故郷でその影響力《えいきょう》を維持《いじ》するため、有力貴族たちと取引をしたのですか？」

「まぁ、ヴィオレッタ様はたくましい想像力をお持ちですこと。そうですね、半分は正解だと答えておきましょうか」

認めた！　自分の罪を！　愕然《がくぜん》とする私に向かい、乙女は穏やかに語り続けた。

「私が光の乙女に選ばれてから、しばらく経《た》った頃《ころ》のことです。家族が流行病《はやりやまい》に倒《たお》れ、命の危機に瀕《ひん》していると連絡《れんらく》が入りました。途方《とほう》に暮れる私に、故郷を治めている貴族が取引を持ちかけてきました。養護院や救貧院の者たちを炭鉱に送る手伝いをするのであれば、家族を助けてやるし教会への寄付金もはずむ。さらには、私の引退後の面倒《めんどう》も見てくれると」

「でも、あなたの家族は……」

その先の言葉を私は呑み込んだ。貧しい家の三女であった乙女は、口減らしのため教会に売られた身であると言っていた。しかも、その家族はもう……。

「私を見捨てた相手とはいえ、家族は家族です。私は最善を尽《つ》くしましたが、力及《およ》ばず全員が光の内に召《め》されました」

「それなのに、どうしてあなたは人身売買を続けて……」

「帰る家のあるあなたには、きっと理解できない感情でしょうね。すべてを失ったあと、故郷という名の思い出にすがりつき、生きていくことしかできなかった私の気持ちは」

わかる、と同意することは簡単だ。突然の事故で死に悪役王女に転生した私は、今でも前世の後悔《こうかい》を引きずっている。しかし真の意味で、私には乙女の苦しみが理解できない。もう家族に会えない点は同じでも、自分の意志で悪役王女の役割を拒絶《きょぜつ》できた私と違《ちが》い、光の乙女の置かれた環境《かんきょう》は、彼女にノーと言うことすら許さなかったのだと容易に想像できるから。

「私は光の乙女になんてなりたくなかった！　なのに、器《うつわ》としての才があるとバチストたちにおだてられ、指輪をはめられて……！」

乙女が手元のアイスブルーに輝《かがや》く指輪を憎々《にくにく》しげに見下ろし、拳《こぶし》を握りしめる。

「ヴィオレッタ様はご存知でしょうか？　この指輪が持つ真の役割を」

「その指輪は、光の乙女に代々継承《けいしょう》されるものだと聞いていますが」

「真実は少し異なります。光の乙女になった者が指輪を受け継《つ》ぐのではなく、指輪をはめた者が光の乙女になるのです」

……どういう意味だろう？　混乱する私に、乙女は静かに説明を続けた。

「このグランドール王国において、神に選ばれし力を授《さず》かった初代乙女の影響力は絶大です。『何度生まれ変わったとしても、私はこの王国を見守り続ける』と告げた彼女の遺志を継ぎ、この国では王が替《か》わるごとに、乙女の生まれ変わりを探すようになったと言われています」

「ええ。でも、それは国王の権威《けんい》を高めるために、後世の人たちが作った伝説ですよね？」

「ただの伝説であれば、どれほどよかったことか……」

乙女が悲しげに目を伏《ふ》せ、やるせない吐息《といき》をこぼす。

「力の強い魔女《まじょ》でもあった初代乙女は、この世を去る直前に自らの心と記憶《きおく》をこの指輪に封《ふう》じました。そして指輪を受け継いだ乙女たちに、自らの心と記憶を承継させていったのです」

「え……？　待ってください！　それってつまり、指輪をはめることで他人の……初代乙女が生きている間に抱《いだ》いた感情や記憶が自分の中に流れ込んでくるってことですか？」

　乙女が静かにうなずく。私は愕然として指輪を見つめた。

　何よ、その人権を完全に無視したハードディスクのような装置！　自分の中に他人の記憶や感情が入り込むなんて……そんな感覚、私だったら耐《た》えられるだろうか？

「光の乙女に選ばれた当初は、私も民《たみ》を導く光となれるように努力しました。しかし私に期待されていたのは、初代乙女の心と記憶をつなぐ歯車になることだけでした。歴代の王たちは初代乙女の知識を後世に残すため、何も知らぬ少女たちを教会に差し出したのです」

　乙女が自虐《じぎゃく》的に微笑《ほほえ》む。それは私にとって、すぐには受け入れがたい事実だった。だけど、思い当たる節は多々あった。代々光の乙女に選ばれてきたのは、目の前の乙女やアナリーのように、貧しい平民の出身や身寄りのない女性たちだった。誰《だれ》か一人を差し出すことで莫大《ばくだい》な知識が手に入るのであれば仕方ないと、歴代の王たちは考えたのだろう。

　でも、それって完全な人身御供《ひとみごくう》よね。王が守るべき民を知識の代償《だいしょう》に差し出すなんて。

　そんなの間違ってるわ。国というのは、その民を幸せにするためにこそ存在するのだから。

「あなたが不幸になってまで、光の乙女を続ける必要はないと思います。これからは乙女の役を降りて、一人の人間に戻《もど》る方法を一緒《いっしょ》に考えませんか？」

　この先、乙女は人身売買に加担した罪で裁かれるだろう。その罪を償《つぐな》ったあと、彼女には今度こそ望む生き方をしてもらいたい。そのためなら、私も協力は惜《お》しまない。

「さぁ」と言って、手を差し出す。ヴィオレッタ様。乙女はその手を悲しそうに見下ろし、首を横に振《ふ》った。

「ありがとうございます、ヴィオレッタ様。もっと早くあなたにお会いできていたら、私の人生は変わっていたかもしれません。ですが、もう手遅《ており》れです」

「それでも……」

　乙女をなんとか救いたい。しかし、その方法が思いつかなくて言葉に詰まる。そんな私の背後で、「乙女よ」と静かに呼びかける声が上がった。マティアスだ。

「あなたの犯《おか》した罪は、無視できないほど大きいと思います。しかし、あなたは初代乙女の指輪を受け継いだことで、すでに十分な苦しみを受けてきました。あなたがすべてを失うご覚悟《かくご》であれば、私はその罪を共に背負いましょう」

　どういうことだろう？　マティアスの意図がわからなかったのは、私だけじゃないらしい。レナルドやアナリーも不思議そうに見守る中、彼は乙女の指輪を見つめながら淡々《たんたん》と続けた。

「初代乙女は自らの心と記憶をその指輪に封じた際、忠臣のナタンに命じました。指輪を受け継いだ乙女が重責に耐えられなくなった時にはその記憶を奪《うば》い、彼女をただの人に戻すようにと。ナタンの子孫に当たるクレマン様の家では、代々その使命を受け継いできたのです」

えっ！　まさかそんな方法があるなんて！

思わずマティアスを凝視《ぎょうし》する。そんな私の耳に、すがるような乙女の声が聞こえてきた。

「罪深き私に、そのような慈悲《じひ》を与《あた》えてくれるのですか？」

「あなたがそう思うのであれば、この行いは慈悲に当たるのでしょう」

マティアスの言うことが本当であれば、乙女は指輪をはめてからの記憶を失う代わりに、人生をやり直せる。だけど、乙女の犯した罪まですべてなかったことにしていいのだろうか？

「マティアス、お願いです。どうか私を、光の乙女となる前の私に戻してください」

私が悩《なや》んでいる間にも、乙女が敬虔《けいけん》な聖職者のように膝《ひざ》をつき、マティアスに向かって手を差し出す。その指から、マティアスが指輪をするりと抜《ぬ》き取った。

いつもの無表情とは少し違う気がする。指輪を見つめる藍色《あいいろ》の瞳《ひとみ》には哀惜《あいせき》の念が籠《こ》もっているように思えた。なぜ彼がそんな感情を見せたのかわからない。ただ続けて彼が紡《つむ》いだ呪文《じゅもん》も、まるで弔《とむら》いのように悲しい響《ひび》きを帯びて聞こえる。

言葉の意味はまったくわからないのに、なぜか無性《むしょう》に泣きたくなった。その時、指輪から放たれた光が青い洪水《こうずい》となって辺りを覆《おお》った。まるですべてを浄化《じょうか》する炎《ほのお》のように。

ああ、きれいだな……と思わず見とれてしまったのは、私だけじゃなかったらしい。レナルドもアナリーも、目の前で展開される光景に目が釘付《くぎづ》けになっている。

やがて夏の花火が次第《しだい》に勢いを失っていくように、その場を満たす光が引いていき、中心に立っていた乙女《おとめ》の身体《からだ》がくずおれた。床《ゆか》に頭を打ちつける寸前で、マティアスが抱《だ》き留める。

これですべて終わったのだろうか？　もう乙女は指輪をつける前の彼女に戻ったの？　足のすくむ思いで、乙女の寝顔《ねがお》を確認《かくにん》しようとした。その時だった。

「マティアス、やめろ！」

レナルドの叫《さけ》ぶ声が辺りに響いた。何事⁉

私が気づいた時には、すでにレナルドがマティアスの身体を羽交《はが》い締《じ》めにしていた。いつの間に取り出したのだろう、マティアスの手には銀色に輝く短剣《たんけん》が握《にぎ》られていた。その切っ先は、穏《おだ》やかに眠《ねむ》る乙女の胸先に向けられている。

「何をする気だ、マティアス！　こんなことをして何になる⁉」

「止めないでください。これがナタンの使命を継ぐ者に与えられた役割なのです」

「使命だと？　記憶を失った乙女を手にかけることがか？」

「……はい」

レナルドに腕《うで》を押さえられたまま、マティアスが苦しげに答える。

「光の乙女となった者たちが道を踏《ふ》み外さぬように監視《かんし》し、指輪が確実に受け継がれていくよう管理することこそ、ナタンとその子孫に与えられた使命でした。指輪を回収した今、私は罪を犯した乙女の存在を消し、指輪の秘密が外に漏《も》れることを防がなければならないのです」

「なぜそこまで徹底《てってい》する？　指輪の継承を通じてこの王国を守りたいと願った初代乙女の遺志

はわかるが、それは乙女たちの人生を食い潰《つぶ》してまでやるべきことだったのか？ 慈悲深い聖女と言われた初代乙女が、そのようなことを望むとは思えないが」

「レナルド様は思い違いをなさっています。初代乙女は決して清らかな聖女ではございませんでした。彼女ほど自分の欲望に忠実に生き、死んでいった者を私は知りません」

「なんだと？」

レナルドの手が緩《ゆる》んだ。その一瞬《いっしゅん》の隙《すき》をつき、マティアスが壁際《かべぎわ》まで飛び退《の》く。いつも無表情を貫《つらぬ》いているその美貌《びぼう》に、悲しげな微笑《びしょう》がよぎった。

「初代乙女は繰《く》り返される輪廻《りんね》の先で、再び初代国王と巡《めぐ》り会う日を夢見て、自らの心と記憶を指輪に封じ、それを歴代の乙女たちに受け継がせたのです」

「待て。初代乙女と初代国王は、恋人《こいびと》同士ではなかったはずだろう？ 初代国王は王位継承争いを制したのち、王妃《おうひ》を迎《むか》えて……」

言葉の途中《とちゅう》で、レナルドがハッと口をつぐむ。マティアスが静かに目を伏せた。切なさを秘《ひ》めたその仕草で、私は気づいてしまった。大義名分の下に隠《かく》された初代乙女の本心に。

初代乙女と初代国王の間には恋愛《れんあい》感情を超《こ》えた絆《きずな》があったと、歴史では教えられる。だけど、もし違ったら？ 初代乙女は富も名声も、さらには国までも手に入れた。それなのに、いくら望んでも一番欲しいものだけはずっと与えられなかったとしたら……。

今世が無理なら、せめて来世で。今度はただの女性として、また王と巡り会いたいと願う。

それはなんて一途《いちず》で切ない恋だろう。

「たとえどれだけ長い時間がかかったとしても、初代乙女の恋を成就《じょうじゅ》させる――その目的を達成するために、彼女の忠臣であったナタンと、その子孫に当たるクレマンは様々な使命を受け継《つ》いだのね。そして彼の養子となったあなたも、その命に従うと」

私の問いかけに、マティアスが静かにうなずく。

「クレマン様は当代の乙女が人身売買に携《たずさ》わっていることを偶然《ぐうぜん》知ったせいで、隠蔽《いんぺい》工作に走ったバチストに毒を盛られて亡《な》くなられました。まだお若く、ご家庭をお持ちでなかったクレマン様は死の間際に私を養子に迎え、ナタンの遺言《ゆいごん》と指輪の扱《あつか》いを教えました。そしてクレマン様亡きあと、私は彼の後を継いで枢機卿《すうききょう》となったのです」

ああ、それが養父殺しの真相なのか……。とてもじゃないけど、事情を知らない教会の者たちに軽々しく話せる内容ではない。だからこそ急激な出世を遂《と》げたマティアスに対する嫉妬《しっと》も相まって、物騒《ぶっそう》な噂《うわさ》が広まってしまったのだろう。

「ヴィオレッタ様もレナルド様も、ご理解いただけたでしょうか？　クレマン様の養子となった私には、使命を果たす義務があるのです」

マティアスが再び短剣を構える。私は見ていられなかった。

この人はなんて顔をするのよ……。まるで暗闇《くらやみ》に一人で置いて行かれた子どものように、マティアスの顔は心許《こころもと》なげにつらそうに歪《ゆが》んでいる。望まぬ役割を押しつけられたという点では、彼も当代の乙女も被害者《ひがいしゃ》なのだ。ただ、乙女と彼とでは決定的に異なる点がある。

「ねぇ、マティアス。あなたがそんなつらい思いをしてまで使命を果たすことを、養父のクレマンは本当に望んでいたのかしら？」

「クレマン様にとって、私は使い勝手の良い駒《こま》に過ぎませんでした。養子と言っても、私は子として愛されたわけではございませんから」

「本当にそうなの？　前にアナリーから聞いたわ。クレマンは優秀《ゆうしゅう》なあなたを気にかけるだけでなく、まるで実の子のようにかわいがっていたって。そうよね、アナリー？」

アナリーの方を向くと、彼女は力強くうなずき返してくれた。

「私は早くに両親を亡くしましたから、マティアス様のことを何かと気にかけていらっしゃるクレマン様のご様子を見て、すごくうらやましかったのです。あんなに穏やかな表情、なんとも思っていない相手にはできません」

「なら、なぜです？　なぜクレマン様はこのように酷《こく》な使命を負わせるとわかっていて、私を養子に迎えたのです？　愛する子どもに、そのような仕打ちをするなど考えられません」

「それは違《ちが》うわ、マティアス。守り慈《いつく》しむことだけが親の愛とは限らないわ」

マティアスが視線を少しだけ上向ける。その頼《たよ》りない子どものような姿に少しでも寄り添《そ》いたくて、私は拳《こぶし》を握りしめ力説した。

「親子の数だけ愛情の形があると、私は思うの。子のすべてを受け入れることが愛だと言う親もいれば、自分の築いた地位や財産を渡《わた》すことでしか子に愛情を伝えられない親もいる。大変な使命がついてくるとはいえ、枢機卿の地位に就《つ》くことで得られるものは多いわ。最期《さいご》の時に自分の持つ権利と地位を譲《ゆず》った、その行為《こうい》は愛情以外の何ものでもないと思うのよ」

「しかし、クレマン様は『こんな大変な使命を押しつけてすまない』と、臨終の床《とこ》で私に何度も謝られて……」

「あなたのことを心配していたのよ。それでもあなた以上に信頼《しんらい》できて頼れる相手がいなかったからこそ、使命を預けた。その葛藤《かっとう》が『すまない』という言葉じゃないかしら？」

マティアスが藍色の瞳を大きく見開き、私を見つめる。その頰《ほお》を透明《とうめい》な涙《なみだ》がつーっと伝い落ちていった。

平民出身の青年が貴族の養子となり、枢機卿の地位を維持《いじ》することがどれほど大変なことか想像に難《かた》くない。それでも彼は養父との約束を守るため、そして自分と同じ境遇《きょうぐう》の子どもたちを救うため、敵ばかりの教会で感情と本心を押し殺し、孤軍奮闘《こぐんふんとう》してきたのだろう。養父に愛されていなかった、利用されただけだったという不安を心の奥底に隠して。

この純粋《じゅんすい》で優《やさ》しい人を不幸にしたくない。ううん、彼には幸せになってもらいたい。そのためにも、初代乙女の指輪は彼の手を離《はな》れるべきだわ。

私はそう決意すると、マティアスの前に手を差し出した。

「……ヴィオレッタ様？」

「その指輪は王家で預かるわ。ううん、それだけじゃない。今後、光の乙女の制度を廃止《はいし》するよう、私はお父様に進言するつもりよ」

「なりません！　過去にあなたと同じような申し出をした王がいます。しかし、そのせいで彼の治世は災厄《さいやく》に見舞《みま》われ、王自身もわずか二十五歳で暗殺者の凶刃《きょうじん》に倒《たお》れたと言います」

どんだけ物騒なのよ、その指輪。まぁ前世でも所有者が次々に非業《ひごう》の死を遂げる呪《のろ》いの指輪とかあったし、その進化形と考えればいいのか。

「指輪の存在自体が不幸を招くというのであれば、破壊《はかい》方法を探しましょう。初代乙女《おとめ》の恋心はわからなくもないけど、そのせいで後世の人たちが不幸になっていいはずがないもの」

「……どうしてあなたは平民出身の乙女や私のために、そこまでなさるのです？」

「言ったでしょう？　私は救貧院の人たちを見捨てないって。その中にはマティアス、もともと救貧院にいたあなたも含《ふく》まれているのよ」

「…………………」

マティアスが私をじっと見る。その手から力が抜《ぬ》け、指輪が垣間見《かいまみ》えた。よし、今だ！

マティアスに向かって手を伸《の》ばす。しかし、私の手が指輪をつかむことはなかった。突如《とつじょ》として目の前を遮《さえぎ》った細い手に指輪を奪《うば》われてしまったのだ。

「アナリー!?」

「お願いです、お姉様。この指輪は、どうか次の乙女となる私にお預けください」

「え……」

驚《おどろ》いてアナリーの顔をまじまじと見返す。いつも穏やかな微笑《びしょう》を浮《う》かべている彼女が、今はひどく真剣《しんけん》な目で私を見つめている。

「あなた、マティアスの話を聞いていなかったの？　その指輪をはめたら最後、あなたの中に初代乙女の記憶《きおく》や感情が流れ込んでくるのよ。そんなこと……」

「構いません。お姉様、お忘れですか？　このグランドール王国の王権が、何によってその正統性を保証されているのかを」

「え、それは……」

思わず口ごもった私に、アナリーが優しく微笑みかける。

「この王国では、初代乙女の生まれ変わりとして、その指輪を受け継いだ乙女が新王に王冠《おうかん》を授《さず》けることになっています。新王が光の祝福を受けた存在であることを示し、その治世の正統性を主張するためにも、王の隣《となり》には指輪を受け継いだ乙女の姿が必要なんです」

アナリーの言っていることは正論だ。この王国は建国以来、そうやってこの地に住まう民《たみ》を治めてきた。だけど、政治のために彼女を犠牲《ぎせい》にするなんて……。

「アナリー、君は本当にそれでいいのか？」

レナルドも迷っているのだろう。その端整《たんせい》な顔に翳《かげ》りが落ちている。ただアナリーの方は一切《いっさい》の迷いなく、実に晴れ晴れとした笑顔《えがお》で「はい」とうなずいた。

「私は歴代の乙女たちとは違います。指輪の真実を知った上で、これを受け入れるのですから」

「やっぱりダメよ、アナリー！　あなたを不幸にできないわ！」

「私は不幸になりません。だって、お姉様は歴代の乙女たちを利用してきた過去の王様たちと違うでしょう？　お姉様は自分が傷ついたとしても、苦しんでいる人たちに寄り添おうとする方です。そんな方だからこそ、私は光の乙女としてお仕えしたいのです。大好きです、お姉様」

アナリーが透《す》き通った笑みを顔に浮かべて、指輪をはめる。その全身が青い光に包まれた。

「アナリー！」

「待て、ヴィオレッタ！」

「今、アナリーに触《ふ》れてはいけません！」

レナルドとマティアスが飛び出そうとした私を止める。レナルドに後ろから肩《かた》を抱《だ》かれたことで、私はかろうじてその場に膝《ひざ》をつかずに済んだ。

アナリーは私のことを過大評価してるよ。私は経営コンサルタントとして生きた前世の願望や後悔《こうかい》を今でも引きずっているだけなのに……。

自分の無力さを噛《か》みしめてうなだれる。その身体《からだ》を、レナルドが後ろから引き上げた。

「レナルド？」

「目の前の現実がどれほどつらくても、目を逸《そ》らすな。これは王族全体の罪だ。あんた一人には背負わせない。俺もいる」

「……ありがとう、レナルド。あなたが一緒《いっしょ》にいてくれてよかった」

答えはない。代わりに、肩を支える手に力がこもった。

覚悟《かくご》を決め、青い光の源に視線を向ける。永遠にも思えた時間の果て、光がアナリーの身体に吸収されるように消えていき、やがてその全身がグラッとかしいだ。危ない！

とっさに駆《か》け寄って抱き留める。間に合ってよかった。だけど、このアナリーは今までの彼女と違っているかもしれない。初代乙女の心と記憶を受け継《つ》いだ今、彼女は……。

心配して顔を覗《のぞ》き込む。すると、アナリーがギュッと抱きついてきた。そのアクアブルーの瞳《ひとみ》からボロボロと大粒《おおつぶ》の涙がこぼれ落ちる。

「ア、アナリー、どうしたの？　どこか痛いの？」

慌《あわ》てた私の問いかけにアナリーがブンブンと首を横に振《ふ》り、いっそう強く抱きついてくる。

「私はやっぱり初代乙女や歴代の乙女たちと違って、すごく幸せだって自覚したんです。大好きなお姉様のおそばにいて、お姉様も私のことを大切に想《おも》ってくださっているのですから」

ああ、そっか……。私はすべてを悟《さと》った気がした。やはり初代乙女は王の信頼を勝ち取り、民から慕《した》われても、満たされない孤独《こどく》に苛《さいな》まれ続けていたのだろう。そして、その心と記憶を受け継いだ乙女たちもまた、ただの人として生きられない運命に苦悩《くのう》していたんだ。

「私の心を救ってくださり、ありがとうございます、お姉様。この温かな想いを知らなかったら、私も歴代の乙女と同じように絶望して、悲しい歴史を繰《く》り返していたかもしれません」

「そんな、私はただ自分の好きなように行動してきただけで……」

続く言葉をはたと呑《の》み込む。ラルスが前に監獄《かんごく》で話していた内容を思い出したのだ。

彼は、ゲームの二周目でトゥルーエンドに辿《たど》り着くと語っていた。その内容は知らない。ただゲームの中のヴィオレッタとアナリーが、今の私たちのように信頼し合える仲でなかったことだけは確かだ。もしも今まで私が破滅《はめつ》対策としてやってきたことが、この私とアナリーの関係のように、シナリオにも影響《えいきょう》を与《あた》えていたとしたら？

最悪のエンディングを回避《かいひ》することも、今後できるんじゃないだろうか。

「あの、お姉様？　もしかして私の気持ちはご迷惑《めいわく》だったでしょうか？」

つい物思いにふけった私を、アナリーが心配そうに見上げる。私は慌てて首を横に振った。

「アナリー、私もあなたのことが大好きよ。過去の王たちのように、光の乙女となったあなたを決して見殺しにはしない。今後何があっても、私の全力を尽《つ》くして守るわ」

「お姉様……！　ありがとうございます！」

初代乙女から受け継がれてきた孤独が、アナリーの中ですぐに癒《い》やされるとは思わない。それでも何か自分にできることをしたくて、私は彼女の身体を力いっぱい抱きしめた。

日差しが穏《おだ》やかになってきた春の午後、マティアスは教会の墓地に一人でいた。

緑の下草が生《お》い茂《しげ》る先に、物言わぬ灰色の墓石がひっそりとたたずんでいる。そこに刻まれた名はクレマン。初代乙女に仕えた忠臣ナタンの子孫にして、マティアスの養父だった人だ。

「ようやくすべて終わりましたよ、クレマン様」

マティアスは持ってきた花を墓前に供え、そっと手を合わせた。

クレマンの養子になった日からずっと、この報告をする日を夢見ていた。そしてこのセリフを口にする時は、自分が教会を離《はな》れる時だと思っていた。それなのに……。

あの日、アナリーはヴィオレッタのためを思い、自ら進んで指輪をはめた。そしてヴィオレッタもまたその思いを全身で受け止めるように、彼女のことを強く抱きしめていた。

その聖女のような姿をマティアスはきっと一生忘れないだろう。歴代の乙女たちを管理してきたナタンの子孫とも、乙女を犠牲にすることをなんとも思わなかった歴代の王たちとも違《ちが》う。

光の乙女に寄り添《そ》うその生き様に、マティアスは希望を見いだした。

ヴィオレッタが王座に就《つ》いたら、この国はどう変わるだろう？

今まで未来に希望を抱《いだ》いたことなどなかったのに、生まれて初めてこの先の世界を見てみたいと願った。できるならその時、彼女のそばにいるのは自分でありたい。なぜそう願うのか、マティアス自身にもよくわからないけれど。

不意にこみ上げてきた感情を持て余し、胸に手を押し当てた。その時だった。

「あ、マティアス。あなたもお墓参りに来ていたの？」

急に声をかけられ、マティアスはハッと我《われ》に返った。この時間、墓地に来る人はいないと思って油断していた。振り向いた先には、ヴィオレッタたち王族が勢ぞろいしている。

「皆様《みなさま》、こんな場所へ何をしにいらっしゃったのですか？」

「たぶんあなたと同じ理由よ。長かった教会の監査《かんさ》も今日で終わりだし、最後にクレマンにも挨拶《あいさつ》をしておこうと思ったの」

ヴィオレッタが生真面目《きまじめ》に言って、クレマンの墓前に花を供える。彼女はレナルドたちと一緒に黙禱《もくとう》を捧《ささ》げたあと、再びマティアスに話しかけてきた。

「マティアス、今まで本当にありがとう。あなたが養護院と救貧院の人たちを守っていてくれたおかげで、人身売買の被害《ひがい》を最小限に抑《おさ》えられたわ。あとはどうか私たちに任せて。スヴェン先生と一緒に責任を持って、売られた人たちの捜索《そうさく》と奪還《だっかん》を行うから」

ヴィオレッタがそう言うのであれば、本当に大丈夫《だいじょうぶ》な気がした。捜査の手助けを直接できないことはもどかしいが、自分は自分で救貧院に戻《もど》ってくる者たちの受け皿となろう。

人身売買の問題は、これでひとまず落着だ。だが、気がかりはもう一つある。

「光の乙女《おとめ》とバチスト様の方はいかがです？　体調を崩《くず》されてなどいませんか？」

「二人とも無事よ。バチストは人が変わったみたいにおとなしくなっていて、驚《おどろ》いたけど」

ヴィオレッタの答えに、マティアスは最後に見たバチストの姿を思い出して納得《なっとく》した。

彼は光の乙女が人身売買に手を染めていることを知りながら、それを諫《いさ》めるのではなく隠蔽《いんぺい》し、あまつさえ口封《くちふう》じのためにクレマンを殺害した。彼は「すべて自分が独断でやったことだ」と言って乙女を庇《かば》い続けていたが、どこまでが本当のことかはわからない。

ただ、枢機卿《すうききよう》の地位を剝奪《はくだつ》されて監獄へ送られた日の朝、彼は大聖堂に向かって深々と一礼していた。その横顔には、己《おのれ》の運命を受け入れた者独特の凜《りん》とした美しさがあった。

「光の乙女は、北部の教会で下働きとして生きる道を選んだそうよ。彼女の犯《おか》した罪をなかったことにはできないけど、光の乙女として生きた間の記憶《きおく》を失っていたことと、今までの生い立ちに対する憐《あわ》れみもあって、情状酌量《しやくりよう》の余地ありと判断されたみたい」

「そうですか……」

養父のクレマンが殺害された時点で、マティアスは乙女の犯している罪に薄々勘《うすうすかん》づいていた。その乙女がなぜバチストの反対を押し切ってまで王族の監査を受け入れたのか、ずっと不思議だったが、今回の件を通じてようやく彼女の本心がわかった気がする。

あれは乙女が出した救援《きゆうえん》信号だったのではないだろうか。初代乙女の記憶と心に耐《た》えきれなくなった彼女は、どんな形でもいいから乙女を辞《や》めたくて、自分の悪事が暴《あば》かれる日を心待ちにしていたのかもしれない。

「アナリーが指輪を受け継いだことはまだ秘密だけど、彼女が次の乙女になることは間違いないわ。そうしたら、バチストのせいで不当な降格処分を受けた人たちの地位も復活させなきゃ。

その筆頭はユーゴね。彼には今後、アナリーの護衛になってもらうつもりよ」

「私はヴィオレッタ様のご意見に賛同いたします。新たな乙女の下で、誠実に努力を重ねてきた者たちがどうか報《むく》われますように」

「うん、本当にそういう世の中にしたいわね」

ヴィオレッタの言葉に、後ろに控《ひか》えていたレナルドとリアムもうなずく。そこへ話題のユーゴが迎《むか》えに来た。彼は、ヴィオレッタが教会に滞在《たいざい》している間の護衛を申し出たらしい。

「ヴィオレッタ様、先ほど馬車が大聖堂の前に到着《とうちゃく》しました。そろそろ教会を出発なさらないと、スヴェン先生とのお約束に遅《おく》れてしまいます」

「え、もうそんな時間？　もっと余裕《よゆう》があると思ったのに」

「ヴィオレッタ様、どうかお行きください。私はもう少し祈《いの》りを捧げてから戻ります」

マティアスとしては、ヴィオレッタに気を遣《つか》ったつもりだった。だが彼女は立ち去ろうとせずに、じっとこちらの顔を見つめている。いったいどうしたのだろう？

理由を尋《たず》ねようとした、その矢先、ヴィオレッタが戸惑《とまど》いがちに口を開いた。

「ねぇマティアス、あなたは今でもお養父《とう》さんのことを憎《にく》んでいるの？」

ドクンと心臓が跳《は》ね上がる。前にヴィオレッタとここで会った時のことだ。皮肉に混ぜて本音の一部をこぼしたことがある。その時の言葉をまだ覚えていたなんて。

突然《とつぜん》の踏《ふ》み込んだ質問にリアムがギョッとし、レナルドが不安そうにこちらを見ている。

前のように、本心をはぐらかすことはできる。しかし、まっすぐなすみれ色の瞳で見つめられていると、たまには本音を返したくなって……マティアスは吐息《といき》と共に言葉を紡《つむ》いだ。

「私にとって、クレマン様は誰《だれ》よりも大切な人でした。だからこそ憎んでもいたのです」

実の父を失い、一人で生きていく決意をして聖職者となった自分に、クレマンは手を差し伸《の》べてくれた。鋭《するど》い言葉で人と衝突《しょうとつ》する自分のことを誰よりも心配し、仕事が良くできた時は心からの笑顔《えがお》で褒《ほ》めてくれた。

十代も半ばを過ぎて、そんな言葉の一つ一つが嬉《うれ》しかったなんて恥《は》ずかしくて言えなかった。だけど、本心では彼から与えられる無償《むしょう》の愛に救われて……だからこそ、より深く憎んだのだ。指輪の番人という過酷《かこく》な使命と共に、この世界に自分を置いて逝《い》ったその仕打ちを。

しかしアナリーが指輪を受け継《つ》いだあの日、ヴィオレッタの言葉で思い出したことがある。指輪の番人となった自分に、クレマンは何度も「すまない」と謝り続けていた。そして「つらい時は逃《に》げてもいいんだよ」と言ってくれていた。

それでもクレマンの期待に応《こた》えたくて、意地を張り続けていたのは自分の方だったのだ。そのせいで、養父を好きだったという一番大切な感情を忘れていたなんて……。

「今では、私には二人の父がいると考えられるようになりました。実の父も養父のクレマン様も、私にとってはかけがえのない存在です」

「……そう。あなたはたくさん愛されていたのね」

ヴィオレッタが微笑《ほほえ》む。その裏表のない笑顔からは、彼女が心の底からそう思っているのだと伝わってくる。今なら、アナリーがヴィオレッタに心酔《しんすい》する気持ちもわかる気がした。彼女の言葉は、乾《かわ》いた砂にすっと染《し》みこんでいく水のように、ひどく心地《ここち》よいのだ。

「それじゃあマティアス、またね」

「お待ちください、ヴィオレッタ様」

ヴィオレッタが踵《きびす》を返そうとする、その前にマティアスはひざまずいた。驚く彼女の手を取り、そっと頭上に押し戴《いただ》く。

「あの、マティアス……？」

「一生分の忠誠をあなたに。今後、私はアナリー様と共に教会からあなたの治世を支えます」

救貧院の者たちを見捨てないでもらえた。あの瞬間《しゅんかん》、救貧院の片隅《かたすみ》で泣いていた子どもの頃《ころ》の自分まで救ってもらえた気がした。彼女のこの手は、これからも多くの民《たみ》を救うことだろう。

彼女の行く先に障害があるというのであれば、自分はそれを取り除く手伝いをしたい。

「マティアスが教会からヴィオレッタを支えるというのであれば、俺は王宮において彼女を守る盾《たて》となろう」

「ぼ、僕も！　僕もヴィオレッタを助けるよ！」

「待って！　みんな、なんで私が王になる前提で話を進めてるのよ！」

レナルドとリアムの発言にヴィオレッタは憤慨《ふんがい》しているが、誰も耳を貸しはしない。とはいえ彼女も本気で怒《おこ》っているわけではなく、和気藹々《わきあいあい》とした雰囲気《ふんいき》が辺りを包んでいる。

久しく触《ふ》れてこなかったぬくもりに、マティアスもつられて口元を緩《ゆる》めた。その時、ふと視線を感じて横を向いた。いつからか、レナルドが真剣《しんけん》な面持《おもも》ちで自分を見つめていた。

「レナルド様？」

「マティアス、今まですまなかった」

「…………」

直球の謝罪に、内心で動揺《どうよう》する。戸惑うマティアスの目を見つめ、レナルドは続けた。

「俺は離宮《りきゅう》であんたと別れた日のことをずっと後悔《こうかい》していた。たとえ家庭教師の妨害《ぼうがい》があったとしても、自分の意志を貫《つらぬ》くべきであったと。本当にすまない」

思い詰《つ》めた緑の瞳《ひとみ》からは、深い後悔と懺悔《ざんげ》の想《おも》いが伝わってくる。レナルドもまた王位継承《けいしょう》者である自分の立場を歯がゆく感じ、ままならぬ現実に思い悩《なや》むことが多々あったのだろう。

負傷した父と共に離宮を追い出されたせいで、レナルドを恨《うら》んだこともあった。でも、それは所詮《しょせん》八つ当たりに過ぎない。あの時、一番嫌《きら》いだったのは無力な自分自身だった。父を助けることもできず、世界を変えることもできない。そんな自分自身に絶望していた。

だけど、今は違《ちが》う。枢機卿となった自分にはできることがたくさんある。だからこそ、今レナルドに返す言葉は決まっている。

「残念ながら、過ぎてしまった時を戻すことはできません。ですが、ここから新たに始めることはできます。レナルド様、どうかまた私をあなたの友にしてくださいませんか？」

王族との友情なんて馬鹿《ばか》げていると、嗤《わら》う輩《やから》は大勢いるだろう。しかし、それでも一縷《いちる》の希望をあきらめきれずにマティアスが差し出した手を、レナルドは笑顔で握《にぎ》り返した。

「マティアス、どうか今後も一番の友として、共にヴィオレッタを支えていってほしい」

「はい、あなたの望むままに」

八年の時を経《へ》て、再び友として握手《あくしゅ》を交《か》わす。お互《たが》いの身体《からだ》は成長しても、触れた手の温かさは昔から変わらない。

ヴィオレッタは王族でありながら、真に民のことを思える希有《けう》な存在だ。たとえ彼女が王座を拒否《きょひ》したとしても、歴史の流れがそれを許さないだろう。その流れの中に、自分は友であるレナルドと共に身を投じよう。彼らと共に生きられるのであれば、恐《おそ》れることは何もない。

(見ていてください、クレマン様。私はあなたの代わりに、枢機卿としてヴィオレッタ様の治世を支えます)

目の前の墓石は何も語らない。しかし春の風に乗って一瞬「よくできました」という声が聞こえてきた気がして、マティアスは微笑んだ。

マティアスと会った日の夕方、私は教会を出たその足で監獄《かんごく》に向かった。

「無理を言ってごめんなさい、先生。どうしてもラルスに言っておきたいことがあって」

「本当にお一人でよろしいのですか？」

独房《どくぼう》の前までついてきたスヴェンが、めずらしく笑顔を曇《くも》らせる。

「先生が私のことをラルスの共犯だと疑わないでいてくださるのであれば、それで十分です。それとも、やはり先生は私を監視していらっしゃらないと不安ですか？」

私の問いかけに、スヴェンは一瞬眼鏡の奥の目を瞠《みは》り、やれやれと肩《かた》をすくめた。

「他《ほか》の方が相手であれば、何か裏があるのではないかと勘《かん》ぐる場面ですが、そのように正面から堂々と聞かれては疑う方が疲《つか》れます。どうぞヴィオレッタ様の仰《おお》せのままに」

「ありがとうございます。では、行って参ります」

私は意を決し、スヴェンが開けてくれた扉《とびら》の内に足を踏み入れた。

独房の中は、前に来た時から時間が止まっているかのように何も変わっていない。石の壁《かべ》で囲まれた部屋の中心でベッドに身を投げ出していたラルスが私の入室に気づき、跳ね起きた。

「これはこれはヴィオレッタ様、お久し振《ぶ》りです。ずいぶんとお疲れのご様子ですが、二周目の攻略《こうりゃく》に手間取っていらっしゃるのでしょうか？　それともトゥルーエンドに辿《たど》り着いたが故《ゆえ》の苦しみに襲《おそ》われ、思い悩んでいらっしゃるとか？」

……ああ、この人も変わってないな。ラルスは私が音を上げ、ゲームの制作者である彼にアドバイスを乞《こ》いに来たとでも思っているのだろう。だが、その予想はハズレだ。

「今日は私、あなたにお礼を言いに来たの」

「礼？……ああ、あなたもついに俺の書いたシナリオを賞賛する気になったのですか？」

「いいえ、違うわ。今も昔も、あなたの書いたシナリオは最低最悪だと思ってる。あなたが渾《こん》身《しん》の想いを込めて創《つく》ったであろう、トゥルーエンドまで含《ふく》めてね」

ラルスが意外そうに眉《まゆ》を持ち上げる。私は冷静になるよう自分に言い聞かせながら続けた。

「どうせあなたのことだから……光の乙女《おとめ》の真実を知ったアナリーがショックを受けて指輪の継承《けいしょう》を拒絶。光の乙女という象徴《しょうちょう》を失った王家は衰退《すいたい》の一途《いっと》を辿り、やがて革命で滅《ほろ》ぼされる……といった内容を、トゥルーエンドとして考えていたんじゃないかしら？」

半分以上、私の推測だ。今までのラルスの言動の傾向《けいこう》と教会で見聞きしたことを踏《ふ》まえ、彼ならそういうラストを好みそうだと思ったから。だが、存外ハズレてはいなかったらしい。

「さすがヴィオレッタ様！　俺の助けがなくても、見事二周目の攻略に成功なさいましたね。それで、マティアスはどうなりましたか？」

「どうもしないわよ。元気に枢機卿《すうききょう》を続けているわ」

「……………」

私を見上げる鳶色《とびいろ》の目が、すっと冷めたものになる。

もしかしたらマティアスは指輪を継承させられなかったことに責任を覚えて自殺……くらい

の内容をラルスは考えていたのかもしれない。しかし、そんなことは絶対にさせない。

「あなたがこの世界を創ってくれたことには感謝しているわ。この世界に転生することがなかったら、私はみんなと出会うこともなかったもの。でも、もうお別れの時間よ。私はあなたに何を言われようと、もう惑《まど》わされない。大好きな仲間たちと共に、信じた道を進むわ」

「俺にそんな宣言をしていいんですか？　この世界であなたのことを真に理解できるのは、同じ転生者の俺だけですのに」

「そうね、あなたも早くこの世界で自分の生きる道を見つけられるといいわね。どうかあなたの未来に光の祝福がありますように」

私は一方的に別れを告げると、ラルスに背を向けた。

これでもう私の前世を知る者はいなくなる。誰《だれ》とも前世の話をできないのは少し寂《さび》しいし、新たに明かされた光の乙女の真実は、今なお私の心に重くのしかかっている。

それでも守りたいと願ったのだ。自らつらい役目を負ってくれたアナリーのことを。そして私を信じ、期待してくれるレナルドやリアムたちみんなのことを。

私は王女ヴィオレッタとして生きていく覚悟《かくご》を決めた。責任の重さに潰《つぶ》されそうになることはあっても、逃《に》げはしない。二度目の人生で後悔しないためにも、現実と向き合うのだ。

自らを奮い立たせるように拳《こぶし》を握りしめて、独房をあとにする。決意したその先には明るい未来が待っていると、今なら信じられる気がした。

エピローグ

教会の監査を終えてから一週間後、私とレナルドたち王位継承者は再び朝議に招かれた。

玉座を挟《はさ》んで並ぶ私たち三人の眼前には、デュラン公爵《こうしゃく》やスヴェンたち重臣が整列している。

相変わらずの迫力《はくりょく》だけど、朝議も二度目となれば、そこまで圧倒《あっとう》されることもない。

あのリアムだって教会での仕事を通じて人慣れしたのか、顔が少し引きつるくらいで震《ふる》えていない。今朝はめずらしくレナルドの方がソワソワして見えるくらいだ。

教会における私たちの仕事ぶりは、マティアスから宮廷《きゅうてい》に報告されている。それに加え、デュラン公爵たち高位の貴族は独自の情報網《じょうほうもう》を駆使《くし》して、様々な情報を得ていることだろう。

あらゆる判断材料がそろった今、彼らが王に望むのは教会の改革に大きく貢献《こうけん》したレナルドか、それとも誘拐《ゆうかい》事件の解決につながる重大な発見をしたリアムか。

私は二人のどちらが王に選ばれても支持する。この国の王女として王に仕え、光の乙女の真実と向き合っていくつもりだ。私はもう逃げないと誓《ちか》ったのだから。

決意も新たに重臣たちと向き合う。その耳に、お父様の来訪を告げる声が聞こえた。お父様は玉座へ腰掛《こしか》けると、私たち王位継承者の顔を満足そうに見回し、ゆっくり口を開いた。

「三人とも、このたびは大儀《たいぎ》であった。教会において騎士《きし》や聖職者たちの調査を行った結果、ラルスの協力者を見つけることこそなかったが、代わりに人身売買をはじめとする数々の不正を暴《あば》いたと聞いている。よくやった」

「もったいなきお言葉、痛み入ります」

私たちを代表して、年長のレナルドが頭《こうべ》を垂れる。お父様は上機嫌《じょうきげん》でうなずき、やがてその視線を、枢密院を束ねる大貴族にしてレナルド派筆頭のデュラン公爵へ向けた。

「そなたたちはヴィオレッタが即位《そくい》する条件として、教会の掌握《しょうあく》を求めていたな？　三人の教会での働きをどう評価する？　ヴィオレッタを王に戴《いただ》いても構わないと思うようになったか、それとも……あくまで他の者を王に推《お》すか？」

耳に痛いほどの静寂《せいじゃく》と緊張感《きんちょうかん》が一瞬《いっしゅん》にして広間を包んだ。その場にいた全員の視線がデュラン公爵に集中する。いよいよこの時が来たんだ。彼の口から紡《つむ》がれるのは誰の名前だろう？

息をするのも憚《はばか》られる雰囲気《ふんいき》の中、公爵が決意を秘《ひ》めた様子で前に進み出た。彼は玉座に着く王と、その周りを固める私たちに向かって一礼してから口を開いた。

「王位継承者の皆様《みなさま》のご帰還《きかん》を心より喜ばしく思います。多方面から上がってくる報告書に目を通した結果、我々《われわれ》枢密院一同、皆様の有能にして優秀《ゆうしゅう》なご様子にいたく感動いたしました」

「つまりそなたは、ヴィオレッタたちが教会の掌握に成功したと考えているのだな？」

お父様の問いかけに、公爵はわずかに逡巡《しゅんじゅん》してから「はい」と答えた。

「我々一同の予想をはるかに超《こ》えた素晴《すば》らしい業績だと思います」

「ならば、改めて問う。枢密院一同は、三人のうち誰が次の王にふさわしいと考えるか？」

握《にぎ》りしめた拳がじっとり汗《あせ》ばむのを感じながら、公爵の答えを待つ。その時、一瞬彼が私の方を仰《あお》ぎ見た気がした。なぜだろう？

不思議に思って瞬《まばた》きを繰《く》り返す。その視線の先で、公爵が無念そうに重い口を開いた。

「このたびの教会におけるレナルド様とヴィオレッタ様の成果は甲乙《こうおつ》つけがたく……我々はお二人による国王試験の再試を求めます」

……え？　再試？　私は朝議の最中であることも忘れ、ポカンと口を開けそうになった。

レナルドも愕然《がくぜん》とした様子で公爵を見つめている。リアムに至っては「あわわわ」とうめいている始末だ。無理もない。国王試験の再試なんて、前代未聞《ぜんだいみもん》の提案だもの。

私は正直あんな試験は二度と御免《ごめん》だし、王になる気もない。今こそ辞退届の出番だ。私は意を決して口を開こうとした。しかし、その言葉は横から上がった声に遮《さえぎ》られた。レナルドだ。

「失礼ですが陛下、再試の必要はないと私は愚考《ぐこう》いたします」

「レナルド様？」

公爵だけでなく、お父様やスヴェンまでもが戸惑《とまど》いの色を露《あら》わにする。再試を拒否《きょひ》する場合、レナルドはどうやってこの場を収めるつもりなのだろう？

ざわめく重臣一同を前にしても、彼は一切《いっさい》引こうとしない。堂々とした態度で話を続けた。

「私とヴィオレッタの双方《そうほう》を同じように評価してもらえるというのであれば、提案がございます。どうかヴィオレッタを王位に就《つ》け、私をその王配にしてください」

……は？　私は頭が真っ白になった。

王配って、女王の配偶者《はいぐうしゃ》に与《あた》えられる称号《しょうごう》のはずよね？……って、ちょっと待って！　レナルドは私と結婚《けっこん》するつもりなの⁉　あくまで私を王座に就けるために⁉　信じられない！

お父様も公爵たちも唖然《あぜん》としているし、リアムなんて耳まで真っ赤になりながら、口をパクパクさせている。そんな混乱の中、スヴェンが「ふむ」とうなるのが聞こえた。

「レナルド様のご提案は、一考の余地がございますね」

いやいや、考えるまでもなく無理な話でしょう！

「レナルド！　あなた、何を考えているのよ⁉」

私が小声で抗議《こうぎ》すると、レナルドは口元にいたずらっ子のような笑《え》みを刻んだ。

「外堀《そとぼり》を埋《う》めていくのは、俺の特技だからな。あんたも覚悟しておけよ」

その日の朝議は結論の出ないまま、混乱のうちに幕を閉じた。そして控《ひか》えの間に戻《もど》ってきた私は、前回の朝議の時とは反対に、今度は自分がレナルドを壁際《かべぎわ》に追い詰《つ》めた。

「レナルド、さっきの発言は何？　なんであんなことを言ったの？」

「俺は提案という形で、自分の望みを公言しただけだが？」

「それが問題よ！　いくら私を王座に就けたいからって、自分を犠牲《ぎせい》にしないで！　私、あなたには好きな人と結ばれて、幸せになってほしいのよ」

ゲームの終わった今、レナルドの相手はアナリーでなくてもいい。誰《だれ》か彼が心の底から望む相手と……と思ったのに、あれ？　レナルドがなんとも言いがたい表情で、こちらを見下ろしている。その手が不意に私の顔に向かって伸《の》びてきた。そのまま頰《ほお》をつままれる。

「痛っ！　もう、レナルド！　ふざけてないで……」

「好きな相手から別の女を薦《すす》められたんだ。これくらいの仕打ちはしていいだろう？」

「え？　好きな相手って……」

きょとんとしてレナルドを見上げる。彼は「はぁー」と深いため息をこぼし、私の頰から手を離《はな》した。ホッとしたのもつかの間、その手が今度は私の頰を優《やさ》しく包む。

「あ、あの……レナルド？」

「遠回しな言い方じゃ、あんたには通じないと俺も学習したからな。はっきり言う。俺は女王となったあんたを一番そばで支えていきたいんだ。この命が尽《つ》きるまで、永遠に」

私を見つめるレナルドの瞳《ひとみ》は真剣《しんけん》そのもので、とても冗談《じょうだん》を言っているようには思えない。

頰に触《ふ》れた手が、答えを求めるようにそっと優しくなでていく。え、あ、そんな……。

全身が沸騰《ふっとう》しそうなほど熱くなって、私は思わず全力で目を逸《そ》らした。

「その反応、希望はゼロじゃないと考えていいんだな？」

レナルドがクックッと楽しそうに笑う。

「あ、いや、その、希望って……」

「なら、嫌《いや》なのか？」

「そ、そういうわけでもなくて！　私、あなたをそういう目で見たことがなかったから……」

「なら、今からそういう目で見てくれ。相棒ではなく一人の男として、俺のことを」

レナルドの手が名残惜《なごりお》しそうに頬から離れ、代わりに私の手を取る。

「あの、レナルド……ひゃっ！」

思わず変な声を上げてしまった。だって、レナルドが手の甲《こう》に口づけを落としたんだもの。

その姿はまるで王に忠誠を誓う騎士《きし》のようでありながら、私を見上げる瞳には限りない甘さが秘《ひ》められていて……。

「待ってるよ、あんたの心が俺に向かう日を。俺の女王陛下」

無理だ！　もう限界！

触れた唇《くちびる》から、じんと痺《しび》れるような甘さが伝わってきて、腰《こし》が砕《くだ》けそうになる。

息が詰まるほどドキドキして苦しいのに、この湧《わ》き上がってくる甘いうずきは嫌じゃない。

もしもこの気持ちに名前をつけるとしたら、それはきっと……。

レナルドの横顔をそっと仰ぎ見る。真っ赤になって立ち尽くす私のことを、彼はいつまでも楽しそうに見守っていた。

あとがき

こんにちは。あるいは、はじめまして。麻木琴加《まきことか》です。

皆様《みなさま》に応援《おうえん》していただいたおかげで、「グランドール王国再生録」の二巻を出していただくことができました。このたびは二巻をお手に取ってくださり、誠《まこと》にありがとうございます。

ちょうどこの巻の発売日に、私はデビュー八周年を迎《むか》えます。ここまで小説を書き続けてこられたのも、読んでくださる皆様がいらっしゃるからです。本当にありがとうございます！

作者の私は、この二巻のテーマを「レナルドの昔の男登場編」と呼んでいます（もちろん、そのままの意味ではございませんので、ご安心ください）。一巻には入りきらなかったレナルドの過去や、かつての親友との再会等を書けて、大変楽しかったです。

ゲームの一周目が終わった世界で、ヴィオレッタやレナルドたちがどのような生き方を選択《せんたく》していくのか、その行く末を読者の皆様にも見守っていただけたら幸いです。

一巻に続いて二巻でも、逆木《さかき》ルミヲ様に表紙と挿絵《さしえ》を描《か》いていただきました。表情豊かで美しいキャラたちの姿に、私もいつも見とれています。マティアスのラフ画を初めて拝見した時には、「はぁ～、麗《うるわ》しい」以外の言葉が出てこなかったほどです。

また、この「グランドール王国再生録」は、フロースコミック様にて、夏葉《なつば》じゅん様によるコミカライズ連載《れんさい》をしていただいています。美麗《びれい》な絵と共に紡《つむ》がれる物語を未読の方は、ぜひこちらもご覧ください！　漫画《まんが》ならではの掛《か》け合いや、キャラたちの生き生きとした表情に、繊細《せんさい》で美しい背景など、原作者の私もいつも楽しく読ませていただいています。

逆木様と夏葉様という素晴《すば》らしい絵師の方々に恵《めぐ》まれた本作品は、本当に幸せです。

お二方を筆頭に、いつも根気強く私を支えてくださる担当様とビーンズ文庫編集部・コミック編集部の皆様、営業の担当様にデザイナー様、校正様、印刷所・書店の皆様など、本書に関《かか》わってくださったすべての方々に感謝を申し上げます。

そして最後に、本書をお手に取ってくださった読者の皆様に最大級の感謝を！　皆様とは、また次の小説でお目にかかれることを楽しみにしています。

最近は、麻希《まき》一樹《かずき》の名義と共有のＳＮＳアカウント（Twitter：@MakiKazuki1　Instagram：maki_kazuki_insta）で、新刊や愛犬のこと等をつぶやいています。

もしよろしければ、フォローをお願いいたします。

麻木琴加

「グランドール王国再生録 破滅の悪役王女ですが救国エンドをお望みです2」の感想をお寄せください。
おたよりのあて先
〒102-8177 東京都千代田区富士見2-13-3
株式会社KADOKAWA 角川ビーンズ文庫編集部気付
「麻木琴加」先生・「逆木ルミヲ」先生
また、編集部へのご意見ご希望は、同じ住所で「ビーンズ文庫編集部」
までお寄せください。

グランドール王国再生録《おうこくさいせいろく》
破滅《はめつ》の悪役王女《あくやくおうじょ》ですが救国《きゅうこく》エンドをお望《のぞ》みです2
麻木琴加《まきことか》

角川ビーンズ文庫 22939

令和3年12月1日 初版発行

発行者――――青柳昌行
発 行――――株式会社KADOKAWA
〒102-8177 東京都千代田区富士見2-13-3
電話 0570-002-301（ナビダイヤル）
印刷所――――株式会社暁印刷
製本所――――本間製本株式会社
装幀者――――micro fish

●お問い合わせ
https://www.kadokawa.co.jp/ （「お問い合わせ」へお進みください）
※内容によっては、お答えできない場合があります。
※サポートは日本国内のみとさせていただきます。
※Japanese text only

ISBN978-4-04-111977-8 C0193 定価はカバーに表示してあります。
◇◇◇